망고스퀘어에서

우리는

『창작과비평』
창간 50주년 기념
장편소설 특별공모 당선작

금태현 장편소설

망고스퀘어에서

우리는

창비

1

나는 망고스퀘어에 서 있다.

망고스퀘어에 스피커를 설치하고 음악을 준비하는 모습을 바라 봤다. 일곱명의 여자들이 망고스퀘어 한복판을 차지했다. JBL Eon 610 스피커에서 「Marry You」가 울리자 행인들이 더욱 모여들었다. 나는 보도블록을 따라 한발짝 더 앞으로 나아갔다. 여자들은 구두 굽 소리를 경쾌하게 내며 단체춤을 시작했다. 다섯명의 남자들이 손동작을 하며 여자들과 합쳤다. 춤을 추는 이십대 남녀들이 점점 불어났다. 한 여자가 의자에 앉을 테고, 한 남자가 다가가 반지를 건네며 프러포즈를 하겠지.

박수 속에서 새로운 커플이 탄생한다. 나도 언젠가 멋지게 프러 포즈 해야지 하는 생각이 들었다. 댄스음악이 군중들의 마음을 들뜨게 하고 남녀가 키스할 때, 우리 동료끼리는 서로에게 눈짓을 한다. 성공하길 기원하면서.

나는 댄서 누나들이 내려놓은 종이상자를 노렸다. 여러개의 핸드백이 들어 있는 상자를 통째 털면 당분간 먹을거리를 걱정할 필요가 없다. 다른 녀석들은 넋 나간 행인들을 대상으로 망고스퀘어를 파고들었다. 남자가 여자에게 반지를 건네는 순간, 우리는 일제히 손놀림을 시작했다. 가난과 부를 순간적으로 이어주는 손가락의 꿈틀거림.

남자에게서 금반지를 선물받은 여자는 어깨가 지나치게 벌어져서 이십대다운 태가 나지 않았다. 7,107개의 섬을 통틀어 가장 알아줬던 여자는 메건 영이었다. 메건 영은 미스 월드에 당선했다. 메건 영 같은 여자에겐 매일 뭐든 갖다바쳐도 아깝지 않을 것 같았다. 메건 영의 어깨는 닭날개처럼 호리하게 빠졌다. 평소에는 몸을 덮고 있다가 필요할 땐 열어주는 날갯죽지 같은 어깨.

여자는 넓적한 어깨가 들썩일 만큼 흐느껴 울었다. 뭐가 그리 좋은지, 우리는 신경쓰지 않았다. 여자의 가슴이 출렁거리면 신경을 안 쓰려야 안 쓸 수 없다. 언제든 만지고 싶고 빨아보고 싶다. 큰 가슴골 중앙을 보면 다른 사람들은 어떤 상상을 할까.

모두가 남녀 커플이 키스하는 모습을 바라볼 때 우리는 일제히 핸드백이나 지갑에서 손놀림을 끝내고 망고스퀘어를 빠져나왔다. 뒤에서 즐거운 음악소리가 이어졌다. 불안했다.

행동을 마치면 모이는 곳으로 갔다. 대낮이든 한밤중이든 우리 같은 아이들은 술집에서 받아주지 않는다. 댄스클럽 건물 주차장

맨 안쪽에 세명이 모여 정산을 했다. 망고스퀘어에서 프러포즈가 있는 날이면 수입이 올라갔다. 모두 합쳐 500달러를 넘었다. 잔돈은 길거리에 널린 거지들에게 뿌려준다. 그 녀석들도 언제든 돈이 필요하다. 지갑 같은 건 하수구에 처박고 담뱃가게로 간다. 말보로 한개비를 피우며 서로를 바라본다. 별 탈 없이 성공했을 땐 연기가 부드럽게 공기 속으로 흩어졌다.

돈이 있으면 안심이 된다는 말을 들었다. 우리는 돈이 생기면 불안했다. 통장도 만들 수 없었고 만든다 하더라도 큰돈을 예금하기 곤란했다. 길거리나 백화점에 딸린 환전상에서 달러로 바꾸어 어딘가에 숨겨둬야 했다. 가장 허름한 곳이 가장 안전한 금고였다.

깨끗하게 차려입고 참치식당에 들어가 황다랑어 덮밥을 먹고 있으면 더는 바랄 게 없었다. 다시 배가 고플 때까지.

내가 훔친 건 또 있다. 유튜브 계정에 올린 실패와 관련한 영상들이다. 자전거, 스케이트보드, 자동차, 스키 같은 걸 타다가 넘어지는 모습들. 죽을 뻔한 상황일수록 더 많은 돈을 빨아들였다. 세계 곳곳에서 자빠지는 돌발상황을 모두 스스로 찍어 올릴 리가 없다고 생각하며, 나는 떳떳하게 훔쳤다. 훔쳐서 모은 영상들을 유튜브에 올렸다. 꼭 어딘가에 부딪혀 고꾸라지지 않아도 사람들이 모여들었다. 메이저 여자 테니스 대회에서 두 선수가 스매싱을 주고받으며 신음소리를 내는 모습을 즐기는 방문자들로 북적거렸다. 신음소리는 어딘가에서 실패로 끝나게 마련이었다. 방문객들로 북적거리기만 하면 숫자가 올라갔다.

영국 왕세손비 케이트 미들턴이 프랑스 남부 왕실 별장에서 선탠을 하다 가슴이 살짝 노출된 사진을 여러장 편집해 올리자 즉각 돈으로 바뀐 숫자가 표시됐다. 덕분에 나는 조금 여유가 생겼다. 알고 지내던 누나들이 이곳을 방문해 리조트에 머물며 맛있는 음식을 함께 먹자고 하면 거절했다. 비싸게 구는 거니?라고 누나들이 말하곤 했다. 당시 나는 세계 곳곳의 여자들이 젖꼭지를 드러내거나 팬티를 벗은 모습을 보고 있었다. 해커들이 케이트 업튼 같은 유명 모델의 사생활을 훔쳤을 때 나도 한몫 챙겼다. 독점할 수만 있다면 당장이라도 부자가 될 수 있을 것 같았다.

교황이 방문하던 날, 세부시티를 떠나 우리는 배를 타고 가톨릭 신자들의 집회 장소로 갔다. 사람이 많이 모였을 때 남의 주머니를 노리지 않은 건 처음이었다. 태풍이 잡초까지 쓸어간 지역에 교황이 나타나 기도를 올리고 아이들을 쓰다듬어주었다. 동료 중 한명이 이 지역에서 건너온 놈이었다. 용감하지만 치밀하지 못하고 여자에 대한 신비감을 지나치게 많이 품고 있다. 이놈 엄마 아빠 모든 가족도 태풍 때문에 죽었다. 녀석은 자기가 살던 마을을 우리에게 소개했다. 금의환향한 것처럼 마을을 둘러보다 시체를 발견하기도 했다. 시체에서 젓갈 냄새가 났다. 젓갈은 엄마가 자주 먹던 소스였다. 엄마는 세부시티 출신의 피나이(필리핀 여자), 세부아노다. 한국 남자와 살다 나를 낳았다. 아빠는 병에 걸려 죽었다. 너무 어릴 때여서 아빠에 대한 기억은 없다.

교황은 동전 한푼 주지 않았다. 사람들은 교황을 보고 웃었고 연설을 듣고 울기도 했다. 이해할 수 있는 일이었다. 나도 가끔 눈물이 고이곤 했으니까.

내가 살고 있는 도시에선 아기 예수를 기리는 시눌룩축제를 해마다 개최한다. 그때도 교황이 방문했을 때처럼 인파가 모인다. 인파는 인파를 낳는다. 우리는 이 틈을 비집고 다니며 낯선 곳에서 온 얼빠진 사람들의 주머니를 털었다.

신부 한사람은 시눌룩축제 기간에 들어와 몇년간 정착했다. 신부는 대학 바로 옆에 붙은 빌리지에 살았다. 우리는 대학 정문 건너편 나무집을 본부로 두고 있었다. 비빔밥을 먹으러 갔다가 신부의 꾐에 넘어갔다. 공짜로 밥도 주고 한글도 가르쳐준다고 했다. 젠장, 우리 같은 코피노는 아주 불쌍하다는 선입견이 있는 것 같았다.

신부는 나를 처음 보던 날, 성당에 가면 먹을 게 많다면서 이렇게 말했다.

"하루에 몇끼 먹니?"

웃음을 참아야 했다.

나는 십대에 참치맛을 알았다. 아이스크림처럼 입안을 녹이는 참치는 철저한 등급제였다. 참치를 해체한 뒤 모든 부위에 등급을 매긴다. 맛있는 참치를 먹으려면 돈을 더 지불해야 했다. 어디서 잡았느냐, 어떻게 해동했느냐, 어느 부위를 썰었느냐에 따라 참치맛은 완전히 달랐다. 참치 갈비에 붙은 얇은 살을 숟가락으로 긁어 먹어본 적도 있다. 굵직한 갈비 조직에서 빠져나온 힘없는 살이 혀를 감싸는 그 맛.

친구들과 나는 샤부 심부름도 했다. JTV 오너 박사장은 우리에게 샤부 배달을 맡겼다. 박사장처럼 언젠가 우리도 독자적으로 일을 하고 싶었다. 샤부를 배달할 때 라이터형 몰래카메라로 고객들의 얼굴을 모두 촬영해 박사장에게 제공하기도 했다. 시키는 일을 했을 뿐이다. 참치를 먹을 정도의 댓가는 받았다.

'본부'에 컴퓨터가 생긴 건 순전히 신부 덕분이다. 교황이 이곳을 방문해 우리 같은 아이들에게 뭘 주고 갈지는 모른다. 신부는 우리에게 글과 컴퓨터를 가르쳐주었다. 성당을 떠날 때 신부는 우리 본부에 컴퓨터를 선물했고 인터넷을 연결해주었다. 떠난 뒤에도 구질구질한 생필품을 보내곤 했다. 우리 수준에 어울리지 않는 물품들이 대부분이었다. 매달 돈도 보내주었다.

구글 애드센스 계정도 신부의 도움으로 만들었다. 미성년자를 벗어나게 되면서, 신부는 더는 돈을 보내지 않았고 평소 주장대로 혼자서 살아가는 법을 배우라고 했다. 계정을 잘 유지하면 용돈 정도는 벌 수 있을 거야, 하고 신부는 말했다.

세월은 우리를 대책 없이 성장시키고 있었다.

일년에 키가 10센티미터 자라기도 했다. 또 새해가 다가왔다. 새해 들어 우리는 뭔가 새로운 일을 하고 싶었다. 며칠 뒤면 모두 성인이다. 내가 생일이 제일 늦다. 다가오는 금요일에 세명이 뭉쳐 댄스클럽에서 파티를 하기로 했다. 파티 당일에는 단골 참치집에서 저녁식사를 했다. 이제 우리는 어딜 가든 신분증을 보여달라고 해도 큰소리 칠 수 있다.

밤 12시를 지나 클럽 안으로 들어갔다. 페이스북 친구들을 초대할까 생각하다 클럽 안에서 외국인을 꼬셔보기로 했다. 한국인이 가장 많았다. 왜 그런지 한국인 남녀끼리는 서로 말도 잘 건네지 않았다. 우리는 평소 옷차림과 달리 긴 바지, 긴팔 셔츠로 드레스코드를 맞췄다. 테이블 하나를 독차지하기 위해 바구니에 얼음과 함께 담겨 나오는 맥주 세트를 시켰다. 테이블은 한뼘으로 원을 그릴 만한 크기였다. 맥주 바구니와 손수건 하나 얹으면 틈이 보이지 않았다. 헤드셋을 착용한 디제이들이 아무런 걱정 없이 사는 사람처럼 아래위로 손을 흔들어대며 모든 손님들에게 즐거움을 선사했다. 웃음과 섞인 댄스뮤직의 비트가 테이블을 울렸다.

맘에 드는 애 있냐? 하고 친구가 귀엣말로 말했다.

어째 우리보다 나이 많은 한국 여자애들밖에 없는 건지.

시간이 흘러도 클럽의 흐름은 변하지 않았다. 한국 남자가 필리핀 여자를 집적대다 번호를 묻고, 같이 술을 마시다 클럽 밖으로 나갔다. 한국 남자들은 몇시간 내내 꼬리 치는 대형 수족관 속의 곰장어 같았다. 우리는 인파 속에 묻혀 있다, 잠시 떨어져 에어컨 밑에 서서 시원한 바람을 쐬곤 했다.

밤 2시쯤 나이 든 한국 여자들이 기둥 아래 좁은 무대 위에서 춤을 추고 있었다. 나는 아이폰 슬로모션으로 여자들을 영상으로 담아보았다. 기둥 밑에서 박수를 쳐주니까 춤동작이 더욱 빨라졌다. 팔꿈치는 옆구리에 붙인 채, 손을 나란히 들고 레깅스에 감싸인 엉덩이를 흔들어댔다. 이십대 후반인지 삼십대 초반인지 헷갈렸다. 필리핀 이십대 여자아이들은 우리가 기둥이 세워진 무대 위로 올라갈 때 쳐다보지도 않았다. 옆구리춤을 추는 누나와 짝을 맞추다 우리 테이블에 끼워넣었다. 누나는 술병도 없었고 테이블도 없었다. 누나 입에서 칵테일 냄새가 뿜어져나왔다. 테이블 의자에 앉은 뒤 누나의 첫마디는 '아, 졸려'였다. 방금 전까지 팔꿈치춤, 옆구리

춤을 잘도 췄는데.

같이 갈래? 누나가 말했다.

오케이 콜, 내가 말했다.

테이블 의자에 걸어둔 핸드백도 챙기지 않고 누나는 클럽 뒷문으로 나를 끌어안다시피 기대고 나갔다. 내가 다시 한번 클럽에 들어갔다 나왔다. 누나는 택시를 잡으려고 손을 들었다. 춤을 추는 듯한 팔꿈치와 팔목이 택시를 세웠다. 팔목에 클럽의 파란 도장이 찍혀 있었다. 우리는 클럽 도장을 새끼손가락에 살짝 찍었는데.

누나는 택시를 잡고 나를 뒷자리 안쪽으로 태운 뒤 마르코 폴로, 라고 말했다. 택시기사는 마르코 폴로 호텔이라고 말하며 액셀러레이터를 밟았다. 택시 안에서 누나는 내 허벅지 안쪽에 얼굴을 숙였다. 곰장어가 꿈틀거렸다. 나는 애써 참으며 곰장어 대가리를 양 허벅지 사이로 말아내렸다.

호텔 로비에 도착해 핸드백을 들고 누나를 따라갔다. 엘리베이터를 타고 세부시티 야경을 구경하며 누나 방으로 올라갔다. 마르코 폴로가 저 밤하늘 아래 나지막한 언덕들을 둘러보고 세부시티 견문록을 쓴다면 어떤 내용이 들어갈까.

친구들에게 내일 보자,라고 메시지를 보냈다. 우리가 함께 하는 일의 속성상 눈치 하나는 빠른 녀석들이었다.

얄브스름한 룸키를 센서에 갖다대자 문이 열렸다.

화장대 거울 앞에 널브러진 잡동사니들, 침대 위에 던져둔 옷가지들, 소파 앞 테이블 위의 재떨이에 수북한 담배꽁초들. 방구석엔 셀카봉이 비스듬히 세워져 있었다.

누나는 침대에 빗금을 그으며 엎드렸다. 나는 삼각형 한쪽에 걸터앉아 누나의 엉덩이를 흔들었다. 푹신한 감촉 그 위에서 숨소리가 들렸다. 엉덩이를 베개 삼아 잠시 누웠다. 침대가 출렁했다.

뭘 할까, 하고 생각했다.

누나를 침대에 눕혀둔 채 방청소를 시작했다. 청소라기보다 정리정돈이라는 게 맞겠다. 옷장에 옷을 걸었고, 화장대 거울 앞을 반듯하게 치웠다. 분홍색 브이자 무늬가 들어간 지갑을 열어봤다. 누나는 침대 위에서 미동조차 없었다. 중지갑 안의 지폐를 살짝 뽑아 엄지와 검지로 훑었다. 벤저민 프랭클린 얼굴이 열다섯장 정도 들어 있었다. 이 얼굴 한장을 처음 훔쳤을 때 이름을 찾아본 적이 있다. 묘한 말을 남긴 사람이다.

'세상 속에서 당신의 가치는 대개 좋은 습관에서 나쁜 습관을 제하고 남은 것에 의해 결정된다.'

습관대로 나는 훔쳤다.

두장을 꺼내 오른쪽 허리 안쪽 리폼 주머니에 넣었다. 들키지만 않으면 도덕이요, 진실일 수 있다. 이제까지 들키지 않고 잘 살아왔다.

방을 정돈하고 미니 냉장고에서 캔맥주를 꺼내 마셨다. 트렁크 팬티 차림으로 누나 옆에서 잤다.

누나는 오전 9시쯤 일어나더니 조식 뷔페를 먹으러가자고 했다. 속이 쓰린 모양이었다. 방을 둘러보고 내 얼굴을 바라보더니 웃었다. 지갑엔 별로 신경쓰지 않는 것 같았다. 지갑 속엔 삼십대 초임을 증명하는 신분증도 들어 있었다.

뷔페에서 베이컨, 튀김류, 조갯살, 과일, 주스 등을 먹고 나니 뭘 먹었는지 모를 지경이었다. 빵, 쌀국수, 만두, 아이스크림 등도 맛을 봤다. 누나랑 수영장이 있는 곳으로 자리를 옮겼다. 누나는 먹을 땐 아무 말도 하지 않았다. 어젯밤 잘 때도 마찬가지였지만.

야자수가 수영장을 둘러싸고 있었다. 주황색 썬베드는 출입구에서 먼 수영장 바깥쪽에, 베이지색 썬베드는 뷔페와 이어지는 쪽으로 놓여 있었다. 남자 관리인은 반바지를 입은 채로 수영장에 들어가 뜰채로 나뭇잎 부스러기들을 걷어냈다. 신중한 표정을 지으며 맑은 물을 더럽히는 잡티를 사정없이 뜰채로 건져내 비닐봉지 안에 구겨넣었다.

맥주 한잔할래,라고 누나가 말하고는 내가 대답도 하기 전 수영장 로비에서 산미겔 맥주 두병을 시켰다. 아침부터 웬 술이냐 생각하면서 손목시계를 내려다보니 정오를 지나고 있었다. 누나와 나는 수영장 주변에 놓인 테이블에서 맥주를 마셨다. 'NO DIVING'이라는 글귀가 파란 수영장 물 위에 떠 있었다.

서너달 동안 나는 밤엔 클럽, 낮엔 호텔을 왔다 갔다 하며 지냈다. 여자는 자주 바뀌었고, 한 여자와 하루 아니면 이틀 밤이었다. 지나고 보니 얼굴이 기억나지 않는 여자가 더 많았다. 별반 특징이 없는 여자는 만나지 않은 거나 마찬가지였다. 함께 자지 않은 것과 같았다. 여자들은 내가 어떤 사람인지, 어떻게 그네들을 대할지 모르는 것 같았다. 모르긴 나도 몰랐다.

어쩌다 본부에 들르면 친구들과 어젯밤 일어난 이야기를 나누곤 했다. 한 녀석은 클럽에서 여자가 반나체로 춤추는 동영상을 촬영해왔다. 나는 그 영상도 유튜브에 올렸다. 24시간 동안 60만명이 감상했다. 2분 분량의 독일 여자 영상이었는데 하루 정도 지나자 400달러 수입이 올라 있었다. 왼쪽 등을 긁으며 몇번이고 확인했다. 틀림없었다. 다음 달 말이면 받을 수 있는 돈이었다.

누나는 수영장에서 일어나 다시 방으로 올라갔다. 수영복이라도 갈아입는 줄 알았다. 욕실로 향하며 내 팔을 잡아당겼다. 이상형을 메건 영으로 정해두고 있었기에 눈에 들어오지 않는 몸매였다. 메건 영은 미스 월드급이다. 누나의 가슴이 도톰한 건 좋았다. 허리까지 두툼했다. 샤워기를 틀고 나서 온몸을 한번 적시더니, 내 몸에도 소나기를 뿌려주었다. 빨아달라고 하는 부위를 샤워기로 표시하듯 물을 뿌렸다. 허리, 배꼽, 가슴, 목덜미, 곧장 다리 사이로 내려왔다. 좁은 욕조에 물을 받고 편안하게 뒤엉켜 있었다. 하루쯤 더 지내줄 생각도 없진 않았지만 누나는 서둘렀다. 2시까지 체크아웃이라면서.

호텔 로비를 빠져나가면서 내 주머니에 200달러를 넣어주었다. 훔친 돈을 합치면 400달러가 생긴 셈이었다. 60만명이 본 영상과 나 혼자 본 누나의 육체 중 어느 쪽이 더 생산적인 걸까. 은행에 통장을 만들지 않으면 곤란할 정도로 돈이 생겼다. 통장을 만들 보증금이 충분했다.

나는 습관대로 영상을 훔치는 데 주력했다. 훔치지 않고서는 짧은 시간에 당장 돈이 되는 흐름을 만들 수 없었다. 망고스퀘어에 남녀가 모여 불놀이를 하는 모습을 찍어 내 계정에 올리고 일주일 동안 들락거려봤다. 서른명 정도가 불놀이를 관찰하고 있었다. 일년 내내 30도가 넘는 망고스퀘어에서 횃불을 목덜미 뒤로 돌리다 입에서 뿜어내는 불놀이를 우습게 보고 있었다. 훨씬 더 뜨겁고 재미있는 게 필요했다. 사이트를 떠도는 뜨거운 작품들을 뒤져야 했다. 이따금 마르코 폴로 누나한테서 메시지가 왔다. 접속을 차단해버릴까 하는 생각도 없진 않았다. 막아버리면 외롭고, 열어두면 귀찮은 상황에 부딪혔다.

　— 너 요즘, 재밌게 지내나봐?

　— 재밌긴요, 눈이 빠질 지경이에요.

　— 클럽에서 여자 쳐다보느라?

누나는 한국으로 돌아간다며 곧 다시 방문하겠다고 했다. 아무런 말 없이 도착해서 연락하는 여자들도 많았다. 실속 있는 사람들은 말이 적은지도 모른다. 찾아와서 필요한 거 말하고, 돈 쓰고 가는 사람들.

누나들은 자유롭게 이곳을 왕래하면서 나를 독점하려고 했다. 볼일이 끝났음에도 미적거렸다. 톱스힐 전망대로 가자든지, 바닷속으로 뛰어드는 레저 같은 걸 제안했다. 더운 나라에선 방에 처박혀 에어컨 바람이나 쐬는 게 최고인 줄을 모른다.

본부에 에어컨은 없었다. 컴퓨터의 파란 파워 버튼을 누른 뒤 몇 초 후면 40도 이상 올라갔다. 주변에서 아무 때나 쓰레기를 태워 연기가 번져왔다. 자칫 불똥이 튀면 본부를 삽시간에 태워버릴 수도 있었다.

나는 원룸을 구하러 다녔다. 누나들이 나를 초대하곤 했던 시내 중심가의 콘도 같은 곳이면 더 바랄 게 없으련만. 그런 곳은 보증금이 비쌌고, 월세도 만만치 않았다. 아직 월세 한번 지불해보지 않았으면서 나는 불안한 마음을 지닌 채, 킹사이즈 침대가 있는 방을 고르고 있었다. 밤의 백화점 망고스퀘어가 가까울수록 좋았고, 낮의 백화점 아얄라몰이 멀지 않아야 했다. 킴 카다시안 젖가슴을 누구나 볼 수 있도록 영상을 올리는 데 지장이 없는 인터넷 속도가 따라줘야 했다. 친구들은 여자친구가 있는 집으로 옮겨갔다.

원룸 주인을 만나 영문 계약서를 살펴봤다. 어떤 경우에도 주인은 손해를 보지 않도록 구성한 계약서였다. 목둘레에 검은 안감이 드러나는 호피 라운드넥 티셔츠를 입은 여주인이 말했다.

"혼자 살 건가?"

"네. 가끔은 친구들도 놀러 오고요."

"부모님은?"

"안 계십니다."

여주인은 나를 빤히 바라보다 보증금에 대해 말했다.

"네달 집세, 네달 월세. 오케이?"

보증금과 선월세를 다른 곳보다 두배 더 달라는 말이었다.

나는 대담한 척 오케이, 하고 말하며 불쾌한 심정을 감추고 웃었다. 여주인도 웃었다. 다시 만나 돈을 지불하고 나서 여주인이 돈을 세는 모습을 아이폰으로 찍었다. 여주인은 소리 내서 돈을 세며 큰소리로 웃었다. 나는 기분이 썩 좋지는 않았다.

방청소를 마치자 상쾌한 기분이 들었다.

방바닥을 한꺼풀 밀어내다시피 닦았다. 의자 위에 올라가 벽과 천장의 먼지도 털어냈다. 처음으로 가져보는 냉장고, 침대, 텔레비전, 주방의 가스통, 빨래걸이, 베란다. 이런 가구와 소품들을 아이폰에 담았다. 처음으로 내가 촬영한 영상을 계정에 올렸다. 아무도 관심을 갖지 않는 것 같았다. 마르코 폴로 누나한테 사진을 보냈다.

누나가 말했다.

—누구랑 있니?

—혼자 있어요.

—거짓말.

—정말.

—조금만 참지 그랬어.

—뭘요?

—다음 달에 가려고 했는데.

—그래서요?

—한 일년쯤 거기서 살아보려고.

누나는 정말로 서울에서 세부시티로 건너왔다. 누나는 도착한지 보름이 지나 내게 연락했다. 그때까지 나는 처음 가져보는 방에 혼신의 힘을 쏟고 있었다. 이곳 사람들은 잘 사용하지 않는 실내 슬리퍼까지 손님용으로 마련해두었다. 컴퓨터를 직접 조립해 성능을 올렸다. 망고스퀘어의 온도만 그대로고 모든 게 바뀐 듯한 기분이 들었다. 처음으로 내 계정에서 돈을 찾았다. 친구들을 클럽으로 초대해 파티를 열었다. 시시껄렁한 여자들에게 더는 눈길이 가지 않았다. 이제 하루에 100달러 이상 써도 걱정할 필요가 없었다. 클럽은 여전히 외로움을 털어내려는 사람들로 붐비는 것 같았다. 내게 노는 시간이 늘어날수록 금전은 줄어든다는 것도 깨달았다. 방으로 돌아가면 과거와 달리 망고스퀘어에 나가지 않고도 더 많은 것들을 모니터 속에서 훔칠 수 있었다. 노력만 하면 돈이 생기는데 길거리는 거지들로 넘쳐났다.

누나가 집을 구한 빌리지에 방문하던 날, 생연어를 얼음더미에 얹어 스티로폼 상자로 포장했다. 택시에서 내릴 때 누나가 대문 앞에 나와 있었다. 나는 배를 내밀며 연어를 누나에게 건넸다. 그쳤던 스콜이 다시 쏟아졌다. 금세 해가 사라졌고 누나 집의 식탁엔 불고기 요리가 놓였다. 조만간 나도 누나를 초대해야지 생각하면서 온더록스 잔의 발렌타인을 마셨다. 21년산 발렌타인 병에 면세용 딱지가 붙어 있었다. 천연석 식탁에 잔이 놓일 때마다 경쾌한 소리가 났다. 가지런히 내려뜨린 누나의 머리카락이 출렁일 때마다 술냄새가 풍겨왔다. 누나는 젓가락으로 불고기를 집어 내 입에 넣어주었다. 자유롭게 살 거야, 하면서 나를 구속하는 듯한 이상한 동작, 불에 탄 불고기를 먹으며 환하게 변해가는 표정.

누나가 말했다.

"여기 와서 살아도 돼."

나도 사무실 겸 방이 있는데 그러고 싶지 않았다.

누나는 혼자 지낼 살림치곤 지나치게 많이 갖추고 있었다. 벽에 걸린 텔레비전은 길거리의 대형 광고판을 연상시키는 크기였다. 이층에 올라가보지는 않았다. 아마도 방이 서너개는 있을 것 같았다. 새로 마련한 소파야, 하고 누나는 테이블에 아이스커피를 올려놓으며 말했다. 대부분의 살림을 전주인한테서 통째로 샀다고 했다. 새로 장만한 살림에 대해 말해주었다. 내가 듣기엔 식탁이니 침대니, 중요한 건 다 새로 산 것 같았다. 문이 두개 달린 냉장고 한쪽에 1킬로그램씩 포장한 동태가 수십봉지 들어 있었다. 오랜만에 보는 고추장병도 냉장실 한켠을 차지하고 백열등 조명에 반짝 빛을 냈다. 만족하고 지내던 내 원룸을 생각하니 갑자기 초라해졌다. 소파 하나 놓을 공간이 없으니까.

창밖의 정원을 바라보며 누나는 커피잔을 내려놓았다. 오른손으로 내 허리를 끌어당기며 키스를 원하는 표정을 지었다. 원시적인 입맞춤을 원하는 능란한 동작. 나는 그만 소리를 지르고 말았다.

"왜 그래?"

"아파서."

"어디가?"

"여기."

나는 하얀 티셔츠를 걷어올리고 등을 보여주었다.

벌겋잖아, 누나가 말했다.

2

혼자였더라면 병원에 가지 않았을 테다.

뎅기열로 병원에 가면 돈도 엄청나게 들고, 일주일 넘게 입원하는 수도 있다. 나는 뎅기열 환자는 아니었다. 왼쪽 등에 세개의 붉은 반점이 지름을 넓혀 가고 있었다. 전신거울에 비춰보면 총탄자국처럼 보였다. 곧 구멍이 뚫릴 것이라고 예고하는 듯했다. 누나한테서 얻어온 알콜솜으로 소독을 하며 일을 계속했다.

SONY Vegas 프로그램을 다운받아 영상을 편집하는데 누나한테서 전화가 왔다. 유명한 병원을 찾았으니 함께 가자고 했다. 더는 견딜 수 없을 것 같아 동의했다.

방금 내려받은 영상은 어떤 여자가 생일 케이크를 테이블 위에 놓으면서 일어난 일을 담고 있었다. 하얀 드레스를 입은 여자가 촛

불이 켜진 케이크를 테이블 쪽으로 가져가려고 발을 뗀다. 순간 뭔가에 걸려 넘어지면서 촛불이 드레스에 옮겨붙는다. 대체 어떤 소재로 만들었기에 바닥을 휘감는 드레스 폭을 전부 태워버린 걸까. 주변에 있던 남자가 양복을 벗어, 넓게 타오르는 드레스의 불을 끄기 위해 여자를 때린다. 여자가 넘어지고 남자는 힘껏 양복을 휘두른다. 새카맣게 탄 드레스 안쪽에 여자의 하얀 팬티가 드러난다. 컷.

'생일에 팬티를 입어야 하는 이유'라는 제목을 달고 영상이 올라가길 기다리고 있을 즈음 누나가 도착했다. 차에서 기다리고 있다고 했다.

칭화병원 저패니스 센터로 갔다. 본관에서 조금 떨어진 별도 건물에 있었다. 접수를 마치고 의사와 상담하기까지 30분을 기다렸다. 환자라곤 나밖에 없었다. 나무 칸막이 안쪽에서 여의사가 들어오라는 신호를 보냈다.

여의사가 물었다.

"일본 사람입니까?"

"아닙니다. 한국인입니다."

"필리피노 아닌가요?"

"아닙니다. 일본사람이라야 하나요?"

"그렇진 않아요. 여긴 외국인 전용이다,라고 이해하시면 정확합니다."

여의사는 내가 짚어주는 곳을 걷어올렸다.

이런 증상은 처음 보는데, 어쩌다? 하고 여의사가 말했다. 여의사는 안경을 이마로 올리고 내 등짝을 살펴보다 손가락으로 눌렀다. 늠름한 척하려고 아픔을 참았다. 욱신욱신하니? 누나가 옆에서 물었다. 「생일에 팬티를 입어야 하는 이유」를 연상하며, 나는 고개를 끄덕였다.

여의사는 자신만이 알아볼 법한 필체로 메모지에 뭔가를 적으며 고개를 갸우뚱거렸다.

"사타구니는 괜찮나요?"

"이상 없습니다."

"다행이군요. 언제부터 가려웠나요?"

"평소 가끔 가렵긴 했지만, 파리가 앉았을 때의 가려움증 정도였어요."

"그래요? 음, 옆의 보호자 분과 같이 사나요?"

"아닙니다."

"제가 볼 땐 주거환경이 급격히 바뀌었을 때 나타날 수 있는 증세입니다. 최근에 이사한 적 있나요, 벌레들이 우글거리는 나무집 같은 곳으로?"

"그런 곳에서 빠져나온 지 한달이 다 돼갑니다."

나는 콘도가 얼마나 깨끗한 곳인지 설명해주었다. 슬리퍼까지 있는 콘도에서 이런 종기가 생기다니, 라고 하며 여의사는 누나를 바라보았다.

"열이 심해질 테니까 미리 약을 좀 먹도록 하고요, 그다음 세군데 모두 빨리 곪아 터지도록 처방해드리죠."

수술을 하지 않은 게 다행이라 생각하며 메모지를 받아들고 밖으로 나왔다. 약을 타는 데 100달러가 넘게 들었다. 당분간 술을 마시지 말라고 했다.

누나와 인근 건물로 들어가 점심을 주문했다.

'JAPENGO'라는 간판이 달린 식당에서 볶음밥은 각자, 라면 하나는 나눠 먹기로 했다.

병원에서 걸어나오면서 엄마가 살고 있다는 일본에 대해 상상했다. 어쩌다 메시지를 보낼 뿐, 일본 할아버지를 따라간 뒤 한번도 오지 않았다. 한번 가야 할 텐데,라고 늘 말만 한다. 아니면 곧 초대할게, 메시지를 띄우곤 한다. 엄마와 나는 헤어졌다. 아직 끊어지지는 않았다.

나는 돈이 끊어지지 않는 신호에 중독돼갔다. 초 단위로 알림 메시지를 보내주는 구글 계정을 손바닥에 들고 예상 수입, 페이지뷰, 클릭 수, 객단가 등을 수시로 확인했다. 하얀 바탕 위에 달러가 증가하는 모습을 보며 다음 달에 들어올 수입을 기분 좋게 당겨쓰기도 했다. 뺑 뚫린 종기 때문에 며칠 일을 하지 않았음에도, 눈금이 쳐진 흰 바탕 위로 달러가 새겨졌다.

등짝에 첫번째 구멍이 나던 날, 침대 커버가 몸에 들러붙었다. 커버를 당기자 고름이 터져나왔다. 침대 커버를 빨고, 피고름도 짜내야 했다. 큼직한 콩알 하나가 들어갈 만한 구멍.

침대에 엎드려서 '이번 주 톱3'를 관찰했다.

1. 영국 왕세손비 젖꼭지
2. 은행강도를 놓친 경찰
3. 투우사의 줄행랑

톱3가 전체 영상 수익의 80퍼센트가량을 주도했다. 예상과 다른 영상이 톱3에 오르는 경우가 많았다. 먼저 올라갔느냐 늦게 올라갔느냐 하는 건 아무 상관없었다. 어쩌면 운이 조회수를 좌우할지 모른다. 얼토당토않은 그림들은 운조차 따르지 않았다. 예컨대 내 왼쪽 허리께 등 위로 솟아오른 세개의 종기 같은 것.

누나만이 내 몸에 관심을 가져주었다. 콘도로 반찬 재료를 가져와 요리해주었다. 동태도 구워 먹나요? 하고 물었더니 한참 동안 웃었다. 이건 메로구이라는 거야, 누나가 말했다.

메로는 기름기가 많았다. 살이 두툼하면서 잘 갈라졌다. 잔뼈라곤 없어서 토막 난 메로의 원래 크기를 짐작할 수 있었다. 고름이 빠져나오면서 기운을 잃은 내 몸을 메로구이가 보충해준다고 누나가 말했다.

누나는 기름기가 고인 프라인팬을 깨끗이 닦았다. 전기밥솥, 냄비, 간장 같은 물건들이 주방이라는 한곳에 모이자 근사하게 보였다. 행주로 전기밥솥을 닦으니까 반들반들했다. 나는 손으로 등을 짚어보며 침대에 엎드렸다. 누나가 소독을 해준다고 침대에 걸터앉아 내 등을 빤히 내려다봤다. 종기 사이가 10센티미터는 되네, 하고 누나가 말했다. 한꺼번에 모여서 제각각 분출구를 형성했더라면 어땠을까. 지금처럼 세로로 내려앉은 모습이 더 이상적일 것 같았다. 구멍 하나는 제대로 뚫려 있었다. 드러나지 않은 암세포가 몸 내부에서 종기처럼 퍼져간다면 한달 이상 살 수 없을 것 같았다.

누나가 블랙커피를 마시고 잠들어 있을 때 친구에게서 메시지가

왔다. 빨리 피신해 있으라고 했다. 얼마 전 JTV 사장 심부름으로 샤부 배달을 했던 건에 문제가 생겼다고 했다. 나는 핸드폰만 챙긴 채 누나를 흔들었다. 누나는 여유 있게 뒹굴다 나를 끌어안았다. 애정이 모자라거나 남아돌거나 하는 여자들에게서 느낄 수 있는 이상할 정도로 다정한 접촉.

"누나 집으로 가요."

"응?"

"거기서 살아도 된다고 했잖아요."

누나의 운전 솜씨는 세부시티에 익숙하지 않았다. 면허만 있다면 내가 운전하고 싶었다. 차가 덜 지나다니는 길로 안내하며 차창 밖을 살폈다. 제복을 입은 교통봉사대원과 눈이 마주쳐도 다리가 떨렸다. 금요일 초저녁이라 골목마다 각종 차들이 축 처진 엉덩이를 내밀고 똥을 싸듯이 힘을 주고 있었다.

누나의 쏘나타 승용차가 빌리지 게이트를 통과할 때 경비는 나를 살폈다. 누나가 손짓하며 웃음을 짓자 장난스럽게 경례를 붙였다. 경찰에 잡히는 날이면 수갑을 찰 테고, 경찰서로 끌려갈 게 분명했다. 시내에서 멀리 떨어진 교도소에 갇혀 이가 썩어도 스스로 뽑아야 하는 생활을 할지 모른다. 나를 면회 올 사람은 누가 있지, 하고 생각하니 더 끔찍했다. 빌리지 메인 스트리트를 지나가며 몇 번이나 뒤돌아봤다. 조깅복 차림으로 뛰어오는 남자가 눈에 제일 거슬렸다. 누나 집은 워낙 넓어서 불안감을 더욱 부추겼다.

원룸을 얻을 때 계약서에 서명했던 내 이름이 떠올랐다.

'Harper Kim'

최근 방을 계약한 명단을 경찰이 조사한다. 내 이름이 나온다. 금방 들키고 말 텐데. 원룸 주인은 마리아루이사,라는 곳에 살고 있다. 원룸을 계약할 때 브로커가 함께 있었다. 부동산 브로커를 모두 조사하면 내 이름이 들통난다.

더 생각해보니 내게 선견지명이 있었던 걸까. 서명할 때 Lydia Kim이라고 썼던 게 분명하다. 리디아 고 선수가 골프 기록들을 새롭게 갈아치우는 걸 보면서 그녀에게 푹 빠지기 시작했을 때다. 오래 산다고 많은 걸 성취하는 게 아니다. 리디아 고는 십대에 거의 모든 골프 기록들을 자신이 새롭게 써나갔다.

조금 여유가 생겼다. 누나 냉장고에서 냉수를 꺼내 마셨다.

누나가 말했다.

"너 무슨, 죄 지었니?"

"죄는 무슨."

"근데, 왜 그렇게 쫓기는 눈치야?"

"아무것도 아니에요."

"너, 혹시 애인 있는 거 아냐?"

"없어요."

차라리 그런 의심을 받는 게 더 낫겠다. 마약을 배달하다 쫓기는 신세라고 하면 당장 집에서 나가라고 할 테다. 나는 「투우사의 줄행랑」을 연상했다. 스페인 투우사는 붉은 천으로 소를 몰려다가 마음대로 움직이지 않자 도망친다. 소는 투우사를 향해 달린다. 투우사는 손에 들고 있던 칼을 놓치고 땅 위를 날듯이 뛰며 달아난다. 소의 뿔이 투우사의 허리를 찌른다. 투우사는 바닥에 쓰러진다.

두개의 뿔에 쫓기는 신세일지도 모른다는 생각이 들었다. 하나는 경찰, 또 하나는 누나.

사람들은 왜 투우사의 실패에 박수를 치고 광고를 클릭해주는 걸까. 내 삶의 실패에 박수를 칠 사람들도 어딘가에 숨어 있는 게 아닐까.

몸을 감싸주는 듯한 소파에 등을 기댔다. 부드러운 가죽에 등이 닿자 온몸이 쑤셔왔다. 약봉지를 가져오지 못했다. 챙겨오지 못한 게 한두가지가 아니었다. 당장 필요한 건 혼자 지낼 방이었다.

누나는 화장실이 딸린 방을 내주었다. 물렁한 침대 위에 엎드려 있자 허리가 아파왔다. 누나에게 부탁해 약을 가져오라고 할까. 안되겠군. 경찰이 원룸 부근에 잠복해 있다가 누나의 동선을 따라온다면? 젠장, 방을 제대로 사용도 못 해본 채 일년 내내 월세를 내야 한단 말인가. 내 계정에 돈이 아무리 쌓인다손 치더라도 은행에서 그걸 어떻게 찾나. 올림픽 체조선수도 아닌데 벌써 은퇴를 해야 한단 말인가.

방에 불을 켜고 침대 위에 앉아 있었다. 누나도 깊은 잠을 자진 않았던 모양이다. 뭐 하니? 하고 물으며 노크하는 소리가 들렸다. 핸드폰을 충전기에 연결해두고 누나랑 거실 소파에 앉았다. 마주 보도록 설계되지 않은 소파가 마음에 들었다. 누나가 물을 따라주었다.

내가 말했다.

"누난 여기 왜 왔어요?"

"좀 쉬고 싶어서."

"쉴 나이가 아닌 거 같은데?"

"지금은 쉴 때야."

누나는 거실 화장실에 다녀오고 나서 다시 소파에 앉았다. 화장실 변기에서 자동으로 물을 보충하는 소리가 들렸다. 누나는 내 옆에 앉아 소파 가죽을 손가락으로 두드렸다. 손바닥으로 쓰다듬기도 했다. 아침에 나랑 장보러 갈래? 하고 누나가 말했다. 마트나 재래시장 같은 곳을 돌아다니며 잘 익은 망고를 고를 수 있다면 얼마나 좋겠는가. 내가 대답하지 않자 누나는 다른 말을 했다. 잠잠하게 있다가 말문이 터지면 길게 이어지는, 외로운 사람에게서 엿볼 수 있는 특징들.

동글하게 말린 모기향을 피우고 나서 '작년까지 복사집을 했어' 하고 누나는 말을 이었다.

"아버지가 하던 일이라서 따라하다보니 나도 익숙해졌지. 이거, 구운 아몬드야. 좀 먹어. 대학교 부근 복사집에는 장학사도 오고, 승려도 오고, 식당 주인도 오고, 정치인도 오고, 별의별 사람들이 다 오지. 학생들도 물론 와. 옛날엔 박사논문 인쇄하면 몇백부는 기본이었어. 인쇄가 끝나면 박사 가족들이 소를 잡아서 잔치도 했다더라구. 요샌 몇십부 하면 끝이야. 닭도 한마리 잡지 않아. 책을 복사하는 일이 더 많지. 한권 가져와서, 오십부 해주세요 하면 일할 맛이 날 정도야."

"일일이 다 손으로 작업하나요?"

"아니야. 원본 책을 묵직한 칼날에 밀어넣고 잘라. 그걸 복사기에 양면으로 드르륵 돌리는 거야. 그뒤에 핫멜트라는 특수한 고무를 기계에 녹여야 해. 시간이 좀 걸리는 게 단점이야. 고무가 뜨끈 뜨끈해져. 그때, 표지를 입힌 복사본 묶음을 고무 위로 통과시키면 깔끔하게 굳어버려. 인쇄를 하러 오는 손님에겐 아예 컴퓨터 테이블을 내주지. 자기네들이 알아서 출력하거든. 500장까진 파워 펀칭기로 구멍을 뚫어줄 수 있어."

누나가 자신의 이야기를 털어놓는 동안, 나는 누나를 어떻게 이용할 수 있을까 생각했다. 누나는 내게 방도 제공했고 먹을거리도 얼마든지 내주었는데.

"아버지는 낚시를 좋아했어."

"그래요?"

"붕어를 잡는다고 주말마다 전국을 돌아다녔어."

"누나도 같이 다녔어요?"

"아니, 주말에는 내가 주로 일을 했지. 아버지가 돌아가신 뒤에는 매일 일을 했어."

"누나 취미는 뭐예요?"

"취미 없이 살았어. 이제부터 만들어보려구."

참 한가로운 여자군하는 생각이 들었다. 누나가 냉장고에서 스타벅스 프라푸치노를 가져오고 난 뒤 이어지는 말을 듣고 그런 생각은 버렸다. 누나는 냉장고에 붙어 있던 딸기 모양의 자석 홀더를 가져와서 만지작거렸다. 삼십대 중반을 바라보는 나이에 당뇨병을 지니고 있다고 떳떳하게 말했다. 혈압이 자주 오르락내리락하다 고혈압 지점에 멈추는 고질병도 있다고 했다. 누나는 란셋 침으로 내 새끼손가락에서 피를 뽑아 혈당을 체크해주었다. 종기를 소독

할 때와 똑같은 알콜솜으로 손가락을 닦으며 99라는 숫자를 보더니 정상이네, 하고 말했다. 누나는 혈당이 400 이상 올라갈 때도 있다고 했다.

혈당이 내 수치보다 네배 올라가면 어떻게 되는데요? 하고 내가 물었다.

당장은 멀쩡해,라고 누나가 대답했다.

나는 혈압기에 오른팔을 넣고 빨간 디지털 숫자를 내려다봤다. 혈압은 높지도 낮지도 않은 정상이었다. 아주 건강하네. 누나가 말했다. 남의 집에 숨어지내는 내가 건강한 상태일까? 당뇨나 고혈압이 전염성을 지녔는지 몰래 찾아봤다. 누나 집에서 평생 살아도 문제를 일으키지 않을 병이었다.

텔레비전 심야 프로그램에서 한 여자 아나운서가 축구팀의 승리를 기념해 공약을 이행하고 있었다. 팬티를 먼저 벗고, 브래지어를 흔들면서 다리 아래까지 끌어내려 바닥에 놓았다. 여자 아나운서의 몸에 붙은 건 마이크 하나뿐이었다.

나체에도 핑계나 사연이 있게 마련이다. 나는 완전한 나체에 관심이 줄어들었다. 여자 맹인이 스포츠센터에서 운동을 한 뒤, 지팡이로 더듬으며 남자 탈의실로 들어가 옷을 벗는다. 토실토실한 몸을 지닌 여자 맹인은 남자 샤워룸으로 천천히 들어간다. 남자들의 놀란 표정은 제각각 다르다. 남자들은 당황한 시선을 감추지 못한다. 한 남자가 맹인에게 목욕타월을 던져주는 장면에서 영상은 끝난다. 나는 이 영상을 내려받아 계정에 올렸다. 3천여명의 구경꾼이 다녀갈 즈음 경고장이 날아왔다. '커뮤니티 가이드라인'을 제시하며 성인만 볼 수 있도록 처리했다. 이렇게 봉인해버리면 광고가 붙지 않는다. 내 목적은 점점 분명해졌다. 돈과 관련 없는 영상들은 모두 버려라.

냉장고에서 얼음이 어는 소리가 들릴 즈음 누나는 잠이 들었다. 소파에 누운 누나의 몸을 보디타월로 덮어주었다. 벌어진 입속의 한쪽 어금니가 금색으로 때워져 있었다. 나는 일주일 동안 단 한번도 집 밖으로 나가지 않았다. 일을 할 수 있었고, 먹을 수 있었고, 잠을 잘 수 있었다. 행복할 수 없었다.

나보다 열네살 많은 누나도 옆에 있었다. 일주일 살아보니 떠나고 싶은 마음이 간절했다. 누나가 싫다기보다 내 방을 누리고 싶었다. 일주일 만에 누나를 따라 밖으로 나서기로 했다. 얼굴에 씨씨크림을 듬뿍 발랐다. 아얄라몰 같은 곳은 위험할지도 모른다. 재래시장으로 장을 보러 나갔다. 'Because of U'라는 글자가 새겨진 모자를 눌러쓴 채 누나의 팔짱을 끼고 최대한 가까이 붙어다녔다. 남들이 나더러 누나의 아들이라 한들 애인이라 한들 상관없었다. 팬티, 반바지, 칫솔 등을 샀다. 원룸에 있는 물품들을 또 사자니 속이 쓰렸다. 한국식당에서 짬뽕을 먹었다. 경찰이라곤 한명도 보이지 않았다.

쇼핑이 끝난 뒤 누나는 드라이브를 즐기며 시내에서 멀리 떨어진 모알보알 해변에서 쏘나타 승용차를 멈추었다. 수평선 위로 안개구름들이 흩어져 있었다. 분리해뒀던 씸카드를 핸드폰에 꽂았다. 클럽에서 만난 여자들이 나를 찾고 있었다. 아무 때나 만날 수 있는 여자들이었다. 연락 좀 해라, 하는 JTV 박사장의 메시지가 여러개 들어와 있었다. 누나는 샌들을 벗고 바다 쪽으로 걸어가며 두 손을 높이 쳐들곤 했다. 나는 숨을 가다듬고 박사장에게 전화를 걸었다. 바로 옆에서 얘기하는 듯 목소리가 들렸다.

"오랜만이군. 잘 지내나?"

"그럭저럭요."

"언제까지 도망다닐 텐가?"

"도망이라뇨? 마닐라에 사촌 좀 만나러 와 있어요."

"너한테 사촌이 없다는 것쯤은 다 알고 있어."

박사장은 나에 관해 모르는 게 없는 것처럼 말했다. 내가 모알보알 해변에서 걷고 있는 건 알 리가 없을 테다. 흰모래를 밟으며 발자국 소리가 나지 않게 걸었다. 안개구름이 하늘 위로 자유롭게 올라갔다. 내 가슴 한켠을 시커멓게 그을리며 올라가는 연기.

충전금액을 다 사용해 전화가 끊겼으나 즉시 박사장에게서 전화가 걸려왔다. 한국인 두명이 JTV에서 놀다간 뒤 경찰에 붙잡혀 다 불었다고 했다.

무슨 상관이죠? 하고 나는 목소리를 높였다.

그때 니가 배달했잖아, 라고 박사장은 나직하게 말했다.

12시를 넘긴 시각이었다. 박사장의 지시에 따라 나는 아이티 파크 맥도널드에서 서성거리고 있었다.

헬멧을 착용한 남자가 오토바이를 몰고 와 정차한다. 비상등을 켰다 껐다 반복한다. 오토바이맨에게 주간지를 건네받고 워터프런트 호텔로 향한다. 아스팔트 길을 가로지르기 위해 차를 향해 손을 젓는다. 카지노 건물을 지나 호텔 입구로 향한다. 경비가 서 있는 검색대를 통과해야 한다. 레이디 가가가 표지 모델인 주간지 안에 샤부가 들어 있는지는 알지 못한다. 경비들은 총기 소지자를 밝히는 데 주력한다. 양팔을 들었다 내리며 안내 데스크로 향한다. 지정된 방으로 전화를 연결한다. JTV 박사장 이름을 말하며 심부름 왔다고 말하자 들어오라고 한다. 엘리베이터를 타고 올라가며 생각한다. 오토바이맨은 얼굴을 노출하지 않았다. 나는 안내 데스크에 얼굴이 알려졌고 CCTV에도 찍혔을 테다. 방문객 명단에 내 필체도 남아 있을 게 분명했다. 박사장이 괘씸하다는 생각이 들었다.

내가 말했다.

"사장님은 경찰서에 다녀왔나요?"

"경찰서에 갔었지. 내가 무슨 죄가 있어야지. 너희들 전화번호만 알려주고 나왔어."

"저한테 다 뒤집어씌웠다는 말이군요?"

"이번엔 니가 책임질 차례다 하는 뜻이야. 알아듣겠나?"

"못 알아듣겠어요."

"까불면 죽는다."

여기는 공갈로 끝나는 도시가 아니다. 진짜로 죽이는 곳이다. 내가 망설이자 사장이 말했다.

"너 마닐라에 있는 거 확실해?"

"네."

"나도 마닐라에 와 있어. 당장 말라테 팬퍼시픽 호텔로 나와. 알아듣게 해줄 테니까."

나는 할 말을 잃고 핸드폰 화면에서 종료 버튼을 누르고 말았다.

스쿠버다이빙을 즐기러 오는 사람들을 피해 차 안에서 누나를 기다렸다. 누나는 바닷물에 담갔던 발을 운전석에 앉아 닦았다. 차창 밖 바닷가에 떠 있는 방카들이 점점 멀어지자 현실감을 되찾아주는 도시 속의 갈라진 길들이 우리를 기다리고 있었다. 하늘 위에서 우리의 하루 동선을 그린다면 샛길로 조금 나갔다가 다시 돌아온 모습일지도 모른다.

용기가 나지 않아 원룸에 들르지 못한 채 누나 집으로 돌아갈 수밖에 없었다. 이른 저녁식사로 비빔밥을 먹고 난 뒤 양치질을 하다가 갖고 싶은 물건이 하나 생겼다. 바다 위를 날며 내가 원하는 모습을 찍어줄 카메라, 원룸 주변을 관찰할 수 있는 드론이었다.

말린 암팔라야를 큰 냄비에 달이고 있던 누나에게 드론에 대해 물었으나 잘 알지 못했다. 내가 전화를 걸 수 없기에 누나에게 부탁해 드론 판매처에 연락했다. 저녁시간이라서 그런지 아무도 전화를 받지 않았다. 나는 이메일로 무소음 드론에 대해 여러군데 같은 내용의 문의를 해뒀다. 내가 사용하기에 적합한 드론은 얼마나 할까. 오후에 본 바닷가를 상상하며, 잔고를 확인하기 위해 계정으로 들어갔다.

붉은색 바탕 위에 처음 보는 문구가 나를 기다리고 있었다. 샤부를 배달할 때도 오늘처럼 놀라거나 두렵지는 않았다. 계정에 도착한 반갑지 않은 내용을 몇번이나 반복해서 읽었다. 딱딱한 내용이 불안한 마음을 한없이 흔들었다. 최대한 내게 유리하게, 조심스럽게 해석한 이메일은 이런 뜻이었다.

'타인의 저작권을 한번 위반했다. 두번 더 위반하면 계정을 영구

정지시킬 수 있다.'

「레인보우 개구리의 점프」라는 영상을 자동으로 차단해버렸다. 테이블 위에 있는 개구리에게 날벌레를 모니터에 띄워놓자, 힘껏 뛰어올라 잡아 먹으려고 하는 모습이었다.

방으로 들어가 책상에 앉았다.

한번 경고를 받았다.

두번 경고를 받을 수 있다.

남의 것을 가져다 제 것처럼 널어놓은 자는 언제든 또 경고를 받을 수 있다.

책상 밑에 떨어진 나무가루를 물에 적신 휴지로 닦아내며 곰곰이 생각해본다. 90퍼센트 이상이 훔친 영상들이다. 계정이 오늘 정지될 수 있다. 내일, 모레, 언제든 끝날 수 있다. 나는 계정을 놓치고 싶지 않았다. 그러려면 훔친 것들을 모두 체크해 삭제 단추를 눌러야 한다. 400여개를 모두 올리는 데 개당 5분만 잡아도 2천분이라는 시간이 필요하다. 속도가 느려 길이가 짧은 영상이라도 5분은 걸린다. 다섯배, 열배 이상 시간이 더 들 때가 많다. 의자를 뒤로 젖히고 생각할수록 훔친 것에 대한 애착이 몹시 강해졌다.

누나는 암팔라야를 달여 머그컵에 담아 가져왔다. 속살이 하얀 암팔라야를 달여서 먹으니까 담뱃재보다 더 쓴 맛이 입안을 감돌았다. 계정을 살리려면 일단 흔적을 지워야 한다. 나와 똑같은 상황에 처했던 사례를 찾아봤다. 지우는 방법 말고 다른 길이 없었다. 세로로 늘어선 자그마한 네모상자에 체크 표시를 한다. 삭제 단추를 누르려다, 조금만 더 생각해보기로 한다.

「레인보우 개구리의 점프」 주인을 찾기로 한다. 연락처라곤 이 메일 주소 하나뿐이다. 주인한테 메모를 전송하고 메신저를 켜두 었다. 나무의자에 진득하게 티셔츠가 들러붙었다. 종기 하나가 용 암을 분출하고 있었다. 거울을 보며 용암을 뿌리째 뽑아냈다. 메신 저가 깜빡거리기 시작했다. 누구십니까?라고 묻고 있었다.

나는 즉시 응답했다.

— 제가 말입니다, 레인보우 개구리를 좋아해서 사용하다보니.

— 아, 그런 사람이 한둘 아닙니다.

— 무지개 빛깔 개구리를 집에서 키우는 겁니까?

— 비가 오던 날 찾아온 개구리를 잠시 방에 데리고 있었던 겁 니다.

— 제가 보낸 이메일, 혹시 읽어보셨나요?

— 네, 봤습니다. 형편이 그렇게 어려우시면 밖에 나가서 일을 하셔야지, 남의 개구리를 도용해서 어쩌자는 겁니까?

— 몸을 많이 다쳐서 일을 할 수가 없습니다. 이메일을 끝까지 읽어보시면 제 사정을 이해할 수 있으리라 믿습니다. 신고하신 내 용을 철회해주시면 정말 고맙겠습니다. 레인보우 개구리로 인해 생긴 수익금은 모두 선생님께 보내드리겠습니다.

— 아, 그럼 다시 한번 생각해보겠습니다. 실례지만 몇살이십 니까?

— 만 18세를 갓 넘었습니다. 제가 아직 세상 물정을 몰라 실례 를 범했습니다.

— 아, 그래요? 전 중학생이에요. 인도에 살고 있구요. 그럼 안녕.

메신저 신호는 금세 증발하듯이 사라졌다. 인도에 사는 개구리 주인의 마음에 따라 경고 한장의 의미가 달라질 수 있는 처지에 놓였다. 만일 신고를 철회해준다손 치더라도 전과기록이 완전히 없어지려면 시간이 걸린다. 그 기간 동안 경고가 더 쌓이면 정말로 끝난다.

3

나는 빌리지 안에 나붙은 포스터를 응시한다.

맨 윗줄에 'LIV SUPER CLUB'이라는 이름이 새겨져 있다. 그 아래로 두 사람의 눈동자가 나를 노려본다. 왼쪽 사나이는 덥수룩한 머리카락이 이마를 가로지른다. 머리숱은 귀를 반쯤 덮는다. 열대지방에서 오랫동안 진화해온 넓은 콧구멍이 얼굴을 양분한다. 광대뼈가 도드라진 얼굴 위로 눈을 치켜뜨고 있다. 수염이 턱을 감싼다. 오른쪽 사나이는 머리를 바짝 밀어 빛을 발한다. 한쪽 귀만 노출하고 날카로운 눈썹 사이로 주름이 잡혀 있다. 콧날이 협곡처럼 흘러내려 양볼에 평지를 만든다. 째려보는 듯한 눈매 위로 조명이 반짝거린다. 수염이 턱 옆으로 내려가 목 안쪽에서 정지한다.

'파키아오 VS. 메이웨더' 경기를 알리는 네모난 포스터다. 빨간 글씨로 두 사람의 이름을 돌출시키고 있다. 두 사람은 근육질 가슴을 드러내며 당장이라도 상대방을 쓰러트릴 것 같은 표정이다. 파키아오, 메이웨더의 몸에 중세 수도사복을 입히면 어떤 모습일까. 좀비 같지 않을까. 포스터 중간을 따라 내려가면 몇몇 글자가 더 선명하게 박혀 있다.

18×24 WIDE SCREEN

LIVE ON PAPER VIEW

대형 화면에서 돈을 내고 복싱경기를 볼 수 있다는 뜻이다. 제공할 점심은 뷔페 식단이라고 광고하고 있다. 파키아오와 메이웨더, 누가 이길지 모를 이 경기를 즐기려면 600페소를 내고 클럽으로 들어오라는 포스터.

평소 이곳은 나이트클럽이다. 타임스퀘어를 건설하겠다는 목표로 생긴 신생 타운에 클럽이 일찌감치 자리잡았다. 칭화병원도 이곳으로 옮긴다는 소문을 들었다. 설마 종기 때문에 병원을 또 찾는 일은 없겠지.

포스터의 크기를 점점 줄이면 아주 조그마한 네모상자로 변한다. 네모상자는 유튜브 콘텐츠 왼편에 작은 공백으로 나타난다. 네모상자 위에 체크 표시를 하면 항목이 늘어선다.

수익 창출, 공개, 미등록, 비공개, 삭제, 추가작업, 최근 작업 보기. 나는 삭제를 눌렀다. 이제껏 모았던 콘텐츠들이 화면에서 사라졌다. 다른 방법이 없었다. 언제 불쑥 튀어나올지 모르는 소유자들의 신고가 두려웠다. 계정을 유지하기만 하면 수입을 지킬 수 있을까. 이미 생긴 수입마저 지금 정지당할지 모른다는 뒤숭숭한 마음 때문에 웨스턴 유니온으로 가서 지난달 모인 돈을 찾았다. 은행에 갈 수 없어 현금으로 보관하고 있다. 파키아오 경기를 클럽에서 페이퍼뷰로 백번 이상 볼 수 있는 돈이다.

다음 달에 수입이 반으로 줄어드는 게 문제다. 자그마한 네모상자의 수를 늘리면 수익을 얼마든지 증가시킬 수 있다. 상자는 가능성을 의미한다. 파키아오와 메이웨더는 포스터 상자 속에 들어 있다. 두 사람이 상자 속에서 벗어나 사각 링에서 움직이기만 하면 세계가 주목할 게 분명하다. 그들을 주목하는 사람이 많으면 많을수록 지폐가 쌓인다.

나의 네모상자도 세상 사람들의 관심을 애타게 기다리고 있다.

파키아오 경기가 5월 3일이었으니까, 4월 말이었던 것 같다. 누나는 한국마트에 다녀오더니, 스테인리스 냄비에 물을 붓고 치자 열매를 담가 노르스름한 물을 냈다. 불순물을 거르고 우려낸 물을 밀가루와 섞었다. 부추, 계란, 오징어, 조갯살, 풋고추 등을 넣어 프라이팬에 내 손바닥만 한 크기로 계속해서 구웠다. 향수처럼 번져오는 냄새를 맡으며 몇개까지 구울 거야? 하고 물으니까 열개,라고 대답했다. 주방 한켠에 부침개가 둥그렇게 쌓였다.

예쁘장하게 부친 부침개를 찢어서 내 입에 넣어주었다. 조화롭고 가냘픈 피자, 부드럽고 향기로운 케이크랄까. 이십개 정도 구웠더라면 더 좋았을걸.

누나는 5월 초부터 손님을 받을 수 있게끔 하숙집 비슷한 돈벌이를 계획하고 있었다. 필요에 따라 어떤 손님에게는 방만 빌려주고, 또다른 손님에게는 식사도 포함하는 방식이었다. 목표가 생기자 누나는 바빠졌고, 서로 각자의 일에 몰두했다. 첫손님이 왔을 때 누나는 한밤중에 공항으로 마중을 나갔다. 중년 남자 두명은 새벽에 도착해 여섯시간가량 내 방 위, 이층에서 잔 뒤 알타비스타 골프장으로 떠났다. 저녁 늦게 돌아온 남자들은 여자와 짝을 지어 밤새도록 술을 마셨다. 빌리지가 가장 조용한 시각인 새벽 4시에 여자 신음소리 때문에 잠을 잘 수 없었다. 성능 좋은 우드 스피커에서 갈라져나오는 듯한 소리가 울려퍼졌다. 친구들이 소리를 들었더라면 이렇게 말했을 테다. '싸운드 죽이네.'

누나는 방문객에 대한 규칙을 추가했다.

남자 손님에게는, 여자 동반 출입금지.

여자 손님에게는, 남자 동반 출입금지.

파키아오 경기를 클럽에서 보기 위해 외출을 준비했다.

누나가 가끔 입는 통바지 형태의 점프수트를 빌렸다. 가슴이 많이 파이지 않아 내가 입기에 좋았다. 네이비색 점프수트를 입고 양손을 벌리면 헐렁해서 가슴이 있는지 없는지 잘 알 수 없을 것 같았다. 블루그레이 리본이 둘린 와이드 모자도 덮어썼다. 박사장에게 쫓기면서 와이드스크린에서 복싱경기를 보려면 이 정도 준비는 필요했다. 손목에 차고 있던 카시오 시계는 침대 위에 던져두었다. 전신거울 앞에서 나를 응시하자 망고스퀘어에서 그토록 자주 마주치던 모습이었다.

'빠끌라(게이).'

누나는 대문까지 열어주며 나를 게이처럼 바라보았다.

빌리지 내 메인 스트리트를 걸어나가 지프니를 기다렸다. 바람이 통바지 가랑이를 타고 들어왔다. 불알이 덜렁거리는 것 같았다. 숨막히도록 뿜어대는 거리의 매연이 공기 속으로 섞여들었다. 헬기 한대가 시청 쪽으로 한가롭게 움직이고 있었다. 몇년 전부터 파키아오가 세부 별장에 헬기를 타고 한번씩 찾는다는 소문을 듣곤 했다.

지프니를 탈까 하다가 빈 택시가 지나가는 걸 보고 손을 내밀었다. 타임스퀘어,라고 말하자 택시기사는 '파키아오'를 외쳤다. 정오부터 경기가 시작이니까 한시간쯤 남아 있었다.

한밤중도 아닌데 클럽 입구에 멀쩡한 정신으로 빙빙 둘러선 줄이 보였다. 전국의 에스엠몰, 극장가 등에서도 페이퍼뷰 이벤트를 진행 중이었다. 세부시티의 모든 스포츠바에서도 마찬가지일 터였다. 파키아오의 복싱 제스처를 취하며 사진을 찍는 사람들을 비집고 출입구로 갔다. 30분이 남아 있었다. 내 주변에는 오전 9시부터 도착해 경기를 기다리며 흥분을 유지하고 있는 관객이 적지 않았다. 아직 경기를 시작하지 않았음에도 뒤에 앉아 있던 관객 한사람이 내게 말했다.

"모자 땜에 안 보여."

나는 등을 구부려야 했다. 구부린 채로 이층을 쳐다보자 핼러윈데이 때보다 더 많은 관객들이 난간에 몸을 기대고 맥주를 들이켜고 있었다. 필리핀 국기가 천장 전체를 덮고 있었다. 클럽 개업 이래 3천여명이 모인 건 처음일 것 같았다. 경찰복을 입은 남자들도 군데군데 섞여 있었다. 매연이 공기 속에 스며들듯이.

와이드스크린을 통해 파키아오 관련 영상이 나오자 실제 경기를 시작하는 것처럼 기뻐서 크게 부르짖는 소리가 천장까지 닿았다. 나는 여자 같은 '빠끌라 목소리'를 내며 오른손을 치켜들고 공중에 휘둘렀다. 아무도 내 목소리에 관심을 갖지 않았다. 스타들은 일방적으로 군중을 불러모으는 경향이 있다. 파키아오는 스타였다.

스타를 보기 위해서 기다리는 일쯤은 감수해야 했다. 한사람당 100달러가 넘는 페이퍼뷰를 일시에 지불하느라 미국에서 과부하가 걸리는 바람에 경기가 지연되고 있었다. 돈을 세는 시간이 필요하다는 즐거운 이야기다.

파키아오는 빨간 후드티를 입고 이미 경기장에 입장해 있었다. 메이웨더는 파란 모자를 쓰고 걸어나왔다. 2만여명이 둘러싼 링 위에 필리핀 국가를 부르기 위한 합창단원들이 나란히 서 있었다. 그네들도 돈을 세는 시간을 위해 인내심을 발휘하는 중이었다. 합창단원 중에 유일하게 여자 한명이 새의 날개 모양을 한 드레스 차림으로 서 있었다. 가일 바나위스(Gail Banawis)였다. 바나위스의 「Let It Go」는 내게 2달러를 안겨주고 삭제됐다. 검은색 긴 치마를 늘어뜨리고 노래를 부르던 화면 속 바나위스가 링 위에 나타나다니.

바나위스는 오른손에 파란 팔찌를 두르고 있었다. 오른손을 왼쪽 가슴에 얹고 필리핀 국가를 부르기 시작했다. 왼손으로 마이크를 쥐자 양손이 엑스자 모양으로 겹쳤다. 합창단 중앙의 남자가 국기를 높이 들고 흔들었다. 몇년 전 파키아오 경기에서 여가수 레히네 벨라스케스(Regine Velasquez)가 호수의 물결 같은 목소리로 국가를 불렀다. 제시카 샌체스(Jessica Sanchez) 같은 여가수가 국가를 부르면 애잔하면서도 힘찬 매력이 흐른다. 가일 바나위스의 노래는 새벽 4시의 신음소리처럼 링을 감싸며 퍼져나갔다.

경기 시작 전 뷔페 식단에서 파스타를 먹고 델몬트 주스를 마셨다. 화장실을 다녀오고 나서 핸드폰 배터리 눈금을 확인했다. 클럽에 모인 모든 관객들이 소리를 질러댔다. 흥분한 자기 자신을 향해 지르는 소리였다.

노란 팬티를 입고 등장한 파키아오는 이가 안 좋은 것처럼 입을 벌리고 좌우로 흔들었다. 어금니가 썩으면 손가락 하나를 살짝 갖다대도 뿌리까지 아픔이 전달된다. 펀치를 맞으면 눈을 뜰 수 없을 만치 아플 테다. 메이웨더는 긴 검은 줄무늬 팬티를 입고 있었다. 나는 카메라 단추를 누르고 파키아오가 펀치를 적중시키는 데 초점을 맞추었다. 'MGM GRAND'라는 글자가 세로로 적힌 하얀 링 막대기 밑으로 수많은 상업 카메라가 움직이고 있었다. 클럽 관중들은 산미겔 맥주를 들이켜며 파키아오의 별명을 불러댔다.

'팩맨!'

복싱의 모든 체급을 먹어치운 식충, 팩맨.

팩맨은 1라운드 40초를 남겨둔 시점에서 메이웨더의 페니스 부근을 가격하며 파고들었다. 우연이었을 테다. 중계 아나운서는 보디샷,이라고 목소리를 높였다. JTV에서 보디샷은 여자 젖꼭지 위에서 술을 흘려 빨아마시는 걸 말한다. 「Best body shots in boxing」이라는 영상은 복싱경기의 진짜 보디샷을 모은 것이다. 19달러를 내게 선사한 그림치곤 불쌍하기 짝이 없다. 복부에 펀치를 맞은 선수들은 앞으로 고꾸라지며 절을 하는 자세를 취하곤 했다. 1라운드에서 팩맨이 날린 단 한번의 보디샷은 메이웨더의 배꼽 아래 곡선을 스치는 데 그쳤다. 보디샷 불발.

2라운드에서도 팩맨의 붉은 글러브는 메이웨더가 코너에 몰렸을 때 무디게 움직이며 매듭을 짓지 못했다. 만져질 것 같은 열기가 뿜어져나오는 가운데, 의미 없이 부딪히는 소리만 요란했다. 파키아오는 웃음을 보이며 2라운드를 끝냈다. 다시 한번 세상에 우뚝 서고자 하는 간절함이 없는 걸까. 파키아오가 3라운드에서 정확히 타격한 거라곤 또 보디샷뿐이었다.

파키아오는 4라운드에 콤비네이션 펀치를 퍼부었다. 메이웨더는 예의 없는 손님처럼 식당 문밖을 서성거렸다. 차림표만 훑어보고 정작 주문은 하지 않는 손님 같았다. 물만 마신 채 다음에 다시 올게요, 하고 떠날 것 같은 손님처럼 굴었다. 파키아오가 연거푸 보디샷을 퍼붓다 한발 물러났다. 위험을 감수하지 않는 약은 고양이의 눈매가 돋보였다. 메이웨더의 라이트 훅이 큰 곡선을 그리자 쌀자루 두드리는 소리가 울렸다. 두사람 중 누군가의 한방에 의해서 끝나기를 기다리는 클럽 손님들은 휴, 한숨을 쉬며 맥주를 추가했다. 두 선수 모두 공격이 단조로웠다. 파키아오는 5, 6라운드에서도 메이웨더에게 큰 충격을 입히지 않는 보디샷만 연속해서 맛보였다. 메이웨더는 이미 먹어봐서 맛을 알고 있는 손님처럼 담담하게 대응했다. 경찰복 주심이 '너희들 이러지 마, 화끈하게 붙으라구' 하면서 파이트(fight)를 외쳤다. 두 선수는 알아서 한다니까, 하는 표정이었다. 12라운드까지 으르렁거리다 경기는 끝났다. 마지막 라운드에서 목표한 지점에 미사일이 도달해 터져주었더라면 입장료를 아까워하지 않았을 테다. 두 선수는 잘 살고 있는데 굳이

무리한 투자를 감행하다 아래로 떨어질 이유가 없었다. 6라운드까지 이어진 패턴을 마지막 12라운드까지 똑같이 반복한 파키아오와 메이웨더는 포스터에서 보여주었던 도전적 모습을 서서히 감추었다. 기대를 걸고 클럽에 모였던 관객들은 두 부류로 나뉘어 흩어졌다. 한 부류는 경기가 끝난 뒤 화장실에 들렀다 타임스퀘어로 나갔고, 다른 부류는 12라운드가 끝나기 전에 이미 나가버렸다. 밤이 다가오면 클럽은 다른 종류의 사람들을 끌어모으겠지.

나는 화장실에 들렀다. 깜빡 잊고 남자 화장실로 들어갔다. 여느 클럽과 달리 화장실은 건물 밖에 딸려 있다. 화장실 안에 에어컨이 없어 오줌이 빨리 썩으면서 냄새를 풍기고 있었다. 여자 화장실 쪽으로 가기 위해 등을 돌리던 중 누군가 나를 불렀다. 많이 들어본 목소리였다.

"야."

뒤돌아보았다. 많이 본 얼굴이었다.

JTV 박사장.

그의 거만한 인상은 여전했다. 자연스러운 웃음이라곤 없는, 마주치는 순간부터 대머리가 시선을 끄는 인물이다. 경쟁업체를 밟기 위해 고소를 남발하기로 악명이 높고, 곧 총맞아 죽을지 모른다는 소문이 돌기도 했다. 박사장이 킬러를 고용해 타 업체 사장을 죽였다는 이야기는 유언비어가 아니다.

나는 모자를 잠시 열고 사장에게 고개를 숙였다가 다시 모자로 머리를 달았다.

박사장이 말했다.

"너, 이상한 소문이 들리더라."

"무슨 소문 말이죠?"

"니가 더 잘 알 거 아니야. 밤마다 클럽 다니면서 아주머니들 슝 아낸다면서?"

나는 대꾸하지 않았다. 창피함이 앞섰기 때문이다. 박사장은 내 뒤에서 개를 몰듯이 방향을 조절해 운전기사가 대기하고 있던 BMW에 나를 태웠다. 타야만 했다. 운전석 뒤에 앉자 가죽시트에서 향긋한 냄새가 실내 공기를 싸고돌았다. 출발할 때 뛰어내려 도망갈까 생각했으나, 적극적으로 몸이 움직이지 않았다. 어디 가는 거죠? 내가 물었으나 사장은 팔걸이에 몸을 기댄 채 나를 노려볼 뿐이었다. 차가 어디로 가는지 살피며 문고리를 살짝 당겨봤다. 잠겨 있었다. 만일 만다우에로 향한다면 창문을 부숴서라도 뛰어내려야 한다. 거기엔 이미그레이션이 있고, 그 뒤쪽으로 경찰서가 솟아 있다. BMW는 먼지를 덮어쓰며 바닐라드로 향하고 있었다. 저택의 문이 자동으로 올라가며 입구를 텄다. 오른쪽으로 수영장이 잔물결을 일으켰고, 왼쪽으로 인공폭포가 더러운 물을 쏟아내고 있었다. 사장은 저택 야외 테라스 의자에 앉았다. 나도 옆에 앉았다. 아떼(여자가정부)를 불러 블랙커피를 가져오라고 시켰다. 내겐 뭘 마실지 물어보지도 않았다. 두잔 다 블랙커피였다. 철제의자를 조금만 움직이면 나무바닥에서 긁히는 소리가 났다.

사장은 노년에 접어든 듯한 여자를 불렀다. 이 여자는 미세스 월드 출신이야, 하고 소개했다. 나는 일어서서 여자와 인사를 나누었다. 로시오라고 했다. 시폰 롱드레스를 입은 로시오를 가까이에서 마주쳤다. 하얀 드레스에 하얀 속옷이 겹치며 무릎 아래가 비쳤다. 메건 영도 이렇게 늙으면 어떡하나 하는 생각이 들었다. 로시오는 나를 진짜 빠끌라로 아는 것 같았다. 사장은 내가 뭘 궁금해하는지 짐작하면서도 능청을 떨고 한동안 으스대는 데 치중했다. 담배꽁초가 두개 담긴 재떨이를 비우라고 꾸야(남자 하인)를 부르기도 했다. 자네도 한대 피워, 하고 0.3밀리그램 니코틴을 함유한 담배를 권했다.

사장이 뜬금없이 말했다.

"이렇게 살면 편해 보이지?"

나는 대꾸하지 않았다. 담배를 피우며 긴장을 풀고 있었다.

"아떼 저 아이는 아직 밥도 제대로 못해. 반찬은 오죽 잘하겠나? 코다리찜 좀 해보라고 하면 아주 푹 삶아버려."

"한국 음식 말입니까?"

"그럼, 이 나라 음식이야 밖에 나가면 얼마든지 있는데 뭐하려고."

오랫동안 가르쳐야 다른 나라의 음식을 어느정도 요리할 수 있겠지. 누나가 떠올랐다. 아떼를 구하면 집안일을 모두 해결할 수 있을 거라고 믿는 누나.

과일 좀 가져올게요, 하고 로시오가 테라스 유리 너머 주방으로 갔다.

"하퍼 킴, 요즘 어디서 지내나?"

"친구 집에서요."

"친구는 어디서 지내나?"

"그 친구의 친구 집에서요."

"하퍼, 너 나랑 말장난하자는 거야?"

"아닙니다."

"곰곰이 생각해봤는데, 지난번 일은 내가 처리해주지. 돈이 좀 들어서 탈이지만."

"네?"

"대신 말이야, 너도 한가지 맡아줄 게 있어."

"뭐죠?"

"사람."

사장은 꼬았던 다리를 바꾸며 물기에 젖은 인공폭포 돌담을 응시했다. 테라스 의자에 걸쳐진 긴 타월로 대머리의 땀을 닦았다. 머리 뒤통수 쪽으로 윤기가 흘렀다. 눈썹의 흰 털 한가닥이 바람을 타고 삐져나왔다. 로시오는 접시에 망고를 길쭉하게 썰어 갖다놓고 주방으로 다시 들어갔다.

"로시오가 관리하는 여자애들이 40명쯤이지. JTV에 전화번호를 등록해둔 애들이 312명이야. 개중에서 요즘 부지런히 나오는 애들은 80여명. 많다고 생각하나?"

사장이 JTV에 여자애들이 바글거린다는 말을 한 건 아닌 것 같았다. 그런 여자애들 중 새벽에 일을 마치면 꼭 댄스클럽에 들르는 부류가 있다고 했다. 여자애들의 소문을 통해서, 사장은 내 생활을 전해듣고 있었다는 말을 하고 싶었던 모양이다.

JTV를 찾은 손님과 외출 약속이 없는 여자애들은 마지막 희망을 걸고 댄스클럽으로 몰려간다. 그곳에서 외국인 손님에게 눈짓을 보내며 픽업을 기다리기도 한다. 나를 목격한 여자애들도 있겠지.

나는 '파키아오의 보디샷'이라는 제목으로 올린 영상을 관찰하고 있었다. 6라운드까지는 매 라운드 보디샷을 따로 올렸고, 그뒤로는 한꺼번에 묶었다. 나는 깜짝 놀랐다. 경기가 끝난 지 세시간이 지나면서 90만명이 보디샷 장면을 시청했다. 파키아오의 패배에 대해 판정이 잘못됐다고 억울함을 토로하고 있었다. 그네들의 글들이 마치 랩을 벽에 걸어놓았을 때처럼 잡아당기면 불만과 억울함이 섞여 길게 이어질 것 같았다. 글들을 다시 말아올렸다. 겁이 났다. 보디샷이란 한토막이요, 조작이다. 책임질 일이 생길까 두려웠다. 권투, 야구, 축구 등 스포츠 경기를 보는 사람들의 비율은 불가사의하게 평균 광고 클릭률보다 훨씬 높다. 시간당 최소 200달러를 벌어들이고 있었다. 이메일을 반복해서 확인했으나 경고를 알리는 내용은 없었다.

사장은 로시오에게 노트를 가져오라고 했다. 로시오가 여자애들 이름이 적힌 노트를 펼쳤다. 사장은 개중에서 5명을 뽑아내 노트에 적은 다음 내게 보여주었다. 알 만한 여자애들이 없었다. 로시오가 화면이 휘어진 핸드폰을 테이블 위에 놓고 엄지로 단추를 눌렀다. 화면 속에 한 대학의 미인대회 광경이 담겨 있었다. 화면 뒤편으로 아얄라몰의 상점들이 나타났다.

사장은 화면 속의 여자애와 노트 위에 적힌 이름이 일치할 때마다 영상을 정지시키며 '이 여자애 아나?' 하고 물었다. 차례차례 얼굴을 살펴봤다. 아는 애들이라곤 한명도 없었다. 모르는 아이들인데도 세번째로 나온 베렌의 워킹을 보자 암담한 기분이 들었다. 마이크 앞에서 말하는 태도, 뒤로 물러설 때의 움직임, 끈으로 묶어서

당기면 토막날 것 같은 허리의 그녀가 나의 애인이 될 리 없다는 생각 때문이었다. 나머지 네명의 여자애들도 베렌과 견줄만은 했다. 결과는 베렌이 톱을 차지할 테다.

여자 대학생들은 백화점 한복판에서 코카콜라 캔과 같은 색의 블라우스나 티셔츠를 입고 있었다.

콜라 좀 가져와요,라고 내가 말했다.

콜라? 하고 로시오가 말했다.

쇼트팬츠 색은 모두 흰색으로 통일하고 있었다. 로시오가 가져온 캔 코카콜라를 마시면서 흰색 로고, 흰색 줄무늬를 꽉 쥐었다. 자그지지작, 하는 소리가 났다.

무대 뒤에 새겨진 은행 로고 앞에 베렌은 서 있었다. 다른 여학생처럼 오른손으로 옆구리를 가볍게 누르며 주름진 티셔츠를 붙들었다. 배꼽 옆으로 동그란 번호가 매달려 전체 참가자 중의 한사람임을 알려줬다.

본 적이 있는 아인가? 하고 로시오가 물었다.

한번 더 돌려봐야겠어요,라고 나는 대답했다.

저의 이름은 베렌입니다, 하고 큰 소리로 인사하는 소리가 울려퍼졌다. 무대 조명이 갑자기 바뀌며 20여명의 참가자들이 배경 뒤로 사라졌다 다시 나타났다. 평상복으로 바꿔 입은 채 한명 한명 무대 앞으로 걸어나왔다. 베렌은 검은색 줄무늬 스커트를 입고 한손에 책, 아니 무슨 결제서류 받침대 같은 큼직한 파일을 들고 걸었다. '결제 받으러 왔어요' 하고 웃음을 퍼트리는 표정.

내가 말했다.

"사장님, 리스트의 베렌을 어떡하라는 겁니까? 설마."

"설마 뭐, 인마."

"죽이라는 건 아니겠죠?"

"베렌을 잡아와야 해."

사장은 중요한 한마디를 덧붙였다.

"넌 이제부터 자유롭게 지낼 수 있어."

4

누나는 아떼에게 빨래를 가르쳤다. 양말은 따로 세제를 푼 물에
담가두었다가 빨았다. 세탁기의 소독기능을 활용해 팬티를 별도로
빨았다. 이불은 세탁할 때 물부터 가득 채운 뒤 세제를 풀었다. 드
드휘닥, 하고 세탁기가 돌아가면서 물과 세제가 섞이면 이불을 손
으로 눌러 넣었다. 수동과 자동의 조화랄까. 탈수를 시작하기 전 세
탁기를 멈춰뒀다가 빨래가 충분히 분 뒤, 나중에 다시 한번 빠른
코스로 돌리기도 했다. 속주머니가 있는 옷가지들은 꼭 들춰본 뒤
세탁기에 넣었다. 내가 평소에 입던 리폼한 주머니가 달린 바지를
봤더라면 누나는 뭐라고 말했을까. 아떼가 누나의 꼼꼼한 세탁법
을 단시간에 배울 수 있을지.

나는 베렌이 등장하는 미인대회를 통째로 다시 살펴봤다. 누나

가 빨래하는 방식처럼 담그기도 하고, 불려두기도 하고, 표준 속도에 맞추기도 하고, 빠른 코스로 되감기도 하면서.

더 오래 세탁해야 할 빨랫감에 세제를 많이 뿌리듯 베렌에게 시선을 듬뿍 쏟았다. 베렌은 허벅지 아래로 구슬이 달린 비키니를 입고 있었다. 돌아서서 퇴장할 땐 윙크를 보내며 여운을 선사했다. 미인 선발대회와 JTV 쇼업은 닮은 점도 있었다. JTV에 도착한 손님을 위해 여자애들은 무대에서 노래를 부르거나 춤을 춘다. 팀댄스를 통해서 JTV의 브랜드 가치를 끌어올린다. 공개된 자리에서 손님은 베렌 같은 여자에게 리퀘스트를 한다. 옆자리에 앉히고 팁을 줘가며 술을 마신다. 어떤 손님은 상금이랄 정도로 큰 돈을 건네기도 한다. 비키니 쇼업도 있고 란제리 쇼업도 있다. 두가지 쇼업은 패션의 진화에 부응해 구별하기 힘들 정도다. 드레스 쇼업은 평상복을 입을 때보다 한층 더 여성스럽게 꾸민다.

베렌은 가슴 부위에 장미 모양으로 주름 잡힌 베이지색 드레스를 늘어뜨리고 다시 나타났다. 박수소리가 들렸고 헤어컬이 가슴에 닿으며 너울거렸다.

구멍이 다섯개 뚫린 동그란 원반 모양의 무대장치 속으로 여학생들이 출몰했다. 경쾌한 음악소리에 맞춰 걷는 베렌이 내게 남긴 건 남보다 덜 갖췄다는 열등감이었는지도 모른다. JTV나 미인대회에선 누군가 골라놓은 여자를 또다른 사람이 고른다. 스폰서는 댓가를 받을 테고, 누군가는 마지막으로 고르기 위해 나타나겠지.

나는 원룸으로 돌아가기 위해 JTV 박사장에게 연락했다. 정말 나는 자유로운 거냐고 다시 한번 물었다. 이미 넌 자유야,라고 박사장은 말했다. 박사장이 경찰처럼 느껴졌다.

종기 세개가 터지는 동안 누나 집에서 지냈다. 파키아오가 패배하면서 내 계정에 달러를 안겨줬다. 메이웨더와 재대결을 하든 말든 상관없다. 파키아오는 치고 빠지는 데 성공했다. 나는 파키아오 보디샷을 모두 지웠다. 저작권과 관련 있는 메이저 회사가 일일이 뒤지면 또 언제 자빠질지 모른다.

나는 미인대회와 관련한 먹을거리를 찾고 있었다. 어떤 여자가 왕관을 떨어뜨린다든지, 워킹을 하며 나오다 발목이 접질린다든지 하는 영상으로 여전히 세상의 한구석에서 실패를 즐기고 있었다. 어떤 사회자는 계단을 내려오다 넘어진 비키니 의상의 여자를 번쩍 들어 인터뷰석에 데려다준 덕에 박수를 받았다.

영상지문 감식장치를 피하려면 똑같이 베끼지 않아야 한다. 영상지문 감식을 피해갈 만한 도구가 누나 집에 있을 리 없었다.

클럽을 자주 드나들던 시절, 40대 후반의 한 여자 손님과 함께 래디슨 블루 호텔 연회장에서 공연을 본 적이 있다. 항아리춤을 추는 여자애들을 VIP 자리에 앉아 가장 가까이에서 노심초사 지켜봤다. 줄무늬 갈색 비단 전통의상을 입은 여자애들은 머리에 항아리를 이고 무대를 뛰어다니다시피 했으나 결코 떨어뜨리지는 않았다. 떨어뜨렸다면 나도 도움을 줄 수 있는 위치에 있었다. 그 당시 파일을 찾아 일찌감치 계정에 올려봤으나 100여명도 관심을 갖지 않았다. 어느 미인대회보다 멋진 여자애들이 항아리까지 들고 춤을 추었는데도.

메건 영은 2014 미스 월드 당선자에서, 이제 여자 사회자로 나서고 있었다. 어깨에 오리발 같은 무늬를 입힌 투명날개를 얹고 일 년 전과 달리 여유롭게 무대에 서 있다. 남아공 출신 참가자를 미스 월드로 발표하기 전, 메건 영은 필리핀의 끔찍하고 절망적인 하이엔 태풍 피해현장을 중계했다. 그녀가 실제로 세부를 방문했을 때 친구들과 나는 간신히 손을 건네 악수를 나누기도 했다. 그때나 지금이나 세부섬은 달라진 게 없다. 파리, 모기 한마리까지 우리를 뜯어먹으려고 안달이다. 메건 영은 미스 월드 대회를 진행하는 동안 등장했던 가수들과 음악을 즐기며 이미 유명해졌거나 장차 유명해질 참가자들과 사교 중이었다. 그녀의 등 뒤 브래지어 끈의 매듭 부위에 무선 마이크가 꽂혀 있었다. 조명에 번쩍이는 참가자들의 드레스를 관찰하며 화려한 무대와 조국의 가난을 동시에 즐기고 있었는지도 모른다. 내가 메건 영에게 프러포즈를 한다면 받아줄까. 프러포즈할 때 아무리 멋진 말을 남긴다 하더라도 받아주지 않는다면 이유는 뭘까.

원룸으로 돌아가지 못하고 며칠 내내 망설였다. 저녁마다 누나는 마지막인 줄 알고 아낌없이 음식을 만들었다. 어젯밤엔 가냘픈 면발의 국수를 요리해주었다. 내가 맛본 면발 중에 가장 가늘었으나 쫄깃했다. 앞으로 나노 면발을 맛볼 수 있는 시대가 올지도 모른다. 눈에 보이지도 않을 만큼 가늘고 강한 국수. 그런 건 무슨 맛일까.

누나는 국수에 정성을 쏟을 줄 알았다. 잘게 썬 김치, 볶은 양파는 기본으로 들어갔다. 호박, 상추, 김, 깨소금, 참기름을 국수에 섞었다. 뭐가 빠졌지, 하며 냉장고에서 다진 소고기를 듬뿍 넣었다.

소프라노 톤의 목소리로 겸손을 행사할 줄도 알았다.

"별로 맛없지. 초장을 좀더 넣을까?"

뭐 하나 더 넣지 않아도 먹어본 국수 중에 가장 맛있었다. 칭찬을 휘둘러주고 싶을 정도로.

원룸으로 돌아왔을 때 공기를 순환시키고 먼지를 닦은 다음 국수부터 만들었다. 누나가 챙겨준 면으로 거의 똑같이 요리했으나 별 맛이 없었다. 누나는 핸드폰을 쉽게 바꾸어줬다. 핸드폰 카메라에 줌 기능이 딸린 걸 보고 '나랑 바꾸자' 하고 말했다. 누나는 공장초기화 버튼을 눌렀다. 2천만 화소, 광학 10배 줌 카메라가 달린 핸드폰을 넘겨주면서도 아까워하지 않았다. 내게 뭘 하며 지낼 거냐고 묻곤 했다. 말을 하고 나면 후회하는 수가 종종 있다. 큰소리를 치거나, 불필요한 사생활을 늘어놓을 때 그렇다. 가능하면 입을 다물려고 노력했다. 메건 영이나 베렌이 내게 뭔가를 물었더라면 말을 할까 말까 망설일 필요 없이, 그녀들이 내 입을 틀어막고 싶을 정도로 떠들었을지도 모른다.

책상에 앉아 베렌을 다시 뜯어봤다. 아래로 볼록한 이차함수 포물선 같은 턱선이 매끈하게 위로 올라가며 이마에서 뭉쳐진다. 배꼽에서 또 하나의 포물선이 겨드랑이까지 펼쳐진다. 대칭을 이루는 중간지점에 도달하면 반달형 브래지어가 비친다. 상체로 올라갈수록 일관성이 돋보인다. 눈동자, 눈썹 모두 반달형이다. 끌어안지 않아도 가슴 뭉클한 이런 여자애를 왜 잡으러 다녀야 하지.

박사장은 베렌에게 받을 돈이 있다고 했다.

"실례지만 받을 돈이 얼마죠?"

"너 같은 놈이 평생 먹고살 만한 돈."

내가 소매치기를 할 때도 참치를 먹고 다녔다는 걸 박사장이 알리 없지.

책상에서 일어나 출입문을 열고 밖을 살펴봤다. 엘리베이터 작동소리가 선명하게 들렸다. 나를 쫓는 사람은 없는 것 같았다. 박사장이 정말로 경찰에게 조치를 했는지 알 수 없으나, 그 말을 믿지 않으면 정상적인 생활이 어려웠다. 땅을 후벼대는 비가 내릴 때면 누나 집 소파 뒤쪽으로 양동이를 받치는 일상을 계속하고 싶진 않았다.

새로 마련한 선풍기를 틀었다. 이곳에선 전기세가 가장 두려운 존재 중 하나다. 호텔에나 가야 이불을 덮고 잘 정도로 에어컨을 튼다. 선풍기 바람을 쐬며 답답한 마음을 정리해봤다. 남들처럼 봉사활동 같은 건 생각하지 못했다. 책에 나오는 자아성취, 직업 같은 것도 마찬가지다.

당장 닥친 일이 뭔가. 베렌을 잡는 일이다.

가장 소중한 건 뭐지. 다리를 책상 위에 얹고 한참 동안 생각했다. 선풍기가 회전하며 미지근한 바람을 흩뿌렸다.

구글 계정에서 수익을 뽑아내는 일이 가장 먼저 떠올랐다.

돈.

남들이 말하는 가족, 일본에 사는 엄마도 생각났다. 엄마치곤 참 정이 안 가는 존재다. 비자도 문제없고 일년간 유효하다는 항공권도 이메일로 도착해 있다. 일주일 동안 엄마를 만나서 뭐하겠나. 아들의 목표를 듣고 나면 눈물을 흘릴지 모른다. 황당하고 소박해서.

유명한 피아노 연주자가 몸을 들썩이며 건반을 만질 때처럼 팬터그래프 키보드를 좌우로 드르다다드드다 훑었다. 「Miss World 2014 — Full Show HD」를 찾았다. 메건 영은 10분경 등장한다. 1시간 28분경 다시 등장한다. 나는 영상의 순서를 바꿔가며 버무렸다. 메건 영은 쓰러진 판잣집을 딛고 영국으로 날아가 종교적 집사 같은 역할을 담당하며 세계의 미인들을 무대 위에서 한발짝 더 불러내고 있었다. 고향의 교육 문제를 걱정하는 입 큰 여자가 불려나오기도 했다.

저작권 제재를 피하기 위해 영상을 변형하는 작업이 끝나면 파일에 이름을 붙였다. Fine Ject,라는 이름 뒤에 날짜와 시간을 넣고 기억할 만한 특징을 덧붙였다. 누나가 가진 파인 젝트 상자 안에 인슐린 주삿바늘이 백개 단위로 들어 있었다. 인슐린을 맞지 않으면 합병증이 생겨 당장 죽을 수도 있다고 했다. 내겐 메건 영이 바늘이요, 상자요, 예방주사다. 움직이는 건 정지시키고 정지한 건 움직이게 하는 것. 큰 건 줄이고 작은 건 늘리는 작업. 목소리를 남기고 음악을 편곡하는 일이 파인 젝트 주사 원액의 생산과정이다. 세상의 유행을 창조하지 못하고 뒤쫓기만 하는 짜깁기 짝퉁 주사약. 언제든 돌변해 나를 찌를지도 모르는 마약 같은.

A. S. 포르투나 거리를 걷는다. 검은색 이불을 덮기 시작하면 이 거리는 낮의 지저분함마저 감춰버린다. 한국식당에서 풍겨오는 고기 굽는 냄새, 불빛을 쫓다 데여 죽는 날벌레들 냄새, 매연이 흩어지면서 스치는 냄새, 유흥을 쫓는 돈냄새를 맡을 수 있다.

JTV를 둘러싼 벽과 지붕은 다를지언정 여자애들을 돌리는 시스템은 거의 다 비슷했다. 입장료 얼마, 지명료 얼마, 뭐 얼마, 뭐 얼마 하는 식으로 잘게 썰어둔 채 나갈 때 웨이터 팁 얼마, 봉사료 얼마, 뭐 얼마, 뭐 얼마를 덧붙였다. 합산해보면 결코 싸지 않은 돈이었다.

당장은 베렌을 찾는 일이 중요했다. JTV에서 달아난 베렌이 유사한 업소에서 일하고 있을 것 같지는 않았다.

베렌의 집에는 이미 다녀왔다. 시내에서 베렌 집까지 50분가량 버스를 타고 가면서 장례식 행렬을 보았다. 엉성한 주택들 사이로 야자수가 머리칼을 휘날렸다. 베렌이 휴학한 학교에서는 주소만 알고 있을 뿐이었다. 막탈리사이라는 곳에 내려 오토바이를 세워둔 남자에게 베렌의 집주소를 내밀었다. 더위 때문에 복면을 쓰다시피 한 오토바이맨의 뒷자리에 타고 산속으로 달렸다. 속도를 줄이며 울퉁불퉁한 샛길을 지날 때마다 엉덩이가 들썩거렸다. 뿔이 부메랑처럼 휘어진 카라바오 한마리가 들판에 나타났다. 잿빛 털이 매끈한 카라바오는 나무 그늘 밑에 앉아 쉬고 있었다. 핸드폰에 딸린 줌렌즈로 파란 하늘과 녹색 땅을 주워 담았다. 오래된 자연 속에 간간이 새로 지은 듯한 집들이 나타났다. 베렌의 집은 더는 들어갈 수 없는 산 중턱에 있었다. 30페소를 주고 오토바이에서 내렸다. 분홍색 대문을 두드렸다. 오리 한마리가 힘차게 뛰며 소리를 질렀다.

나보다 한두살 어려 보이는 남자애가 걸어나왔다. 베렌 집 맞지? 하고 묻자 녀석이 문을 열어주었다. 베렌의 남동생이었다. 잠긴 게 아니라 닫힌 상태였다. 현관문 앞으로 중년여자가 고개를 내밀었다. 베렌 어머니가 틀림없었다. 모녀 사이가 아니고서는 이마, 콧대, 눈, 삼박자가 뿜어내는 화사한 빛이 그렇게 똑같을 수 없었다.

기묘하게 발산하는 아름다운 빛, 두려움이라곤 존재하지 않는 사람에게서 발견할 수 있는 빛.

베렌의 남동생은 혼자서 잘 놀았다. 오리를 휘어잡아 공중에 날리는가 하면, 닭에게 모이를 주거나 짤막한 작대기로 염소를 찔러 댔다. 녀석의 기분을 그르치지 않으면서 방문 목적에 맞는 대화를 하기 위해 거실로 들어갔다.

대부분의 사람들이 나누는 대화는 자기중심적일 수 있다. 상대방를 배려하는 척하면서 결국은 자기 맥락을 찾다 소멸하는 대화도 있을 수 있다. 뭔가 미적거리는 말들이 남고, 다시 만난다 해도 똑같은 방식으로 대화를 반복하다 헤어지기도 한다. 베렌의 엄마는 자기 맥락을 뚜렷이 갖추고 있었다. 거실 탁자에 물을 한잔 놓고 내게 권하며 베렌 엄마는 본론에 임했다. 베렌 엄마의 원피스는 헐렁해서 그걸 입었다기보다 거기에 푹 파묻힌 것처럼 보였다.

나는 베렌 엄마 말의 무게와 의미를 가늠하고 있었다.

"집까지 찾아온 남자는 처음이에요. 베렌을 정말 사랑하나요?"

"말씀드린 대롭니다."

"뭐, 좋아요. 프러포즈를 하고자 찾고 있을 때가 정점이죠. 찾고 나서부턴 내리막길 아닐까요? 실제보다 영상 속에서 더 예쁘게 보이는 여자들이 많아요. 베렌은 실물이 훨씬 근사합니다. 다들 그렇게 말하죠. 중학교 땐, 여기서 한시간이나 걸어서 다녔죠."

"고등학교 다닐 땐요?"

"고등학교 땐 캐리어를 끌고 걸어다녔죠. 매일 그렇게 왕복하다 보니 다리에 탄력도 생기고, 살이 붙을 겨를이 없었어요. 하루에

20분만 걸어도 병이 생기지 않는다, 이런 말 알죠?"

"네."

"대학은 어디 졸업했나요?"

"저는 중학교 때 휴학했습니다."

"그때도 휴학을 하나요? 아무튼, 오토바이를 한대 사려고 돈을 모았어요. 걸어다닐 만큼 걸어다녔으니까 말이죠. 베렌이 돈을 마련해서 아빠한테 드렸죠. 그때부터 아빠는 어디론가 사라져버렸어요. 지금은 베렌 동생이 또 학교에 걸어다니고 있어요."

"베렌은요?"

"베렌은 시내에 있는 대학에 들어가면서 보딩하우스로 옮겼죠. 1, 2학년 땐 일주일에 한번씩 꼭 집에 들러서 빨래도 하고 오리도 돌보더니 점점 밖으로 돌기만 하네요."

"요즘은 어디서 지내나요?"

"고향은 막탈리사이라고 떠들고 다니겠죠?"

"네."

"요샌 마볼로 어딘가에 있다면서 가끔 전화가 와요. 뭐가 그리 바쁜지 10분 이상 통화해본 적이 없을 정도예요. 한데, 어떤 일을 하는 분이죠?"

"저 말입니까?"

"물론이죠."

"아, 저는, 미국에 본사를 두고 싱가포르에서 아시아 법인을 운영 중인 회사와 거래를 합니다."

"어떤 일을 하냐고 물었어요."

"콘텐츠를 판매하죠."

"돼지를 판매하지는 않죠?"

"네."

"여기 집에서 돼지를 키웠어요. 뭐, 지금은 다 팔고 한마리도 없어요. 콘텐츠라면 어떤 거죠?"

"파키아오 경기 같은 거, 또 메건 영이 등장하는 영상이라든지 다양합니다."

"다양하다는 건 때론 어지럽게 만들기도 하는 법이에요. 회사 이름이 뭐죠?"

"구글 싱가포르 법인에서 매달 돈이 들어옵니다."

"이름 들어보니 큰 회사네요. 물 한잔 더 드세요. 베렌 영상을 직접 촬영했나요?"

"아닙니다. 제가 하진 않았어요."

"뭐, 좋아요. 세상의 모든 걸 직접 할 순 없으니까. 베렌은 잘못된 독립심을 갖고 있는 듯해요. 그렇지 않나요?"

"아직 만나본 적이 없습니다만."

"뭐, 좋아요. 베렌은 또다른 미인대회에 나갈지도 몰라요. 미인대회에서 자신을 부각하는 게 진정한 독립인지는 모르겠어요. 거기에 당선하지 않아도 할 일이 있어야 하는 거잖아요."

"좋은 말씀입니다. 혹시 베렌 전화번호 좀 알려주실 수 있나요?"

"그건 그애한테 물어본 뒤 답변할 문제라고 봅니다. 그렇지 않나요?"

전화번호 얻는 걸 포기했다.

나는 무게와 의미를 마볼로라는 지역에 실을 수밖에 없었다. 사는 곳을 안다고 만날 방법이 곧장 생기는 건 아니다. 도시의 집들은 점점 텃세를 강화한다. 옛날보다 문을 더 걸어잠근다. 닭 한마리, 개 한마리 소리도 차단해버린다. 베렌 엄마는 이 깊숙한 곳까지 들어와서 도시마저 차단하고 사는지도 모른다.

베렌 엄마는 파묻힌 옷에서 일어나더니 그애가 쓰던 방이에요, 하고 손짓했다. 나는 방 안으로 들어갔다. 창문 틈으로 바람이 불며 벽에 걸린 옷가지가 흔들렸다. 나팔꽃 모양으로 벌어진 미니스커트의 물세탁을 하지 말라는 자그마한 라벨을 들추며 베렌 방의 냄새를 맡았다. 몸을 뉘면 소리를 낼 것 같은 나무침대, 벽에 걸린 가족사진들. 베렌 아버지는 두툼한 입술을 길게 벌린 웃음으로 가족을 가까이 끌어모으는 표정을 짓고 있었다. 베렌의 사진은 인스타그램 첫 화면처럼 가로 3장, 세로 4장의 틀에 짜인 액자 속에서 자유롭게 움직였다. 흰 책장을 배경으로 옆모습을 드러낸 사진, 미장원에서 머리카락을 손질하며 꼿꼿하게 앉아 있는 사진, 고개를 비스듬히 숙이고 반달형 눈동자를 깜빡이는 사진 속에서 말을 건네듯 입모양이 움직이는 것 같았다.

사진들 속에서 베렌은 개방성 강한 아름다움을 드러내고 있었다. 분출의 미, 쾌락의 미, 불변의 미를 벽에 고정하고 있었다. 질투의 미, 더러운 미, 골칫덩어리 미, 대책 없는 미, 앞장서서 달아나는 미를 모두 포용하는 소리가 벽에서 들려왔다.

또렷한 사진을 모두 살펴보고 나자 베렌은 실존하지 않는 인물처럼 더욱 희미해졌다. 사진 속의 웃음들은 나를 무기력하게 만들었다. 방 안을 떠돌던 기묘한 냄새는 허무감으로 가라앉았다.

테이블에 내 연락처를 남기고 거실 밖으로 나오자 어둠이 순식간에 마을 전체를 덮고 있었다. 남동생에게 용돈을 쥐여주고 대문을 통과했다. 베렌 엄마가 오토바이를 불러주었다. 헤드라이트가 비추는 산비탈을 내려가면서 이곳에 또 올 수 있을까 하는 생각에 잠겼다.

나는 JTV 박사장에게 막탈리사이의 베렌 집을 찾아간 결과를 메시지로 보냈다.

박사장은 즉각 반응했다.

―인마, 거긴 나도 알아.

베렌이 사용했던 보딩하우스에도 가봤다. 휘청거리는 오징어 합판으로 칸막이를 치고 판자 이층침대에 네명씩 생활하는 그곳에도 베렌의 흔적은 남아 있지 않았다. 보딩하우스 공동 세면대에서 손빨래를 하는 젊은 친구들을 보며 밖으로 나왔다. 마음 같아선 때 묻은 전등이라도 갈아주고 싶었다. 골목 벽에 걸린 농구 골대 하나가 문화시설의 전부인 도시 속의 마을을 나가자 40도로 달궈진 매연이 쏟아졌다.

베렌을 봤다는 친구를 만나러 망고스퀘어로 쫓아가보기도 했다. 녀석은 새로운 출발을 다짐하고 다구판시티로 올라갔다 다시 돌아왔다. 밀크피시라 불리는 방구스 양식장에서 일주일 동안 일하다 한쪽 귀가 찢어졌다. 양식장 주변을 두르는 나무막대기가 귓불을 스쳤다고 했다.

요즘 녀석은 망고스퀘어나 대학가 인근을 옮겨다니며 파인애플을 판다. 오른쪽 귀에 상처가 남아 있었다. 지프니에서 내리는 나를 알아본 녀석이 손을 흔들었다. 스콜에 젖은 망고스퀘어 보도블록이 저녁 햇빛에 말라가고 있었다. 녀석은 분명 며칠 전 이곳에서 베렌을 봤다고 했다. 망고주스 새 제품 이벤트가 벌어지던 날 베렌이 홍보모델로 망고스퀘어를 누볐다고 했다. 나는 귀를 기울였다.

새 제품 이벤트 오프닝 무대는 여가수 프린세스가 등장하며 시작했다고 한다. 프린세스가 노래를 계속하는 동안 베렌은 무대 앞쪽을 걸어다니며 망고주스를 나눠줬다. 베렌은 쇼트팬츠에, 배꼽과 어깨를 드러내는 노란색 오프숄더를 입고 있었다. 베렌은 핸드폰을 쇼트팬츠 앞쪽 고관절 부근에 반쯤 꽂아넣은 채 사각얼음이 출렁이는 아이스박스에서 망고주스 캔을 계속해서 꺼냈다. 기분 나쁘더라니까, 하고 친구가 말했다. 파인애플 주스가 팔리지 않았으니까.

프린세스의 노래가 끝날 때쯤 행인들은 망고스퀘어를 가득 메웠다. 남자 디제이가 이벤트를 이어갔다. 공짜 구경거리를 즐기던 관객들에게 베렌은 여러명의 홍보모델들과 함께 망고주스를 광장으로 마구 던지다시피 선물했다.

파인애플 파는 걸 포기한 친구는 쇼트팬츠에 찔러진 핸드폰 주위를 휘감은 베렌의 허리, 배꼽, 허벅지를 응시했다. 베렌의 하체는 허벅지에서 무릎, 무릎에서 발목까지 매끄러운 질서로 땅에 닿아 있었다. 상체는 복잡했다. 이물질을 넣지 않은 것 같은 가슴 주변의 쌍봉우리를 헝클어진 머리카락이 내려와 쓸어댔다. 베렌의 눈은 해질녘에 더욱 까맣게 변해 맑게 보였다고 한다.

영상을 찍어두지 그랬어,라고 나는 말했다.

아무 짓도 안하고 베렌 모습을 감상하고 싶었어, 하고 친구가 말했다.

그뒤론 한번도 베렌을 본 적이 없다고 했다.

베렌이 틀림없는지 한번 더 사진을 내밀었다. 친구는 고개를 아래위로 힘차게 끄덕였다. 베렌은 망고스퀘어에서 주스를 홍보한 게 아니라 만인에게 자신의 미를 나눠주고 있었는지도 모른다.

이런 이야기를 박사장에게 들려줘봤자 뭐라고 할까.

'찾아서 데려오란 말이야.'

망고스퀘어엔 해마다 인파가 늘어나고 있었다. 그 속으로 다가가도 망고스퀘어는 내게 더는 아무것도 안겨주지 않는 헛된 장소로 변해가는 느낌이었다.

망고, 파인애플, 연어, 모두 노란색에서 우러나는 맛이다. 세부섬에서 주로 먹는 참치는 옐로핀이라 일컫는 황다랑어다. 나는 베렌이 걸친 노란색 오프숄더를 상상했다. 하나, 둘 켜지기 시작하는 망고스퀘어 상점의 노란 등에서 번져오는 허무한 냄새를 맡으면서.

이곳 세부섬에서 누군가를 찾는 사람은 나뿐만이 아니다. 코피노들이 자신의 아버지를 찾고 있다. 가족을 납치한 범인을 찾는 사람도 있다. 그들은 어디에 숨었는지 좀체 나타나지 않는다. 숨어 지내는 사람들은 자신이 어떻게 행동해야 하는지 잘 알고 있는 것 같다. 찾는 쪽에서 부지런히 움직이지 않는 한 그들과 마주칠 수 있는 확률은 줄어든다. 딱 달라붙어 귀를 기울이지 않는 한 결코 들을 수 없는 이야기처럼.

망고스퀘어에서 지갑을 잃어버린 사람들이 한두번 두리번거리다 포기하고 말면, 그 누구도 신용카드나 현금을 돌려주지 않는다.

이번 달 톱 3
1. MLB 벤치클리어링
2. 이태임 예원 욕설
3. 유승준 욕설

한국에서도 돈을 보태주었다. 원본 영상을 편집해 화면은 빼버리고 목소리가 끝나는 지점까지 사진을 배치했다. 왜 사람들은 욕설을 듣고 또 듣는 걸까.

나는 실험을 계속했다.

유명한 기업들이 변화를 꾀하며 생산하는 짧은 광고들을 즉시 건져올려 내 것처럼 만들었다. 덩치가 큰 기업들은 광고영상 자체로 수입을 추구하지 않았다. 베컴이나 미란다 커를 동원한 기업들은 무료로 배포하는 광고를 통해 상품이 널리 퍼지기를 바랐다. 함정이 전혀 없는 건 아니다. 내 것으로 만들려고 하면 증빙을 요구하거나, 아예 차단을 하기도 한다. 이런 경우가 쌓이면 계기판에 경고등이 들어오는 자동차를 모는 운전자처럼 대응방법을 염두에 두고 살펴야 한다. 특별한 인격이나 감정을 가지고 있지 않은 계기판은 운전자의 상심을 몰라준다. 나는 어디가 고장난 줄 모른 채 무작정 내달리기를 반복했다. 실내외 청소를 조금이라도 하고 나면 마냥 기분이 좋았다. 제대로 달리지도 못하면서 날아보려는 욕구가 솟구쳤다. 드론 회사와 접촉해 내게 맞는 제품을 고르고 있었으니까.

드론 담당자는 수륙양용 제품을 소개했다. 담당자는 바다나 강에 이착륙이 가능한, 잠자리가 날카롭게 진화한 듯한 모습의 하이드론을 보여주었다.

하이드론은 잠자리의 날개가 양쪽으로 더욱 넓게 펼쳐지면서 프로펠러와 날개의 역할을 동시에 수행했다. 잠자리 다리는 길게 뻗어나가며 선박의 키처럼 물살을 조절했다.

하이드론 홍보용 자료를 계정에 띄웠다. 멀리, 오래 날아주길 바라면서. 몇시간 뒤 하이드론은 메시지를 전해왔다.

'동영상이 차단되었습니다. 동영상에 저작권 위반이 의심되는 콘텐츠가 포함되어 있을 수 있습니다.'

즉시 지워야 했다. 계정에서 주의사항을 점잖게 알려주었다.

'1개의 동영상을 삭제하시겠습니까? 동영상을 지워도 저작권 위반 경고가 삭제되거나 계정 상태 문제가 사라지지 않습니다.'

동의할 수밖에 없는 내용이었다.

일본의 한 애니메이션 제작업체는 저작권을 피해 3D 애니메이션 상황을 만들어 자신들의 계정에 올렸다. 지난번에는 「노천탕 혼음사건」을 제작해 관심을 모았다. 미성년자들도 볼 수 있게끔 새롭게 조제하는 교묘한 기술이었다.

그들은 내가 삭제를 반복하고 있는 사이 땅바닥에서 정확한 기교를 구사하고 있었다. 그들은 미국 대통령의 패러디물을 만들어내며 가지고 놀 줄 알았다. 나는 원룸에서 막힌 변기를 뚫느라 얼굴을 들이밀고 있었다.

방 안의 컴퓨터 온도가 40도를 가리켰다.

미스 월드를 관찰하다 키보드에 달린 시스템 종료 버튼을 눌렀다. 짧은 소리를 내며 24인치형 모니터가 꺼졌다. 미스 월드 후보들의 허리는 모니터 대각선 길이처럼 24인치가 가장 많은 것 같았다. 후보들은 자신의 꿈, 특기나 취미 등을 밝히는 데 주저하지 않았다.

지나간 미스 월드 대회는 어디서 개최했는지, 몇명이나 참가했는지, 심사위원은 누구였는지 소소한 기록들이 남아 있었다. 후보자들의 신체사이즈를 모래시계처럼 표현하고 있었다. 후보자 중 그 누구도 질압에 대해서는 말하지 않았다. 아무도 묻지 않았다. 나만 궁금했던 걸까.

계정에 새로운 채널을 하나 더 달아야 했다. 말하는 방식, 전달하는 태도가 다른 무언가가 필요했다. 블로그가 적당해 보였다. 주변 환경이 변화를 요구하는 시점이라고 해두자.

데리러 갈까? 누나가 소식을 전하곤 했다. 누나가 원룸에 머무는 경우는 거의 없었다. 누나 집을 찾는 손님들 때문에 집을 비우면 초조한 것 같았다. 7월의 첫번째 일요일에 누나가 찾아왔다. 오랜만이야, 하고 말하면서 한손에 암팔라야를 담은 페트병을 가지고 왔다. 건강한 사람이 마셔도 몸에 좋다고 했다. 암팔라야의 케라틴 성분이 어떤 건지 모른 채, 혀를 들썩이게 하는 맛을 억지로 즐겼다.

저녁에 손님들이 찾아온다면서 누나는 아얄라몰에 쇼핑을 하러 가자고 했다. 나를 짐꾼으로 생각하는 건 아니겠지.

누나를 따라나섰다.

아얄라몰 지하 슈퍼마켓은 쇼핑을 멈추고 사진을 찍는 사람들로 붐볐다. 축구에서 명성을 쌓은 제임스 영 허즈번드 형제가 사인회를 개최하고 있었다. 3분가량 줌렌즈를 펼쳐 제임스 영 허즈번드의 말과 손동작을 담았다.

누나가 슈퍼 안쪽에서 손짓했다. 저지방 우유, 델몬트 주스, 수박, 망고, 멜론, 바나나 등을 카트에 쌓다시피 담았다. 누나가 사는 빌리지의 한국 사람은 물론이고 다른 곳에서도 손님들이 오는 날이라고 했다. 고향을 떠나온 사람들의 비정기적인 모임이랄까.

가벼운 걸음으로 묵직한 카트를 밀었다.

누나는 나도 초대해주었다.

옷 갈아입고 갈게, 하고 내가 말했다. 그게 그거다 하는 표정으로 누나는 원룸을 그냥 지나쳤다. 누나 집 앞에 도착하자 아떼가 나와 철대문을 힘차게 열어주었다. 비닐에 가득 담긴 물건들을 움켜쥐고 거실로 들어갔다.

손님들이 한사람 한사람 도착했다.

마지막으로 도착한 손님과 마주쳤다.

눈썹에 흰털이 삐져나온 JTV 박사장이었다.

5

누나는 손님에게 대접할 요리를 준비하면서 내게 한가지 일을 맡겼다.

표지를 포함한 A4 용지 여덟장을 가로로 눕혀 정중앙에 스테이플러 심을 두개 박는다. 반으로 접으면 한쪽은 앞면이고, 나머지 한쪽은 뒷면이다. 빳빳한 표지가 접힌 부분을 소주잔으로 다림질한 다음, 차곡차곡 쌓아둔다. 모두 300여장 분량이다. 누르고, 접고, 쌓는 동작을 반복했다. 목덜미가 뻐근해왔다.

누나는 참치를 해동하고 있었다. 소금물에 참치를 담가두었다 다시 흐르는 물에 씻었다. 한시간 이내에 손님이 온다는 예고였다. 하얀 해동지에 참다랑어와 눈다랑어 대뱃살, 황새치 등살을 눌러 싸서 냉장실에 넣었다. 참다랑어는 내가 먹던 것보다 고급이었다.

필리핀 사람들은 제너럴 산토스에서 공급하는 황다랑어를 회로, 가다랑어를 통조림으로 먹는다. 세계에서 가장 아름다운 여성 톱 10에 들곤 하는 리자 소베라노는 '메가 튜나 통조림' 광고에 자주 등장한다. 광고에서 소베라노는 메가 튜나를 과일 옆에 나란히 놓기도 하고, 스파게티에 섞어 먹기도 한다. 고급 참치를 통조림에 넣어 먹을 리 없다.

똥구멍에 땀띠가 나는 계절에 참치를 배달시키는 일은 쉽지 않다. 제대로 포장을 하지 않으면 배달 도중 아스팔트 길 위에서 녹아버린다. 한번 녹은 참치를 다시 얼려 먹는 건, 뱉은 껌을 벽에 붙여두었다 다시 씹는 거나 마찬가지다. 잘 배달된 참치도 해동작업을 잘못해버리면 불에 탄 소고기보다 맛이 없을 수 있다.

누나는 손님에게 대접할 '시원하게 씹히는 고기'를 마련하고 있었다.

누나의 분주한 소리를 들으며 신부를 떠올렸다. 신부는 자신이 할 일을 마치고 세부를 떠났다. 외부인이 세부에서 오래 정착하는 걸 보지 못했다. 별다른 기술 없이 이곳으로 들어왔다 몇년 걸리지 않아 빠져나가곤 했다. 망고스퀘어의 보도블록을 밟고 지나가는 외국인들은 일주일을 넘기지 못했다. 원래의 계획에서 벗어난 외부인이 더 오래 머무는 경우를 종종 목격했다.

누나는? 확실한 목표, 뾰족한 기술이 없는 사람들은 옆구리를 찔려도 앞으로 나아가지 못한다. 아무리 노출해도 주목받지 못할 얼굴, 길거리 어디에나 있는 두루뭉술한 엉덩이와 허리를 지닌 누나를 보면서 언젠가, 하고 생각했다. 무수한 사람들처럼 떠날 거라고.

나는 팸플릿 작업을 끝냈다.

세부 한마음 한인회 하반기 일정.

내가 손으로 한장 한장 접어서 만든 팸플릿을 넘기며 훑어보았다. 간단한 회칙, 회장 선거와 관련한 내용이 눈에 띄었다. 가장 큰 행사로 한인회축제에 관한 일정과 준비사항이 적혀 있었다.

누나 집처럼 식탁과 주방과 소파 들이 널찍하게 자리 잡고 있어도 텅 빈 듯한 거실에 사람이 들락거리지 않는다면 창고나 다름없을 것이라는 생각을 하며, 팸플릿을 한쪽 구석에 가지런히 쌓았다.

누나는 과일을 종류별로 썰어 접시 위에 골고루 색깔을 맞춘 뒤 냉장고에 넣었다.

아떼가 대문을 열어주는 소리가 들렸다. 두사람이 거실로 들어와 누나와 반갑게 인사했다. 각각 부동산과 정수기 사업을 운영하는 남자들이었다. 누나는 손님들을 식탁으로 안내했다. 다른 사람들을 기다릴 것 없이 오는 순서대로 대접했다. 원래 약속했던 저녁 6시를 넘어서고 있었다.

나는 가정집 출장 웨이터처럼 음료수 잔이나 술잔을 날랐다. 손님이 다섯명으로 늘어나자 집 안에 활기가 넘쳤다. 허세 섞인 과장된 웃음이 거실 천장까지 울려퍼졌다. 출장 마사지, 여행사, 김치마트 등 다양한 직업을 가진 손님들이 늘어났다. 김치마트를 하는 손님만 여자였다. 골프 레슨, 영어학원 관련 일을 하는 손님들이 가세하면서 방에 있던 의자까지 모두 꺼내왔다. 아떼와 나는 소파에 나란히 앉아 큼직한 수박덩어리를 나눠 먹었다. 레이떼가 고향인 아떼는 나보다 세살 어렸다. 수박을 거머쥔 앳된 손이 거칠어 보였다.

김치마트 아줌마는 얼마 전 방송에서 소개했던 코피노 문제를 화제로 꺼냈다. 김치마트 아줌마는 남자들 고추를 잘라야 한다고 말하며 황새치 등살을 안주로 산미겔 필젠을 들이켰다. 고추를 잘라야 한다는 말에 놀란 탓인지 여행사와 출장 마사지 두 손님이 한마디씩 거들었다.

"어, 맨날 왜 코피노만 문젭니까? 자피노, 차피노는 문제가 없는 겁니까?"

"그러게 말입니다. 방송에서 한번씩 떠들고 나면 필리핀에 사는 남자들을 이상하게 보는 경향이 있단 말입니다."

"어, 좋은 점도 없진 않습니다."

"좋긴 뭐가 좋습니까?"

"후원하겠다는 전화가 폭주하니까요. 그런 점을 악용하는 단체가 한둘이 아니지만요."

"후원이란 게 자발적으로 꾸준히 일어나야지, 무슨 상품 광고도 아니고 방송 보고 한때 반짝해서야."

"맞는 말씀입니다. 여기 현지 실정을 제대로 파악하지도 못한 채 코피노를 낳은 사람들을 범죄자로 몰고 있어요."

김치마트 아줌마가 끼어들었다.

"그거 범죄 아니에요?"

여행사 사장이 말했다.

"가정에서 포기김치 담그는 것도 불법입니까?"

"뭔 그런 소리를 다 해요?"

"오해하지 마시구요. 제가 드린 말씀은 서로 양념이 맞아서 애

낳는 게 어떻게 범죄냐 하는 뜻입니다. 임신중절이 불법인 나라라는 걸 분명히 상기시켜드립니다."

"오해가 아니라, 일방적으로 낳고 달아나버리는 코피노 아빠들 말이에요. 골프투어랑 19홀, 알아들으시겠죠? 저기 소파에서 수박 먹고 있는 애도 코피노 같군요."

김치마트 아줌마는 나를 가리켰다.

코피노다, 아니다를 떠나 내 아빠는 달아나지 않았다.

죽었을 뿐이다.

나는 수박에 입을 댄 채 식탁 쪽을 보지 않고 듣기만 했다.

골프에 19홀은 없습니다만, 하고 골프 티칭프로가 말했다.

영어학원 원장은 망고즙이 잔뜩 묻은 입으로 말했다.

"코피노라는 단어는 한국계 혼혈아를 뜻합니다, 그렇죠? 다른 용어로 바꾸어 불러서 평등성을 실현하는 겁니다."

"어떻게 불러야 한다는 거죠?"

"영어를 가르치는 입장에선 SKPC 즉 'South Korean Philippine Children'이라는 말을 추천합니다. pino는 '혼혈'을 뜻하고 차별과 편견의 의미를 내포하고 있기 때문이죠."

"영어 선생이 다르긴 다르군요."

누나는 세부시티에 머무른 기간이 너무 짧았던 걸까. 손님들이 말하는 데 끼어들지 않았다. 누나는 모자라는 참치나 과일을 채우며 손님을 대접하는 데 집중했다. 코피노에 대한 이야기는 20분 이상 더 이어졌다.

예전부터 코피노 아동을 지원하는 토요한글학교, 코피노 어린이를 위한 쉼터 등을 경험한 내겐 새삼스러운 이야기가 아니었다. 손님들의 이야기를 들으면서 나는 단절에 대해 생각했다. 코피노들의 사연은 제각각 다를 수 있다. 아버지와의 단절, 또는 어머니와의 단절에서 일어나는 똑같은 일들.

나는 죽은 아버지를 생각했고, 일본에 사는 어머니를 떠올렸다. 죽은 사람이나 살아 있는 사람 둘 다, 나와 단절돼 있었다.

물만 마시던 부동산 업자가 말했다.

"요즘 어떤 블로그에서 코피노 아빠 실명을 공개하고 있다던데요."

정수기 업자가 거들었다.

"실명뿐만이 아닙니다. 코피노 아빠 엄마 얼굴까지 모두 공개했어요. 여기 참석하신 회원분들은 해당사항 없으시겠죠?"

한바탕 웃음이 터졌다.

나는 계속 단절에 대해 생각했다.

실명과 얼굴을 공개해서라도 단절을 단절하려는 노력 중 하나가 '코피노 아빠 찾기'일지 모른다. 망신을 당해야 단절에서 벗어나겠다고 연락하는 사람도 있을 테다.

자기 자신과도 단절된 채 살아가는 사람들을 상상하며, 나는 또다시 엄마를 떠올렸다. 어쩌다 사진 몇장, 메시지 몇번 보내는 걸 자식과의 유대라고 느끼며 살아가는 엄마를. 더는 찾을 필요 없는 나의 엄마를.

남들마저 나서서 찾고 있는 아빠를.

나는 아떼와 대문 밖으로 잠시 나갔다.

경비가 지키는 빌리지의 출입구가 멀리 보였다. 빌리지 안의 메인 스트리트 중앙에 화단이 가구어져 있다. 화단 속의 꽃들은 햇볕을 받으며 더욱 아름다워지고 있었다. 아떼와 나는 나무 그늘 밑에 앉았다. 이따금씩 차량이 우리 앞의 방지턱을 지나가며 인사했다.

밖으로 나온 JTV 박사장이 하얀 테두리가 달린 까만 선글라스를 벗으며 우리쪽으로 다가왔다.

"여기 웬일이냐?"

내가 물어보고 싶었던 말이었다.

"바로 앞집에 놀러왔어요."

"놀 시간이 다 있냐?"

박사장은 아떼와 나를 내려다보다 나중에 얘기 좀 하자는 표정을 짓고 다시 누나 집으로 들어갔다. 나는 느린 걸음으로 박사장을 따라 거실로 들어갔다.

식탁을 꽉 채운 손님들을 바라보며, 뭔가를 도모하기 위해 모인 사람들의 활기를 함께 느꼈다. 활기는 내게 단절의 맛을 더해주었다.

박사장은 웅장한 식욕을 자랑하며 안주와 맥주를 잘도 해치웠다. 집에 가서 샤워하고 자기 전에 라면 두개를 끓여먹는다는 소문도 있다. 박사장은 참다랑어 뱃살을 맛보다 날치 알밥이 있으면 좋겠다고 누나에게 말하기도 했다.

철물점을 운영하는 손님은 현관문을 찬찬히 살폈다. 누나 집의 현관문은 대문보다 더 크다. 철대문을 닫아둔 채 왼편의 쪽문으로 드나들기도 한다. 현관 나무문은 양쪽으로 여닫는 형태로 사자 입에 수갑을 채운 듯한 문고리 두개가 달려 있다. 천장에서 두개의 커튼이 늘어져 사자 털처럼 감싸고 있다.

현관문 한쪽으로 출입하면서 모기를 막기 위해 커튼이 움직이지 않도록 벽돌을 괴어둔다. 철물점 손님은 이런 모습을 살펴보다 손뼘으로 길이를 재보았다.

누나한테 다가간 손님은 자동 방충망을 달면 얼마나 편리하고 좋은지에 대해 말했다. 벽돌을 괴는 커튼 방충망에 대한 욕으로 들리기도 했다.

아무리 방충망을 잘 달아놓아도 용케 뚫고 침입하는 모기나 벌레들이 있게 마련이다. 미세한 틈을 비집고 인간의 둥지를 찾아 들어온 그들은 맞아 죽거나 타 죽는다. 기껏해야 피 한방울 빨다 터져 죽는다. 운좋게 인간의 손을 피해 살아남았다 하더라도 며칠 지나지 않아 자연사한다. 저공비행하는 벌레들의 공통된 운명.

이번에 회장 출마하신다면서요, 하는 소리가 종종 들렸다. 박사장에게 하는 말이었다. 박사장은 뜸을 들이는 건지 쑥스러운 건지 주변의 '한말씀'에 대한 부탁을 예의 바르게 미루고 있었다. 평소 모습과 달리 박사장은 가발을 쓰고 있었다. 잔잔한 체크무늬가 들어간 스판바지도 돋보였다.

누나가 아떼에게 다가가서 밥을 지을 시간이라고 알려주었다. 쥐눈이콩을 쌀과 함께 넣으라고 했다. 누나는 텔레비전 볼륨을 무음으로 맞춘 뒤 손님들과 다시 어울렸다.

박사장이 식탁에서 일어서며 말했다.

"저는 이곳에서 6년 동안 거주했습니다. 여러분이 열의를 모아주신다면 저쪽 막탄 지역 후보를 누르고 우리가 승리할 수 있다고 생각합니다."

몇마디 하지도 않았는데 박수가 쏟아졌다. 술을 마시기 위해 박자를 맞추는 건지도 몰랐다. 모두들 한잔씩 권하며 더위를 달랬고, 갈증을 달랬고, 당선 욕구를 부추겼다.

박사장은 누나에게 속삭였다. 팸플릿을 찾는 게 틀림없었다.

누나의 손짓에 따라 나는 팸플릿 스무개를 식탁으로 날랐다. 박사장이 하나씩 손님들에게 나눠줬다. 천지개벽할 내용이 들었다는 듯이 손님들은 신중하게 팸플릿을 넘겼다.

박사장은 강사가 학생들에게 요점정리를 해주는 표정으로 꼭 짚어야 할 부분에 대해 말했다. 회칙에 대해 언급하면서 회비를 강조했다.

손님들은 팸플릿을 뒤적뒤적하며 얼마 남지 않은 참치를 한조각 한조각 먹었다. 와사비에 찍어 먹는 사람, 참기름에 찍어 먹는 사람, 김에 싸 먹는 사람, 초생강을 얹어 먹는 사람.

박사장이 주의를 모았다.

"팸플릿 5쪽을 봐주시면 고맙겠습니다. 제가 회장으로 당선하면 9월 한인의 밤 행사 때 진행할 프로그램을 짜본 겁니다. 케이팝스타 한두명 정도는 초대할 계획입니다."

김치마트 아줌마와 다른 손님들이 번갈아가며 말했다.

"누구를 초대하는 거죠?"

"싸이 말입니까?"

손님들이 저마다 좋아하는 연예인을 지목했다.

박사장이 말했다.

"스케줄을 맞춰봐야지요."

"중요한 건 초대 개런티 아니겠어요?"

"물론 돈도 중요하지요. 더 중요한 건 협찬을 어떻게 구성하느냐 예요. 거기에 따라 행사 규모가 달라질 겁니다. 회비 몇푼 모아서야 행사를 크게 치를 수 없겠지요."

"지난 회장들은 굳이 케이팝스타를 초대하지 않고도 매년 행사를 잘 치렀습니다. 케이팝 경연대회 같은 걸로 실속 있게 때운 거죠."

"현실적인 대안으로 나쁘진 않습니다. 아이디어를 잘 활용하면 한국 교민의 위상을 높이는 계기로 작용할 겁니다."

"마라톤 대회를 개최하는 건 어떨까요?"

"당선해야 가능한 일들이니까, 추후에 논의해보십시다. 오늘 참석하신 여러분께서는 팸플릿을 가져가셔서 투표권이 있는 분들께 나눠주십시오. 잘 좀 부탁드립니다. 자 한잔씩들 하시고, 오늘은 여러분이 세부에서 생활하시면서 불편한 점, 개선해야 할 사항들에 대해 건의해주시면 고맙겠습니다."

"비자 기간이 너무 짧아요."

"21일에서 30일로 늘어났잖아요."

"고작 그 정도로는 만족할 수 없어요. 다른 나라에선 3개월 무비자 입국도 허용하는 데가 많은데."

"부동산 거래 절차가 까다로운 게 문제죠."

"콘도 같은 건 여권만 있으면 살 수 있잖아요."

"국제운전면허증을 가져와도 바로 사용할 수 없는 게 불편해요."

"치안이 가장 문제죠. 다바오시티 만큼이라도 치안을 확보하고 있지 못하잖아요. 한국인을 위해 특별한 조치가 필요해요. 코리안 데스크만으론 부족해요."

손님들의 말을 들으며, 외국인이 이곳에 살면서 편리한 점은 무엇인지 궁금했다. 불편한 점밖에 없는가.

식탁 밑으로 손님들의 발목이 보였다. 누나의 발목은 반듯한 목검처럼 바닥에 뿌리박고 있었다. 박사장은 손님들이 보는 앞에서 나한테 아는 체하지 않았다. 식탁 밑에 박혀 있던 다리들이 하나둘 일어서기 시작했다. 다리들이 웅성거렸다. 누군가가 누나 들으라고 일부러 목소리를 높이는 것 같았다.

이 집 주인이 여자다보니 더는 못 앉아 있겠어요, 라고.

무슨 뜻이죠? 누나가 물었다.

남자 집이었더라면 사각 팬티만 입고 밤새도록 앉아 있기도 하거든요, 라는 대답이 돌아왔다.

동그란 벽시계는 밤 10시를 넘어서고 있었다. 잠을 푹 자려고 누울 만한, 혹은 두세시간 더 지켜볼 만한 시각이기도 하다. 손님들이 모두 나가는 데 30분이 더 걸렸다. 사기꾼에 관한 정보를 교환하기도 했다. 한 사기꾼은 자동차를 판매한 뒤 돈을 받고 나서 소유권 등기를 해주지 않은 채 달아났다. 어떤 사기꾼은 20여명의 골프투어 대금을 선불로 받아 챙기고 잠적했다. 누나는 사진 속 사기꾼들의 인상착의를 살피며 손님들을 배웅했다.

박사장이 거실 문을 나서며 말했다.

"정말이지, 참치에 찍어 먹던 참기름이 맛있습니다. 굵은 소금도 구수하고요."

"서울에서 가져온 거예요."

누나는 어깨를 으쓱하며 대문 밖으로 나가 양손을 무릎에 모으고 인사했다. 택시가 필요한 손님들에겐 경비실에 전화를 걸어 해결했다. 손님들은 예의상 대화를 나누다 택시가 도착하자 여지없이 떠났다.

나는 박사장에 대해 생각했다.

그토록 예의 바른 사람이 어째서 나한테는 하인 대하듯 했던 걸까. 처음부터 관계 설정을 잘못한 것 같았다.

손님들이 나간 뒤 뒤치다꺼리를 도왔다. 수박이나 망고 껍질에서 맴도는 냄새가 여운을 남겼다. 외국인들은 망고에 칼집을 내며 먹기 좋게 써는 걸 어려워한다. 누나는 망고를 썰었다기보다 씨에서 겨우 분리한 정도였다.

자고 가라는 누나의 권유를 뿌리치고 밖으로 나왔다.

대문을 열고 나서자마자 '튀김비'가 쏟아졌다. 하늘을 튀기는 소리, 지붕을 튀기는 소리, 개구리를 튀기는 소리, 마음을 튀기는 소리.

빌리지의 높은 담들 속에 켜진 환한 불빛을 바라보며 메인 스트리트를 걸어나갔다. 손전등을 들고 경비들이 지나다녔다. 튀김비는 위에서 아래로, 아래에서 위로 외로움을 씌웠다.

빌리지 경비실을 지나갔다. 코피노 어린이를 위한 쉼터에서 읽었던 책이 기억났다. 세부섬에서 평생 성게알을 채취하던 어부가 남긴 오리홀료의 『위험한 저편』이라는 책이다.

방사형 대칭 가시를 지닌 성게는 낮에 바위틈에 숨어 있다 밤에 먹이를 구하러 다닌다. 성게의 노란 알을 세포요, 호르몬이라고 부르는 것을 열세살 때 어머니한테 들었다. 성게알은 늘 바닷속에 숨어 있었다.

노란색 성게알을 연상하며 망고스퀘어로 갔다. 물건을 파는 꼬마들이 외쳐댔다.

"라이터, 담배."

꼬마들의 기대에 찬 몸짓들이 절망적인 기분을 안겨주었다.

망고스퀘어에선 행인이 원하지도 않는데 꼬마들이 교통정리를 해주고 택시를 잡아준다. 과잉친절이 아니다. 가난의 몸부림이다. 망고스퀘어의 행인들은 모두 그들의 먹을거리다. 매일 인파로 가득 넘치는 망고스퀘어는 각자가 자기 목적에 맞게 다스리는 곳이다. 한때 나는 보이지 않는 그림자처럼 이곳에 존재했다. 길 건너편에서 망고스퀘어를 쳐다봤을 땐 농구 코트처럼 길쭉하게 느껴졌다. 병원이나 호텔 꼭대기에 올라가 망고스퀘어를 내려다봤을 땐 거미집처럼 여겨졌다. 어떤 친구는 이렇게 말했다.

'거대한 재떨이 같다.'

상점가에서 흘러나오는 음악을 들으며 망고스퀘어를 걸었다. 이제 나는 망고스퀘어에서 잘 보이는 그림자였다. 베렌은 보이지 않았다. 서성거리는 여자들, 여자가 되고 싶은 빠끌라들이 단골손님처럼 행동하며 망고스퀘어를 메우고 있었다. 형광 간판 아래 벽에서 흩어지는 에어컨 실외기 소리, 막 도착한 택시들이 뿜어대는 매연 냄새를 맡으며 나이트클럽으로 들어갔다.

클럽에서 들이켜는 맥주의 시원함, 몸을 흔드는 해방감은 이튿날 생활의 구속으로 이어질 수 있다. 즐거운 동작에서 배신당한 허무함을 느낄 수도 있다. 나는 뻣뻣하게 선 채, 가장 어두운 구석에서 웅성거리는 분위기를 느끼고 있었다. 무대 중심으로 진입하는데 이미 싫증나 있었다. 몸을 구부리고 춤을 추는 거꾸정한 동작들을 바라보는 것에도 지쳤다. 핸드폰에서 「보이스 키즈」 오디션을 보는 게 더 즐거웠다. 소년 소녀들이 자신의 꿈을 위해 목청껏 노래하는 소리를 들으면 뭉클함과 연민을 동시에 느꼈다.

새벽 3시쯤 메시지가 반짝거렸다.

지금 어디 있죠?라고 묻고 있었다.

내가 머뭇거리는 사이 덧붙였다.

—우리 집엔 왜 찾아오셨죠?

—누구십니까, 혹시?

—베렌이라고 합니다.

—베렌!

—네, 방문 목적을 얘기해주세요.

—어머니께 말씀드렸습니다.

—뭐라고 하셨는데요?

정말 몰라서 물을 수도 있고, 확인하고 싶은 마음일 수도 있다.

나는 이상한 메시지를 보내고 말았다.

베렌의 '확인하고 싶은 마음'에 조금의 기대를 품고 나는 메시지를 통해 사랑한다고 떠들었다. 한번도 만난 적 없는 베렌에게.

베렌은 나를 스토커로 생각했는지 모른다. 집착이 집착을 낳고 집착의 집착이 집착을 낳으면서 상대를 죽일 수도 있다. 차라리 다르게 말했으면 더 좋았을지 모르겠다.

'당신의 그 핸드백을 들고 워킹하는 모습이 잊을 수 없을 만큼 아름다웠어요. 나도 모르게 학교로 찾아가 주소를 물었고 집을 찾아갔습니다.'

막상 상상해보니 이런 메시지도 이상하기는 마찬가지였다.

복잡한 내 마음과 달리 베렌의 응답은 단순했다. 답장이 없었다.

베렌, 할 말이 있어요,라고 빠른 속도로 메시지를 이었다. 어둠 속에서 터치 버튼 조명이 반짝거렸다. 한번 빠져나간 베렌에게선 아무런 응답이 없었다.

즉각 전화를 걸었다. 응답받지 못하는 신호음만 요란했다. 우울함을 가중시키는 신호. 베렌과 메시지를 주고받기 전보다 더욱 우울해졌다. 번호를 몰랐을 때보다 알고 난 뒤가 더 처참했다.

원룸 문에 붙은 스티커를 떼냈다.

'해피엔딩 마사지.'

원룸으로 들어가 에어컨을 최저 온도에 맞췄다.

이불을 덮어쓰고 눈을 감았다. 베렌의 얼굴이 떠오르며 이불 속을 맴돌았다. 씸카드를 뽑아두었다 꽂아보고, 다시 뽑았다, 꽂았다. 아무런 반응 없이 좁은 액정에 화사하게 떠 있는 아이콘들.

주변에서 닭소리가 들렸다. 창으로 내려다보이는 닭장에서 키우는 투계용 닭이었다. 닭들은 물을 달라, 먹을 걸 달라고 외치는 것 같지는 않았다. 무언가 할 말이 있다는 듯, 자신의 견해를 계속해서 부르짖는 듯했다.

블로그에 아침 풍경을 담고 글을 올렸다.

나의 일상은 돈으로 연결하기 힘들었다. 유명한 사람의 움직임은 곧 돈이었다. 호날두가 변장을 하고 길거리에서 공을 찬 뒤 가면을 벗으면 200만명이 금세 모여든다.

필리핀의 섬을 하루 한군데씩 여행하면 20년이 걸린다. 내가 만일 20년이 걸리는 여행을 하면서 보홀섬에 초콜릿 힐이 있다는 둥, 카가얀 데오로에 델몬트 농장이 있다는 둥 글과 사진을 올린다면 어떤 결과를 낳을까. 거지로 전락할지 모른다.

다시 과거처럼 망고스퀘어로 돌아가고 싶지 않다. 명운을 건 뜀박질을 더는 원치 않는다.

영상에 글을 달고, 혹은 글에 영상을 다는 작업을 계속해야 했다. 며칠 뒤면 사라져갈 충격거리를 찾느라 아침부터 바빴다. 전문성을 지니지 못한 나는 긁어모으는 데 주력했다. 얼음이든 빗물이든 긁어모으는 지속성은 조금 유지하고 있었던 것 같다. 밤낮을 가리지 않았으므로.

박사장에게서 전화가 걸려왔다. 자신의 집으로 오라고 했다.

박사장 집 거실로 들어가자 맛있고 훈훈한 냄새가 풍겨왔다. 이십대 초반의 여자 둘이 스테이크를 굽고 있었다. 실내 바의 스탠딩 의자에 앉았다. 박사장이 옆에서 스테이크와 레드와인을 가져오라고 여자애들에게 말했다.

앞치마를 두른 여자 두명은 원하면 뭐든 내줄 태세로 우리를 바라봤다. 애네들은 한국말 못 알아들어, 하고 박사장이 말했다. 오빠,라는 말만 할 줄 안다고 했다.

여기 양파 좀더 줘, 박사장이 말했다.

나는 된장국을 달라고 했다. 한국 된장국은 일본 미소시루처럼 쉽게 물과 분리되지 않았다. 두부에 김치에 멸치에 고춧가루가 섞인 국물을 들이켰다. 된장국이 입안에서 레드와인과 만나자 쌉싸름했다. 창밖으로 고개를 돌려 박사장 집의 정원과 담을 응시했다. 난공불락의 성처럼, 담으로 둘러싸여 있었다.

박사장이 말했다.

"모든 건 마감시간이 있어. 그렇지 않나?"

"……"

"학생들에게 리포트를 내준 교수가 정년퇴임 뒤 그걸 받는다든지, 아니면 그때 가서 읽어볼 리 없지. 그렇지 않나?"

"……"

"하퍼, 자네 대학에 다녀본 적 있나?"

"없습니다."

"없겠지 물론. 자, 와인 한잔하지. 난 대학을 때려치우고 한동안 헤매다 여기로 왔어. 나보다 여기 오래 산 한국인들도 많아. 각자의 일들을 하며 살아가는 거 아닌가?"

"예."

"요즘 환율이 썩 좋지 않아. 오늘 1달러에 얼만가?"

"오빠, 47페소."

"무슨 이유에선지 페소 가치가 자꾸 떨어져. 이럴 땐 똑같은 일을 해도 수입은 줄어들어. 자넨 요즘 무슨 일을 하나?"

"그럭저럭 지내고 있습니다."

"내가 이번에 한인회 회장 선거에 나간다고 했지."

"예."

"당선하면 코피노 지원 문제를 한국에 적극 요구할 거야. 여기선 구멍가게를 하고 있으면 아무도 날 위해주지 않아. 오히려 뭔가를 훔쳐가려고 하지. 복잡한 도시를 피해 이곳에 정착하고 싶어하는 사람들은 회장 선거 따위에 무관심해. 복잡하긴 여기가 더 복잡하지. 지프니, 오토바이가 땅굴을 파는 듯한 소리를 내며 매일 거리를 메우고 있으니까. 자, 한잔 더 하지. 거리가 복잡하면 마음도 복잡해져. 사고를 피해 뛰어다니기 바쁘거든. 선거든 뭐든 무관심으로 흐르게 마련이야. 정치적 무관심을 근사함, 세련미로 생각하는 사람들이 늘어나지. 뭔가를 배격하는 사람들의 특징이야. 스스로 훈장을 달았다고 착각하거든. 결국 30퍼센트 게임이야."

"네?"

"넉넉잡아 30퍼센트의 지지만 얻으면 선거에서 이길 수 있다는 결론이야. 어떤 경우엔 10퍼센트만으로 대표권을 행사하기도 하지. 이번 한인회 회장 선거는 20퍼센트 게임이야. 이제 알아듣겠나?"

"예."

"내가 당선해야 너한테 유리해. 9월 행사에 유력인사들을 모두 초대할 거야. 시장, 경찰서장, 대학 총장은 말할 것도 없고. 이들은 구멍가게로 오라고 하면 나타나지 않는 족속들이야. 한자리하고 있는 사람들을 만나려면, 나 역시 한자리하고 있어야 가능해. 이것이 공개된 만남의 법칙이지. 안주 좀 먹어, 호주산 와규 스테이크."

와규 스테이크는 입속으로 들어가 녹아버렸다. 그다지 크지 않아 다섯개까지 부담 없이 먹었다. 바의 벽에 붙은 에어컨이 풍향을 아래위로 바꾸며 소리를 냈다. 박사장은 양턱을 번갈아 괴며, 가끔은 독백하듯이 말하곤 했다. 박사장은 와인을 마실수록 말이 늘어났다.

"가난한 사람은 절대 회장으로 뽑힐 수 없어."

돈을 많이 써야 당선할 수 있다는 뜻인가 하고 나는 생각했다. 박사장의 뜻은 달랐다.

"가난한 사람이 회장 후보로 나오면 회원들이 걱정에 휩싸이지. 돈 많은 회장이라면 알아서 할 일을, 혹시 내 주머니에서 돈이 나가야 하는 거 아닌가 생각하거든. 나는 적극 수용하려고 여기에 온 사람이야. 배격하러 온 게 아니야. 본질은 같은데 다른 말로 표현한 게 권력과 돈이야. 마치 달걀과 계란처럼."

박사장의 말이 무슨 뜻인지 정확히 알 수 없었다. 돈과 권력을 수용하겠다는 뜻일까.

"담배를 사서 아쉬울 때 피우려고 어딘가에 숨겨놓은 적 없나? 담배 한갑 통째로, 아니면 몇개비 정도. 궁할 때 숨겨둔 담배를 발견하면 보물을 찾은 거나 마찬가지 기분이잖아. 한편 생각하면 숨겨둔 담배를 꼭 찾아야 할 필요가 있는지는 모르겠어. 당장 아쉬운 것 뿐이니까. 나중에라도 숨겨둔 담배가 나타나면 그때 가서 피우면 되잖나? 자넨 어떤 편인가?"

"묻어두는 편입니다. 어딘가에 돈을 감춰뒀는데 아직 찾지 못했다 하더라도 운에 맡겨둡니다."

"그래? 나는 한때 수용할 수 없는 것들이 있었어. 혼자서 밥을 못

먹는 사람, 이가 시리다는 사람, 머리카락을 염색하는 사람, 아이를 버리고 달아나는 엄마… 생각하면 많아. 웃음이 없는 식당 주인, 정원의 둘쑥날쑥한 잔디, 페인트가 벗겨진 차량, 골프에서의 홀인원, 열리지 않는 세탁기 뚜껑, 장마 뒤의 두꺼비… 생각할수록 떠올라. 불친절한 버스기사, 택시기사는 더 해. 어딜 가자고 얘기했는데 대답이 없는 기사도 있어. 한데, 숨겨둔 담배 얘긴 내가 왜 했지?"

"모르겠습니다."

"생각날 때가 있겠지. 자넨 세부섬의 날씨를 수용할 수 있겠나? 6년 동안 에어컨을 쐬며 살아온 현실을."

"어쩔 수 없잖습니까?"

"그런 셈이지. 어쩔 수 없이 견뎌야 하는 것도 있고, 어쩔 수 없이 우리가 공유한 게 있기도 하지. 예전과 달리 난 자네를 크게 한번 쓰고 싶어. 어이, 음악 좀 틀어. 내 명함에 세븐개발이라고 새겨놨어. 사람들은 세븐을 러키 정도로 해석할 뿐이지. 어이, 창문 좀 열고 재떨이. 자네도 한대 피우게. 담배 이름이 하필 마일드세븐이군. 세븐개발이라고 이름을 지을 때 이렇게 생각했어. 남은 생에서 일곱번 이상 나 자신을 개발하자. 그런 각오를 담았지. 세븐개발은 세븐일레븐 같은 편의점 이름과 아무 상관없어."

여닫이 창문을 열자 회초리를 연상케 하는 빗소리가 들렸다. 회초리비가 여닫이문을 날카롭게 때리며 흩어졌다. 바의 벽에 달린 스피커에선 「사랑은 침대에서」라는 따갈로그 노래가 이 순간 살아 있음을 알려주기라도 하듯 감미롭게 흘러나왔다. 박사장은 행주 같은 타월로 이마의 땀을 닦았다. 나는 힐끗 여자애들을 바라봤다.

쏙 들어간 배꼽을 드러낸 반바지 차림.

"쟤네들은 곧 클럽에서 일할 거야. 특별한 일도 맡을 예정이지. 회장에 당선한 뒤 네번째 개발을 할 작정이야. 그라비올라 농장과 계약해서 원료를 제공하는 사업이지."

"그라비올라가 뭐죠?"

"몸에 좋은 거야. 사람들은 밤새도록 술을 마신 뒤 몸에 좋은 걸 찾아. 담배나 술은 못 끊으면서 항암작용 식물이니 뭐니 지구촌을 수색하거든."

박사장은 첫번째에서 세번째에 이르는 개발이 뭔지는 말하지 않았다. 잔소리 같은 박사장의 그라비올라 개발계획은 어떤 선언처럼 이어졌다. 짧지 않은 얘기의 핵심은 그라비올라 농장을 후려쳐 수익을 올리겠다는 각오였다.

"내가 JTV를 운영하고 있으면 물장사다 하고 생각하는 경향이 있어. 농장이니 콘도니 하는 걸 동시에 운영하면 우러러본단 말이야. 뭘 하든 실력자들이 방패로 나서줘야 해. 개발은 혼자 힘으로 할 수 없어. 생각해봐. 그린벨트라고 묶는 일도 실력자들이 결정하고, 그린벨트라고 풀어주는 일도 실력자들이 결정하잖아. 이거 사람을 초대해놓고 나 혼자 너무 떠든 거 같군. 자네 아버지는 한국에 계시나?"

"돌아가셨습니다."

"명복을 빌 수밖엔 없군. 내가 아까 모든 거에 마감시간이 있다고 했잖아."

"네, 기억납니다."

"마감시간이란 데드라인이야, 데드라인. 선거에서도 한없이 준비기간을 주는 게 아니야. 회장 선거일이 8월 첫째주 일요일이야. 자넨 그때까지 뭘 할 건가?"

"선거에서 제가 도와드릴 일이 있다면, 열심히 돕겠습니다."

"아니, 아니야. 내가 자네를 도와야지. 자넨 아버지와 사별한 코피노니까 말이야. 여느 코피노와 좀 다르지. 내가 한국 정부에 지원을 요청할 계획을 가지고 있어. 사실은 정부에서 지원해야 할 의무는 없어. 자발적으로 여기 와서, 자발적으로 애기 낳고, 자발적으로 도망간 사람이 많거든. 정부는 남녀끼리 헤어지는 데 드는 비용을 책정하지 않아. 결혼해서 애 낳으면 조금 보태주긴 하지."

"사장님은 애가 있나요?"

"없어. 난 20년 뒤 일흔살쯤에 결혼할 생각이야. 결혼 연령이 점점 늦어지고 있잖아. 살면서 아이를 낳는 게 아니라, 죽으면서 아이를 낳는 추세로 변하고 있는 중이야. 바퀴벌레를 닮아가고 있는지도 몰라. 또 내 이야기만 했군. 사람들을 만날 때 미리 생각해두곤하지. 이번에는 제발 내 이야기는 삼켜두고 타인의 말을 경청하자고. 10분쯤 말을 듣다보면 끼어들고 있더라구. 나중엔 다른 사람입을 막을 정도로 내 이야기만 하고 있어. 난 원래, 내 생각을 말하는 타입은 아니야. 남이 나에 대해 생각하도록 행동하는 편이지. 좀전에 마감시간에 관해 말했었지. 베렌을 이달 말까지 잡아. 메시지몇자 받아가지곤 어딨는지 알 수가 없잖나. 이번 달 말이 데드라인이야."

데드라인,이라는 말이 섬찟했다. 베렌을 잡지 못할 경우 나를 죽인다는 말처럼 느껴졌기 때문이다. 회초리비가 그치자 박사장은 테라스 쪽으로 옮기자고 했다. 테라스 의자에 묻은 빗방울을 털어내다 박사장이 말했다.

"아, 이제 생각났어. 숨겨둔 담배 얘기 말인데, 그런 건 천천히 찾을수록 더 값어치가 있는 거야. 필요할 때 딱 끄집어내면 더욱 좋지. 어쩔 수 없이 우리가 공유한, 숨겨둔 담배 같은 거 말이야."

박사장은 귀엣말로 '샤부'라고 속삭였다.

햇빛이 나자 수영장이 고요하게 뒤척거렸다. 보이지 않던 아떼와 로시오가 어딘가에서 나왔다. 두사람은 정원을 매만지기 위해 밖으로 나갔다. 아떼는 옹벽 밑으로 웃자란 담쟁이덩굴을 가위로 매정하게 잘랐다. 물렁하게 튀어나온 덩굴들을 굵고 튼튼하게 뻗은 가지에 엮어주었다. 로시오는 정원의 꽃을 내려다보며 빛깔이 고운 가지들을 꺾어 길쭉한 꽃병에 넣었다. 빗방울에 떨어진 꽃잎들이 빗자루에 쓸려 뭉개졌다.

"자네 김을 가스렌지에 구워본 적 있나?"

"전 맛김을 먹습니다."

"취향을 존중하네. 맛김은 기름을 두른 거야. 무슨 기름이든 열을 가하면 독소를 뿜지. 난 김을 구워서 간장에 찍어 먹어. 김 한장을 가스불에 굽다 떨어드린 적이 있어. 얼른 주웠는데 벌써 구멍이 나 있었어. 김이란 따고 말리고 잘라서 완성하는 거잖아. 꿈이란 김 한장과 같아. 꿈은 팽팽하게 엉겨 있으면서도 유연한 김처럼 유지해야 해. 내 입에 들어오기 전까지 언제든 불살라질 수도 있다는 걸 잊지 않으면서. 어이, 물 좀 가져와."

대문 밖에서 사람들을 불러모으는 음악소리가 났다. 저놈의 약국은 왜 오후에 오픈을 한다고 난리야, 하고 박사장이 말했다. 레드와인을 마신 탓인지 박사장의 반들거리는 이마 위로 혈관이 또렷하게 도드라졌다.

5시를 지나면서 햇빛이 미끄러지고 있었다. 이럴 때 즐거운 마음이 솟는 건 나뿐일까. 아떼와 로시오가 20킬로그램 쌀자루를 들고 대문 쪽으로 겨우 걸어나갔다. 내가 일어나 쌀자루를 메고 밖으로 나섰다. 아떼와 로시오는 대문 옆의 약국 앞에 쌀자루를 놓고 동네 사람들에게 한공기씩 나눠줬다. 약국에서 아이들 손에 사탕을 쥐여주고 있었다. 사탕을 얻어먹던 시절이 생각났다. 얻어먹는 것만으로는 원하는 삶을 살 수 없다.

나는 박사장에게 인사하고 다시 대문 밖으로 나왔다. 아떼와 로시오에게 손을 흔들고 원룸 방향으로 달리는 지프니에 뛰어올랐다. 음악소리보다 더 큰 소음이 왕복 2차선 도로를 가득 메웠다. 우산을 접은 행인들이 쇼핑몰 입구로 몰려가고 있었다.

하얀색 지프니에서 내려 검은 아스팔트 위를 건너뛰었다. 쇼핑몰 쪽은 붐빌 것 같아 반대편 골목 이발소로 들어갔다. 교통정체 속에 앉아 있으니 이발이라도 하자는 생각에서.

상쾌하게 머리카락을 자르고 골목 안쪽으로 조금 더 들어갔다. 교복을 입은 남녀 고등학생들이 쏟아져나왔다. 나란히 몰려다니는 학생들을 한번 더 바라봤다. 골목 왼쪽 메모리얼 파크로 들어갔다. 산책을 하는 사람들, 자전거를 타는 사람들이 지나갔다. 조그맣고 납작한 대리석들이 저마다 음각으로 이름을 새긴 채 길 옆으로 얌

전하게 누워 있었다.

메모리얼 파크를 반쯤 둘러보다 헝가리 할아버지를 만났다. 걷는 것도 뛰는 것도 아닌 동작으로 내 옆을 지나가다 말을 건넸다. 여긴 날씨 좋아,라고 할아버지가 말했다. 덥지 않나요? 하고 나는 응답했다. 헝가리에선 추워서 살 수가 없어,라고 할아버지가 말했다. 여긴 더워서 살 수가 없습니다, 하고 나는 대꾸했다. 할아버지는 걷는 듯하다 뛰는 동작으로 내게서 멀어져갔다. 나는 걸음을 늦춰 혼자 걸었다.

메모리얼 파크의 대리석들은 학생들의 명찰처럼 똑같은 크기로 잔디밭에 누워 있었다. 잡초가 가득한 명찰, 잔디가 패인 명찰, 비스듬한 명찰 들이 숨을 죽인 채 나를 쳐다봤다. 단 하나의 무덤만이 높게 솟은 비석과 대리석 관으로 둘러싸여 광채를 품고 있었다.

관리실에 들어가서 물었다.

"저긴 누구의 무덤입니까?"

"메모리얼 파크 설립잡니다."

나는 메모리얼 파크를 빠져나왔다. 아직도 길거리엔 하루를 마감하기 위한 걸음들이 복잡하게 움직이고 있었다.

쇼핑몰로 연결하는 육교가 보인다. 여객기에 탑승하는 계단처럼 육교를 올라간다. 육교 위에 주인 잃은 개, 집 없는 걸인들이 행인들의 동정을 바라고 있다.

기내에서는 여자 승무원이 웃음을 띠며 승객을 반길 테다. 승무원은 기내에 오른 승객들의 여행용 가방을 짐칸에 올려주기도 한다. 짐칸을 정리하며 가방을 눌러본다. 돈냄새를 맡은 승무원은 다시 만져본다. 가방의 지퍼를 열고 돈의 일부를 빼낸다. 한숨 자고 일어난 중국 승객은 목적지에 도착할 즈음 돈이 없어진 사실을 알아차린다. 공항경찰이 기내를 수색하기에 이른다. 승객이 의심을 받으며 기내에 머무른다. 기내 화장실에서 돈뭉치를 발견한 경찰은 용의자를 지목한다. 경찰의 수색에 협조하지 않고 제지한 남자 승무원이 용의자다.

'항공사 직원, 탑승객 돈 훔치다.'

제목을 달고 글을 내보낸다. 세부 퍼시픽 항공사에서 일어난 일이라 부끄럽다. 치욕스러운 일일수록 방문객이 늘어나며 수입이 증가한다. 방문객이 흔적을 남긴다.

'미국 교통안전청 소속 공항 검색직원이 뉴욕 JFK공항에서 가방검사를 하다가 아이패드를 훔친 일도 있어요. 최근 10년 동안 400여명이 유사한 사례를 당했습니다.'

권리나 의무, 도덕이나 비도덕의 혼동 속에 놓인 사람들이 늘어난다. 습관을 권리나 도덕으로 착각하는 사람들도 있다.

엉성한 블로그에 방문객들의 발자국이 쌓여갈 무렵 메시지가 도착한다.

지금 어디 있죠,라고 묻고 있었다. 첫마디만으로 상대가 누구인지 알 수 있다. 누구나 습관을 지니고 있기 때문이다.

잘 알지도 못하는 사이끼리 지금 어디 있죠(Asa ka),라고 세부 토속어로 묻는 경우는 매우 드물다. 베렌이라고 추측할 수 있다. 베렌이 맞다면 적당한 장소로 유인한 뒤, 시간을 끌며 박사장에게 연락하는 게 최선일 테다.

들뜬 마음으로 응답했다.

─ 원룸 컴퓨터 앞에 앉아 있습니다. 사진 한장을 보고 있었지요. 바닷가에서 작은 배를 타고 달리는데 고래상어가 나타나는군요. 이때 찍은 사진 같습니다. 발리사그 지역이 아닐까요? 베렌?

─ 베렌 엄마예요.

베렌의 말투는 엄마를 닮은 구석이 있었다.

6

　　─아, 반갑습니다.

　　─우리 애 캐리어가 고장났어요.

　　─누구 말입니까?

　　─베렌 동생이 학교갈 때 캐리어를 끌고 다녀요. 어제 바퀴가
빠지면서 완전히 망가져버렸어요.

　　─바퀴를 잘 갈아끼워보세요.

　　─바퀴가 고장난 채로 한시간을 끌고 왔지 뭡니까.

　　─그래서요?

　　─캐리어 밑이 뚫려버렸어요.

　　─어쩌면 좋죠?

　　─뭐, 새로 사야지요. 아얄라몰로 가야 하는데.

―그러시군요.

―그쪽으로 나가는 김에 한번 만나면 어떨까요?

―예. 지프니 정류장 쪽 출입구에서 기다리겠습니다.

―두시간 정도 걸릴 거예요.

―예, 괜찮습니다.

―오늘 캐리어를 사긴 사야 하는데, 돈이 없어서요. 빌려줄 수 있나요?

―네, 그렇게 하죠. 기다리겠습니다.

나는 느긋하게 기다리지 못하고 아얄라몰로 갔다. 지프니 정류장을 지나 몰 안으로 들어갔다. 몰 건너편으로 호텔이 늘어서 있었다. 세부에서 변하지 않는 건, 변화하는 상가일지 모른다. 항상 무언가를 짓기 위해 높이 솟은 건축장비들, 땅 속의 돌을 후벼대는 소리들.

아얄라몰 식당가를 둘러본 뒤 캐리어 상점에서 진열한 상품들의 가격을 살펴봤다. 예상했던 가격보다 비쌌다. 여점원이 안에서 구경하세요,라고 안내했다. 하늘색 캐리어가 눈길을 끌었다. 베렌 남동생용에게 적당한 크기였다. 여점원이 캐리어를 열어주었다. 새 가방이란 비어 있게 마련이다. 여점원에게 캐리어의 문제점에 대해 물었다. 손잡이, 바퀴 두군데가 종종 고장나는 모양이었다. 고장나면 언제든 고쳐준다고 했다. 고장은 나중 문제고 점원은 결정적인 말을 했다. 오늘까지 30퍼센트 세일.

매끈한 폴리카보네이트 하늘색 캐리어를 끌고 밖으로 나왔다. 캐리어는 바퀴에서 부드러운 소리를 내며 나를 따라다녔다. 막대형 초콜릿을 골라 캐리어에 담았다. 누군가를 위해 선물을 한다고 생각하자 흐뭇했다.

베렌 엄마가 지프니 정류장에 도착했다고 알려왔을 때 식당 이름을 말해주었다. 식당 룸으로 들어가자 한 테이블 옆에서 웨이터가 기타를 치며 노래를 불러주고 있었다. 베렌 엄마는 식당에 들어와 창가에 앉았다. 창밖으로 매리엇 호텔이 솟아 있었다.

베렌 엄마가 말했다.

"그 캐리어는?"

"나중에 말씀드리려고 했는데."

"혹시?"

"베렌 동생 선물입니다."

"색깔이 참 곱네요."

베렌 엄마는 캐리어를 굴려보며 수줍은 웃음을 보였다. 캐리어를 손으로 쓰다듬으며 한손으로 들어올리기도 했다. 산속에서 나온 베렌 엄마는 화이트 큐빅이 박힌 금색 목걸이를 하고 있었다.

웨이트리스가 둥그런 나무밥통을 악기처럼 목에 메고 손님들을 살폈다. 마늘볶음밥과 오징어요리를 주문했다. 나는 캐리어 비밀번호 맞추는 법을 베렌 엄마에게 알려주었다. 실제 비밀번호 세자리 숫자는 나중에 메시지로 보내겠다고 했다.

바나나 나뭇잎을 얹은 접시 위에 밥과 오징어무침이 나왔다.

베렌 엄마가 말했다.

"이런 곳에서 식사해본 지 오랜만인 거 같아요."

"베렌과 가끔 외식하지 않나요?"

"뭐, 그앤 제멋대로 얼굴을 내미는 터라. 애 아빠랑 옛날에 자주 다녔죠. 애 아빠는 뷔페에서 이것저것 먹는 걸 좋아했어요. 한가지 음식에 집중하지 못하는 성격이 여자한테도 그대로 드러나는 게 아닐까요?"

"음식과 여자, 어떤 관계가 있는 건가요?"

"생각해보면 틀림없이 관계가 있어요."

"……."

"똥배가 나온 남자는 자제력이 좀 없는 게 아닐까요? 베렌은 그 맛있다는 란타우 플로팅 레스토랑에서도 새우 하나, 조개 하나밖에 안 먹어요. 일생에서 가장 많이 먹는 시절이라는 고등학교 때 얘기죠. 한번은 알리망오에 칠리소스를 뿌려 식탁에 같이 앉았죠. 베렌이 알리망오를 신중하게 입에 물고 있지 뭡니까. 살살 씹더니, 접시에 그대로 내려놓는 거예요."

"왜죠?"

"고무줄을 발라낸 거죠. 그러곤 알리망오 다리 하나만 까서 먹었어요."

"요즘은 어떤가요?"

"갑자기 습관을 바꾼다는 건 쉽지 않겠죠."

웨이트리스에게 가지요리를 추가했다. 가지를 부챗살처럼 펴고 계란을 발라 구운 반찬이다. 베렌 엄마는 식성이 좋은 것 같았다.

베렌을 찾아야 할 데드라인이 5일 남아 있었다. 시간이 많이 들어도 결과를 예상하기 어려운 일을 내게 맡겼는지도 모른다. 사람 찾는 일보다 선거란 결과가 확실한 일이다.

나는 베렌 엄마 몰래 박사장에게 식당의 이름과 위치를 흘렸다. 2분 뒤 박사장의 답장이 내 호주머니를 흔들었다.

── 엄마가 아니라 베렌이라고 했잖아.

── 엄마를 쫓다보면?

── 의도하고 있는 것 말고 수확물을 얘기해.

식당 밖에서 베렌 엄마와 인사를 나눴다.

베렌 엄마가 캐리어를 끌며 지프니 정류장으로 걸어가는 뒷모습을 지켜봤다. 처음 지닌 물건을 다룰 때 느껴지는 조심성이 엿보였다. 캐리어가 산길에서 여러번 긁히고 나면 면역이 생기겠지. 베렌 엄마의 뒷모습을 통해 베렌을 상상했다.

파키아오 경기 당시 애국가를 부른 뒤, 바나위스는 자신의 계정에 영상을 하나씩 보태갔다. 가장 최근에 검은 스타킹과 별빛이 반짝이는 보라색 치마를 입고 「Le Jazz Hot」을 부르는 영상을 올려놓았다. 그녀의 변신에 관객은 박수를 덧붙였다. 바나위스의 사뿐하게 늘어지는 긴 머리카락 방향을 따라 내려가면 하이힐 코끝에 다다른다. 하이힐에서 별냄새가 번져왔다.

리디아 고는 막 열여덟살을 벗어났다. 그동안 골프대회 부상으로 승용차를 받더라도 운전을 할 수 없던 고민을 털어낼 수 있다. 리디아 고는 최근 부진한 성적을 기록하고 있다. 무슨 말 못할 사정이 있는지도 모른다. 등짝에 종기가 솟아 골프채를 휘두르면 온몸이 욱신거린다든지, 생리주기가 일정하지 않다든지, 오른쪽 덧니가 흔들린다든지, 자신보다 월등한 선수가 나타났는지도 모른다. 최근에 한국 선수들이 LPGA를 거의 휩쓸고 있었다. 리디아 고도 한국피가 흐르는 선수다.

블로그에 리디아 고가 우승했다는 화제 못지않게, 우승상금을 얼마 받았느냐가 궁금해 찾아오는 방문객이 더 많다. 리디아 고는 한 대회에서 우승한 뒤 150만 달러 돈다발 위에 앉아 줄무늬 티셔츠에 파란 모자를 쓰고 사진을 찍었다. 리디아 고가 공개한 사진은 복제를 거듭하며 네트워크로 퍼져간다. 갤러리들은 리디아 고와 가까이에서 찍은 사진들을 걸어둔다. 열다섯살에 세계를 제패한 리디아 고의 명성은 사진과 함께 차곡차곡 쌓인다. 명성을 쌓은 유명인들은 어디엔가 밀실을 만들어도 방문객이 넘쳐난다. 리디아 고는 8월 말, 컨디션을 회복해 팬들에게 답례한다. 연장전 끝에 캐나다 오픈에서 세번째 우승을 차지하고 LPGA 8승을 거머쥔다. 빨간 셔츠, 흰 모자, 검은 썬글라스 차림의 리디아 고는 왼쪽 귀에만 핀귀걸이를 달고 있었다. 흰 모자 챙에 빨간 하트 모양을 새겨 넣은 채.

블로그는 글과 사진, 영상이 쌓인다고 해서 명성을 올려주지 않는다. 포털이 블로그를 종속시킨다. 포털은 공개하지 않는 알고리즘에 따라 항상 순위를 매겨 노출한다. 그 범위 안에 들지 않으면 모든 노력은 자기만족에 그친다. 메이저 언론사들이 나 같은 개인을 방해한다. 갖가지 공간을 만들어 자신들이 생산한 뉴스를 확장한다. 광고를 달고 독자들의 눈을 흔든다. 손가락을 잡아당긴다.

한국의 한 방송국에서 내게 접촉해왔다. 프로듀서는 코피노에 대해 취재 중이라고 밝히고 인터뷰에 응해달라고 말했다. 나는 조건을 제시했다.

─영상에 제 얼굴을 노출하는 건 바라지 않습니다. 한가지 더, 영상의 저작권을 제가 소유하는 조건입니다.

방송국 프로듀서는 내게 다시 연락하지 않았다. 나는 코피노로 유명해질 기회를 놓치고 말았다. 나 대신 다른 코피노 한명이 초대받아 한국을 방문한다. 그는 자신의 아버지를 찾을 수 없다. 할아버지라는 사람이 나타난다. 할아버지가 꼬마를 보고 희한한 말을 한다. "필리핀 애답지 않구나. 잘 컸네."

방송을 보다 나는 얼굴 없는 할아버지를 향해 뚜마히미까,라고 소리 질렀다. 닥쳐,라는 뜻이다.

휘청거리는 번개가 원룸 일대를 가격하던 날이었다. 번개는 독을 품고 내 몸을 지지려고 달려드는 것 같았다. 누나는 혼자 지내기 무섭다고 나를 불렀다. 약속 장소인 아이티 파크로 나갔다. JP모건 앞에 내려 가까운 까페에서 누나를 기다렸다. 물결무늬 콘도, 새로 들어선 쇼핑센터, 비스듬히 기울어진 오토바이들. 아이티 파크에는 글로벌 기업들이 한데 모여 어깨싸움을 하고 있다. 언제 이곳을 방문하든 출입증을 단 남녀들이 패스트푸드점에서 무언가를 골라 먹고 재빠르게 24시간 콜센터 빌딩 속으로 들어가는 걸 볼 수 있다. 새콘도들은 20퍼센트, 60퍼센트, 80퍼센트, 분양률이 올라갈수록 가격도 치솟는다.

호텔을 예약해주는 회사에 다니는 여자애를 만난 적이 있다. 여자애는 고객응대 매뉴얼을 들고 아이티 파크에 나타나곤 했다. 여자애는 말할 것도 없고 친구들 한사람 한사람 나무랄 데 없이 부지런하고, 모자랄 것 없이 영어를 잘한다.

아이티 파크 안으로 여자애들이 들어가면 가장 싸게 매겨져, 하고 나는 말했다.

뭐가? 누나가 물었다.

누나는 편리하고 먹을 게 많은 곳이라고만 생각하고 있었다. 이 곳에서 '젊은 영어'가 재잘거리며 맥없는 가격에 팔린다. 세계화의 집단농장 같은 아이티 파크를 빠져나가자 대로변에서 잡다한 고기를 꼬치에 끼워 숯불에 굽고 있었다. 누나는 아이티 파크 안에서 피자를 포장해 승용차 뒷좌석에 실었다. 큼직한 종이포장이 아름다운 피자는 언제 먹어도 별 맛이 없었다. 아이티 파크 안 사무실은 눈에 보이는 제품을 생산하지 않는다. 보이지 않는 선을 따라 무언가를 유통한다. 나도 한때 이 빈 공간 속에서 유통을 했다. 샤부를 건네받아 날랐으니까.

공중을 휘갈기던 번개가 그쳤다. 하늘은 여전히 시간을 분간할 수 없는 잿빛으로 구름을 머금은 채 무거운 비를 뿌려댔다. 차 안을 둥그스름하게 감싸는 대시보드 위 유리창으로 윈도 브러시가 빠르게 움직였다. 유리창 안쪽으로 아기예수 인형이 몸을 떨었다.

차가 더는 앞으로 나갈 수 없었다. 아스팔트 위로 물이 차올라 불에 달궈져 끓을 때처럼 연기를 마구 뿜어댔다. 스콜에 이력이 난 사람들이 천천히 도로를 건너다녔다. 그들은 발을 데이지 않는 곳을 정확히 알고 있었다. 태풍이 닥쳐도 헤엄을 쳐서 건너다니곤 했다.

누나는 피자 포장을 끌렀다. 꼬부라진 베이컨이 냄새를 풍겼다. 너도 먹어, 라고 누나가 말했다. 오늘은 차창을 두드리는 꼬마 거지들이 없었다. 창문을 조금 내렸다. 조각난 차창 밖으로 물 흐르는 소리가 들렸다. 빗물이 손가락 끝을 타고 손바닥을 적셨다. 차가움이 곧 따뜻해지고, 다시 차가워지다 이내 말라버리는 것들.

피자 조각을 씹으며 파인 젝트 파일들을 살펴봤다.

경찰의 활약상과 관련해 마닐라에서 벌어진「몰 오브 아시아 보석상의 전투」조회수가 순식간에 올라가고 있었다. 이런 공짜 습득물에 공통점이 있다. 공익을 위해 누구나 보라고 공개한 영상들이다. 주인이 없는 영상들은 더 위험할 수 있다. 누구나 주인이라고 등록할 수 있으므로.

하늘 아래 잘려진 산들이 안개를 걷어올렸다. 누나 차는 달팽이 같은 걸음으로 가이사노 컨트리 몰 앞을 지나가고 있었다. 집에 손님 있어? 내가 물었다. 손님은 한명도 없다고 했다. 공백기가 찾아온 걸까. 교통 흐름이 좋지 않았다. 원룸으로 가는 게 더 빠를 것 같았다. 방향을 틀었다. 샛길을 찾아 다시 아이티 파크를 통과했다. 또다른 샛길로 차머리를 밀어넣었다. 아이들이 맨발로 뛰어다니며 물장난을 치고 놀았다. 나도 저런 놀이를 즐기며 조깅하는 아저씨들을 바라본 적이 있다. 아저씨들의 단단한 종아리 근육을 바라보면서 힘찬 생각을 하던 시절.

집에 도착했다. 누나는 차에서 내려 양발 끝을 세우고 뱅글뱅글 돌렸다. 예약 손님이 있나 하고 누나는 컴퓨터에 접속해 모니터를 살폈다. 없었다.

누나는 자기 집처럼 원룸을 닦아댔다. 가스레인지 버너 캡을 분리해 수세미로 씻는가 하면, 행주에 세제를 풀어 빤 뒤 수도꼭지 위에 널었다. 냄비에서 소리가 날 정도로 수세미를 밀어댔다. 누나의 흰 민소매에서 겨드랑이 털이 휘날렸다. 우리는 이제 서로의 물건을 정리하고 닦아줄 정도로 잘 지냈다.

누나는 내 침대에 누워 잠꼬대를 했다.

'보내드릴게요.'

7월의 마지막 날에도 누나는 내 방에서 잤다.

그날은 선물로 믹서기를 사왔다. 3리터의 용량에 티타늄 날이 들어 있는, 망고든 망고 씨든 갈아낼 수 있는 빨간 기구였다. 큼직해서 좋았다.

얼음을 섞은 망고주스를 마신 뒤 누나가 말했다.

"내일 아침 9시부터 1박 2일 가이드가 필요해."

"나보고 하라고?"

"응."

"누나가 해."

"남자 가이드가 필요해."

기왕에 맡을 일이라면 군소리 없이 하는 게 좋다. 이튿날 누나 집에서 가이드 할 남자를 만났다. 박사장이 제시한 데드라인을 넘기고 있던 날이었다. 하루 이틀 가이드를 하며 바쁘게 지낸다면 베렌을 찾아야 하는 책임을 지연시킬 수 있었다. 베렌은 내가 발휘할 수 있는 모든 방법을 사용했음에도 찾을 수가 없었다. 복잡한 마음을 잊기 위해 가이드에 더욱 충실하려고 노력했는지도 모른다.

잘 부탁합니다,라고 오십대 남자는 내게 손을 내밀었다. 빨간 운동화 색이 눈에 들어왔다. 신발이 땅에 조용히 붙어다니면서 옷차림을 보조하는 게 아니라 자기 혼자 잘났다고 움직이는 것 같았다. 운동화 바닥도 빨간색이었다.

렌터카가 도착했다. 나는 남자 손님에게 뒷문을 열어준 뒤 운전석 옆에 앉았다. 가이드라면 으레 문을 열고 닫고 해야 하는 줄 알았다. 누나 집을 빠져나가면서 첫번째 목적지를 물었다. 육십대처럼 보이는 오십대 남자 손님은 가까운 곳의 대학에 가보고 싶다고 말했다. 내가 대답했다.

"오늘은 토요일입니다."

"상관없어."

"특별한 행사가 없을 땐 출입문이 닫혀 있곤 합니다."

"상관없어."

탈람반, 하고 나는 남자 운전기사에게 말했다.

"탈레반? 거긴 어딘가?"

"탈람반, 동네 이름입니다. 그곳에 산카를로스 대학 분교가 있습니다. 여기서 가장 가까운 곳에 있는 대학이죠. 산카를로스 대학의 한 여학생이 국제태권도대회에서 메달을 따기도 했습니다."

"굉장하군. 에어컨 좀 끝까지 올리라고 해. 왼쪽으로 보이는 저쪽 경비초소는 뭔가?"

"저긴 도냐리타 빌리집니다. 안쪽으로 죽 올라가면 로만 가톨릭 성당이 있습니다. 외국인도 많이 사는 곳입니다."

"마을 안쪽은 좋을지 모르겠네. 입구를 보니 형편없어. 건너편으론 거지 마을 같고."

건너편은 내가 한때 살던 곳이다. 본부가 있던 곳.

도냐리타 빌리지 옆 대학가에 차를 세웠다. 토요일을 맞은 대학가는 한산했다. 대학의 출입문은 열려 있었으나 방문객을 통제했다. 남자 손님이 경비에게 다가가 명함과 신분증을 보여주자 들어가도 좋다고 했다. 20미터쯤 걷던 남자 손님이 발걸음을 돌렸다.

"특별히 볼 건 없겠네."

나는 대학 안으로는 처음 들어가봤기에 뭐가 있는지 알지 못했다. 대학에서 볼 수 있는 건 뭘까.

"오늘 스케줄에 대해서 대충 말하겠네. 오전에 시내 구경을 좀 한 뒤, 오후에 한적한 곳을 둘러보고 싶네. 집을 한채 지으면 멋질 만한, 시내에서 좀 떨어진 곳 말일세."

"네, 그러시죠."

"저녁에 시간 있나?"

"있습니다."

"내가 여기 온 건, 낭비하려는 게 목적은 아니야. 무슨 뜻인지 알겠나?"

"글쎄요."

"적당히 소모하러 온 거야. 난 곧 은퇴야. 앞으로도 시간을 소모할 공간이 필요해."

"알겠습니다."

"이제 어디로 가볼까?"

"유명 관광지가 여러군데 있습니다."

"아니야, 난 사람 붐비는 곳에서 평생을 살았어. 유명 관광지란 뻔한 법이야. 필리핀은 300년 넘게 식민지배를 받지 않았나?"

"사실, 그렇습니다."

"식민지배를 받은 나라일수록 유명 관광지라는 게 더욱 뻔해. 가는 곳마다 무슨무슨 독립 기념, 독립투사와 연관된 곳뿐이지. 독립을 하지 못한 곳일수록 독립을 치켜세우는 데 힘을 낭비한단 말일세."

남자 손님은 자기 말에 심취한 것 같았다.

내가 말했다.

"세부의 바다를 구경하는 건 어떻습니까?"

"아니야, 난 바다를 비교하러 오진 않았어. 내가 살고 있는 곳이 항구도시야."

"톱스힐이라고 가장 높은 곳이 있습니다. 세부 시내를 한눈에 바라볼 수 있는 곳이죠."

"아니야, 난 이미 높은 곳에 많이 올라가봤어. 높은 곳에선 아무것도 볼 수 없어."

남자 손님은 시내 중심가로 가자고 했다. 나는 세부의 중심으로 안내했다. 에스엠몰.

토요일 오후를 맞은 거리는 각자 다른 생각을 하며 같은 도로로 움직이고 있는지 몰랐다. 복잡한 전깃줄 아래위로 주유소, 개울, 과일가게, 편의점, 호텔 등이 엎드려 있거나 솟아 있었다. 운전기사가 편의점 옆길로 들어갔다. 아직까지 세부는 안쪽 골목으로 한발짝만 들어가면 너저분한 풍경과 마주친다. 공무원 같은 인상을 풍기는 남자 손님과 골목을 지나자 시간제 모텔 간판이 인사했다.

특별한 모텔인가? 하고 남자 손님이 물었다.

좀 특이한 곳입니다,라고 나는 대답했다. 두가지 정도를 말할 수 있겠다. 테마 모텔이다. 수년 전에 남녀끼리의 문제로 살인사건이 벌어져 알 만한 사람은 다 알고 있다. 남자 손님은 모텔 쪽으로 들어가자고 했다.

ENTRY라는 글자 오른쪽으로 화살표를 따라 들어갔다. 보도블록 턱에 노란색과 검은색을 번갈아 칠해 가드레일처럼 보였다. 길쭉한 이층 건물 두개가 마주 보며 통로를 형성했다. 건물 베란다 아래로 사철나무가 뻗어내려오며 시멘트의 단조로움을 가렸다. 안쪽으로 직진하자 주차장에 서 있던 웨이터가 차문을 열어주었다. 나도 내렸다. 세로 여닫이 차고 철문이 닫히는 소리가 투박하게 들리곤 했다.

남자 손님이 말하면 내가 통역했다.

"테마 모텔이라고 들었는데?"

"맞습니다. 저희 모텔은 수십가지 테마로 실내를 꾸몄습니다."

"어떤 테마?"

"저쪽으로 보시다시피 써브마린, 던전, 웨스턴, 옐로 캡, 써브웨이, 하드코트 등 다양하게 구성했습니다."

자네 여기서 숙박해본 적 있나? 하고 남자 손님이 물었다.

없습니다,라고 나는 대답했다.

"방을 좀 보여줄 수 있겠나?"

남자 손님은 웨이터를 따라 방을 구경했다.

"예약은 가능한가?"

"물론이죠."

"오늘 밤 12시 전후에서 내일 아침까지?"

"어떤 테마 룸을 고르시겠습니까?"

"써브마린."

써브마린 방은 벽면을 아연도금 파이프로 장식해 잠수함 실내를 연상케 했다. 침대 옆에 조타실처럼 핸들과 잠망경을 장착해두었다.

하얀 바탕에 검은 테두리 글자로 각각의 테마가 자동차 번호판처럼 새겨진 방들을 쳐다보며 모텔을 빠져나왔다. 패스트푸드 체인 졸리비 로고가 새겨진 오토바이 한대가 라이닝 소리를 내며 모텔 안쪽으로 들어가고 있었다.

렌터카는 퀘스트 호텔을 지났다. 시티은행 앞으로 굵직한 로프처럼 늘어선 줄이 보였다.

"오른쪽으로 보이는 백화점 같은 건물은 뭔가?"

"아얄라몰입니다."

"아얄라라, 무슨 뜻인가?"

"오너 이름입니다."

에스엠몰에 도착해 남자 손님은 블루투스 스피커를 골랐다. 막대 모양의 은색 스피커였다. 핸드폰에 신호를 맞춰 볼륨을 높이자 상점 안의 모든 손님이 우리에게 고개를 돌렸다.

"배고프지 않나?"

"조금 고픕니다."

"추천할 만한 식당 있나?"

"어떤 음식을 드시고 싶은지요?"

"이상하게 허기가 지네. 갈비 같은 거?"

나는 제리스 그릴로 안내했다. 웬만한 육류와 생선은 다 요리하는 식당이다. 남자 손님은 웨이트리스에게 포장이 가능한지 확인하고 갈비와 마늘볶음밥을 주문했다. 운전기사에게는 이미 현금으로 점심값을 지불했다. 빈 좌석이 없어 식당 밖에서 기다렸다. 식당 안에서 생선을 굽는 냄새가 가냘픈 바람을 타고 번져왔다. 누나는 '잘돼가나?' 하는 메시지를 보내왔다. 아직까지 큰 어려움이 없다고 답장했다.

남자 손님이 말했다.

"도시락으로 시간을 좀 아끼기로 하고, 오후엔 한적한 곳으로 가보세."

"바다 쪽은 별로라고 하셨죠?"

"멋진 산과 들판, 그런 곳 있겠나?"

"한군데 있습니다."

"좋아. 나갈 때 물 사는 거 잊지 말고, 출발."

도시락을 받아들자 포장 비닐이 뜨끈뜨끈했다. 생수 세병을 산 뒤 운전기사와 다시 만났다. 완벽한 기사였다. 축구 중계를 할 때 아나운서나 해설자가 너무 말이 많으면 경기를 보는 데 방해받는다. 운전기사는 꼭 필요한 말만 했다. 어디로 갈까요?

막탈리사이,라고 나는 말했다.

시내를 빠져나가자 노란 중앙선이 닳아서 지워진 도로가 드러났다. 하늘 일부를 가리는 높쌘구름이 유유히 떠다녔다. 언제 내려갈지 모른다, 하고 침묵하는 구름들.

외곽엔 빌딩이라곤 없었다. 삼층 건물이 높아 보일 정도였다. 막탈리사이에 도착하면 도시락을 먹기로 했다. 햇빛가리개 지붕을 얹고 달리는 트라이들의 소음이 크게 들렸다 멀어지곤 했다. 벽돌 집과 판잣집이 번갈아 스쳐지나갔다.

"점점 숲이 많아지네. 야자수들이 유령처럼 서 있어."

남자 손님은 블루투스 스피커 볼륨을 조절하면서 노래를 틀었다. 노래를 들으며 나는 베렌을 상상했다. 베렌이 나타나면 삶의 중심이 생길 것 같았다. 베렌을 만나지 못하는 고통을 간직하며 잠깐 졸았던 모양이다. 렌터카가 흔들려 눈을 떴다. 4차선에서 2차선 도로로 좁아져 있었다. 오른쪽으로 꺾어 들어가면 막탈리사이죠? 운전기사가 물었다.

시멘트 도로로 접어들었다. 야자수가 바람개비처럼 드문드문 파란 하늘을 분할하고 있었다. 전봇대 위로 한산한 전깃줄 두가닥이 산 쪽으로 뻗어나갔다. 빛을 전달하는 전깃줄은 시커먼 색으로 꼿꼿하게 평행을 이루었다. 두번째 이곳을 방문하자 다른 풍경들이 눈에 띄었다. 자그마한 현수막에 집을 렌트한다는 광고들이 군데군데 걸려 있었다.

산으로 향할수록 바다가 보이네,라고 남자 손님이 말했다.

오토바이들이 요란한 소리를 내며 지나다녔다. 자유롭게 노니는 흰 개 한마리가 도로 앞에서 숲속으로 걸어갔다.

저 앞에서 멈추지. 남자 손님이 말했다.

빈터 앞 바나나나무 밑으로 의자가 놓인 파고라에서 내렸다. 시멘트 도로가 더는 이어지지 않았다. 남자 손님과 나는 파고라 밑 테이블에서 도시락을 열었다. 소갈비와 마늘 냄새가 테이블을 장악했다. 나는 마늘밥만 먹었다. 얼마 전 캐리어를 열고 난 뒤 베렌 어머니가 초콜릿이 들어 있는 걸 발견하고 보내온 문자를 반복해서 읽었다.

'마사랍.'

베렌 동생이 맛있다고 한다, 고맙다. 이런 말을 베렌 집을 품은 산 중턱에서 읽으니 기분이 야릇했다.

여기서 기다리게, 라고 남자 손님은 말했다.

위로 올라가서 차를 돌려 내려오겠습니다, 하고 나는 말했다.

남자 손님은 나직한 황토색 지붕이 걸린 집으로 향했다. 운전기사는 앞유리창을 닦고 나랑 함께 산 중턱으로 올라갔다. 베렌의 집은 사람 사는 마을의 끝이었다. 집 앞에 내리자 분홍색 대문 너머 돼지우리에서 구터분한 냄새를 풍겨왔다. 베렌 동생은 뀔러뀔러, 하고 오리랑 장난치며 놀고 있었다. 베렌 동생이 손을 흔들며 인사했다. 갈비 도시락을 베렌 동생에게 건넸다.

엄마는 이모랑 시장 갔어요, 베렌 동생이 말했다.

그래그래, 하고 나는 대문 밖으로 나왔다. 빽빽하던 숲이 산 중턱으로 내려갈수록 틈이 점점 벌어졌다. 손으로 비비면 녹색물이 쏟아질 것 같은 나뭇잎들이 주위를 감쌌다. 세월의 때를 묻힌 블록담집이 서너채 지나갔다. 나지막한 담과 달리, 큰길에서 막탈리사이로 접어드는 입구 왼쪽으로 낡고 높은 벽이 펼쳐져 있었다. 담 같은 벽, 벽 같은 담은 피부병이 생긴데다 오랜 시간 햇빛에 그을린 것처럼 보였다. 불규칙하게 파먹어들어가는 시멘트 속의 검버섯들, 그 안쪽으로 누군가 소유한 농장이 있었다.

벽에 대한 생각을 남자 손님이 한번 더 떠올리게 했다. 파고라에 앉아 있던 남자 손님은 담을 치고 살든 말든 그건 자유겠지, 하고 말했다. 남자 손님은 동네 집주인과 잠시 얘기를 나누다 온 것 같았다.

"세월이 많이 흘렀어. 내가 이십대에 입사했을 때, 스무평짜리 아파트 한채가 980만원이었어."

"만 달러 정도요?"

"그렇다고 치세. 당시엔 초봉이 만 달러가량이었어. 지금 신입사원들 연봉이 얼만지 아나?"

"글쎄요."

"3만 달러 내외야."

"세부에서 3만 달러면 최고 직종이죠."

"난 지금, 내가 다니는 직장 얘기를 하고 있는 거야. 말 나온 김에 생각 좀 해보세. 지난 30년 동안 초봉은 세배 정도 올랐어. 한데 집값은 스무배 넘게 올랐네. 내가 여기를 왜 둘러보러 왔는지 알겠나?"

"잘 모르겠습니다."

남자 손님은 잡초가 있는 쪽을 향해 가래침을 뱉었다.

"생각보다 둔하군. 그건 그렇고, 이 마을은 공기가 참 좋네. 들판도 있고, 여유도 있어 보여. 딱 한가지만 부족해. 뭔지 알겠나?"

"사람."

"이번엔 둔하지 않군. 들판이 감옥 같아. 이 깨끗한 하늘 아래 누구랑 살아야 하나?"

"가족?"

"난 같이 살 가족이 없어. 죽기 사흘 전에 연락해야 겨우 눈 뜨고 만날까 말까 할 사람뿐이네."

남자 손님은 들판을 응시했다. 들판은 흙이 안 보일 만큼 녹색 식물이 장악하고 있었다. 잠시 동안 아무 소리도 들리지 않는 고요가 요동쳤다. 시퍼렇게 번뜩이는 하늘 아래, 멀리 희미하게 솟은 언덕과 산들이 적막한 밤을 준비하는 숨을 쏟아내고 있었다.

카시오 시계 바늘이 움직이는 소리를 들으며 차에 올랐다. 남자 손님은 누나 집에서 저녁을 먹지 않았다. 나는 가이드 비용으로 100달러를 받았다. 과분하다는 생각이 들었다. 피니시,라고 말하며 남자 손님은 운전기사를 돌려보냈다.

저녁에 시간 좀더 있나? 남자 손님이 물었다. 미적거리는 게 뭔가가 남아 있는 듯한 표정이었다. 한국식당에서 냉면을 먹고 나자 남자 손님은 식당 주인에게 'TCT'에 관해 물어보는 것 같았다. 집을 살 경우 필요한 절차였다. 남자 손님은 종이컵의 커피를 마시며 말했다.

"난 식당에서 혼자 앉아서 먹질 못하는 습관이 있네."

"저는 혼자서 잘 먹습니다."

"지금 자네 습관이 중요한 건 아니고…. 여기 오기 전에 몇몇 여행사에 물어봤더니 황제여행이라고 있다더군. 알고 있나?"

"모르겠습니다."

"몰라도 좋아. 황제여행에 대해 다 알 필요도 없으니까. 그 여행 패키지에 돈을 좀 투자하면 시간을 아낄 수 있다는 장점이 있는 반면, 단점도 있었지."

"어떤 단점이죠?"

"우리 이제 친해졌으니 솔직히 얘기하지. 황제여행은 같은 여자 파트너를 최소 3박 이상 이용하라든지, 지정된 숙소에서만 묵으라든지, 항공권을 따로 끊으라든지 하는 강제조건이 따랐어. 그게 무슨 황제여행인가?"

"좀 그렇네요."

"중요한 얘긴 아니니까 잊어버리고, 괜찮은 술집 좀 알고 있나?"

"어떤 술집을 말씀하시는 건지요?"

"KTV 같은 곳 말일세."

"웬만한 곳은 다 알고 있습니다."

"훌륭한 가이드야. 내가 아까 말했지, 혼자서 밥도 잘 못 먹는 편이라고."

"……."

"밤에도 혼자 자기 힘들거든."

KTV로 남자 손님을 안내했다.

KTV 마담은 시스템에 대해 말했다. 시스템이랄 것도 없었다. 술값이 얼마, 팁은 얼마, 2차는 얼마니까 결국 돈 없으면 돌아가라는 말이었다. 남자 손님과 나는 두명이 앉기에 부담을 느낄 만큼 넓은 테이블을 차지하고 곧장 여자들에게 둘러싸였다. 누굴 고르나 하는 표정으로 남자 손님은 여자들을 관찰했다. 40여명의 앳된 여자애들을 보자 나는 외로움에 휩싸였다. 내가 한 여자를 데리고 나간들 아무리 늦어도 열두시간 내에 모두 각자 집으로 흩어질 여자애들이었다.

남자 손님은 밝은 미소와 함께 소모할 어두운 밤을 준비하고 있었다. 나는 어렸을 때부터 망고스퀘어에서 이런 부류의 여자애들과 마주쳐왔다. 결코 사라지지 않을 여자애들이며 절대 영원하지 않을 여자애들이다. 세계 어디에든 존재할 여자애들이기도 하다.

자네도 골라, 하고 남자 손님이 말했다. 나는 애써 외면했다. 나는 이제 내일 아침이면 사라져갈 여자애들에게 아무런 호기심을 느끼지 못했다. 이해관계에 따른 일시적 연대와 쾌락 따위에서 벗어나고 싶었다. 내가 박사장의 공포에 시달리는 것은 순간적인 이해를 좇았기 때문인지도 몰랐다.

우리 테이블이 가을로 가득 찼군, 하고 남자 손님은 말하며 빨간 스커트를 입은 여자애를 골랐다. 배꼽 스커트 아래로 은빛 단추가 여섯개 달려 있었다. 이젠 내가 고를 차례였다. JTV나 KTV나 여자애를 고르는 방법은 차이가 없다. 적극적인 여자애들은 내게 웃음을 던졌고, 내숭을 떠는 여자애들은 옆모습만 보여주는 척했다. 나는 자리에서 일어나야 했다. 가이드는 여기까집니다, 라고 말하고 내 갈 길을 가야 했다. 망설이는 사이 웨이터가 위스키 한병의 마개를 땄다.

나는 여자애 한명을 솎아냈다. 키 큰 세부아노라고 하면 모든 걸 말해줄 수 있을 것 같다. 세부아노는 내숭을 간직한 채 콧날이 '약간 오똑하게' 올라간다. 어쩌다 나이트클럽에 가더라도 가만히 앉아 있다 고개를 돌릴 뿐, 어깨를 들썩거리지 않는다. 무대나 계단 같은 곳에 올라가서 팔다리 흔들어대는 아이들은 세부아노가 아니다. 전화번호 달라고 하는 외국인에게 순순히 응하는 애들도 세부아노가 아니다. 테이블에 앉자마자 노래 한곡 하세요,라고 기계적으로 말하는 남자 손님의 파트너는 세부아노가 아니다. 내 파트너는 조용히 앉아서 물수건을 가지런히 정리했다. 세부아노다.

여자 파트너와 함께 노래를 부른 뒤 양쪽에서 분냄새가 풍기네,라고 말하며 남자 손님은 테이블에 앉았다. 예의상 박수를 쳐주긴 했으나 오디션에 합격할 만한 노래 실력은 아니었다. 남자 손님의 분위기를 띄우는 여자 파트너의 재주는 칭찬받아 마땅했다. 우리도 다른 손님들처럼 갇힌 룸에서 해방을 꿈꾸는 시간이었다.

일어나서 집으로 가고 싶었다. 분명히 공짜술이라고 마셨음에도 다음 날 아침이면 쓸데없는 돈이 지출돼 있곤 했다. 체면치레로 웨이터에게 팁을 줬다든지, 멀쩡하게 취해 택시를 탔다든지, 택시를 타기 전에 경비에게 수고비를 건넸다든지 하는 데 들어간, 공짜기 때문에 소모한 돈들, 너무 위축되지 않으려고 사용한 돈들.

한갑 사던 담배를 두갑 사서 남자 손님과 나눴다.

덕분에 즐거웠습니다, 하고 말하고 나는 빠지려 했다. 한잔 더 하게,라고 남자 손님은 말하며 위스키를 따랐다. 몽롱함을 안기는 술의 유혹을 뿌리치기 어려웠다. 술을 들이켜고 잔을 놓자 여자 파트너가 바짝 달라붙었다. 손 하나 까딱하지 않고 술과 안주를 먹을 수 있게 도와주었다. 노래를 부를 땐 허리를 숙이고 볼륨과 키를 맞춰줬다. 내가 부른 노래를 제외하곤 정확한 곡명을 알 수 없는, 어디선가 많이 들은 듯한 곡이었다. 다음 기회에 나도 한번 불러봐야지 하는 충동을 일으키나 시간이 지나면 잊어버리는 곡. 남자 손님이 노래 두곡을 불렀으나 나는 지금 기억하지 못한다. 그는 마담에게 계산서를 달라고 한 뒤 술값을 조금 깎았다. 마담은 아량을 베풀듯이 계산서의 숫자를 고쳐주었다.

KTV 출입구 밖에서 담배를 한대 피우면서 여자애를 기다렸다. 밤하늘의 별들이 우리를 내려다보고 있었다. 마담이 초라한 종이 두장을 들고 다가와 내게 귀엣말을 했다. 이 종이에 싸인을 해줘야 애들이 귀가할 수 있어요,라고. 남자 손님은 내게 악수를 한 뒤 택시를 탔다. 빨간색 운동화 밑바닥이 택시 안으로 들어가며 테마 모텔을 향해 발진했다. 나는 종이 한장을 돌려줬다. 마담이 내 파트너를 가리켰다. 다시 돌아가 일해도 좋다고 말하고 나는 빠른 걸음으로 KTV를 벗어났다. 지프니를 타고 원룸에 도착했다.

냉장고를 열고 고등어를 꺼낸다. 셀카봉에 카메라를 고정시키고 '맛있는 고등어 굽기의 비결 2'라는 제목을 짓는다.

'사랑하는 여자가 생기면 해주려고 고등어 굽는 방법을 연구 중이에요. 지난번엔 순서가 바뀌는 바람에 실패했죠. 이번에는 등살 부위부터 먼저 굽겠습니다. 올리브 기름을 흥건하게 붓고 등살부터 익힙니다. 전자레인지에 돌릴 땐 뱃살 2분, 등살 1분입니다. 타지 않아 좋은 반면, 비닐 포장지에 붙어 있던 쓴맛이 함께 달라붙죠. 프라이팬에 구울 땐 반대로 해보자구요. 등살 1분, 뱃살 2분. 전자레인지와 달리 굽는 시간을 좀더 늘려야 합니다. 아직 잘 구워지지 않았군요. 반복해서 한번 더. 소금을 뿌리지 않아도 짭짤하니까 양파, 대파 정도만 마지막에 살짝 얹어줍니다. 프라이팬을 흔들흔들 하면 죽었던 고등어가 살아납니다. 기름에 데어서 꿈틀거리는 고등어 보이시죠. 이걸 숯불에 구우면 철심 자국이 굵게 남아요. 맛

은 텁텁하죠. 연기를 따라 생기가 모두 날아가버렸기 때문입니다.'

처음으로 성공한 것 같았다. 쫄깃한 즙이 씹혔다.

핸드폰에 메시지 표시가 조용히 떠올랐다.

베렌 어머니가 아닐까. 글로브, 스마트, 썬 통신사의 번호는 앞 네자리로 구별할 수 있다. 글로브 번호였다. 누군지 알 수 없었다. 내가 막탈리사이를 방문했다는 이야기를 전해들은 베렌 어머니일 가능성이 높았다. 베렌 동생에게 건넨 갈비 도시락은 희망을 잃은 사람들이 마지막으로 던지는 술수에 불과했을지 모른다. 세부에서 흔히 하는 말로 '바할라 나(Bahala na)', 될 대로 되라 하는 체념이 낳은 것이랄까.

고등어를 맛있게 먹는 모습은 나중에 촬영하기로 하고 카메라를 멈췄다.

문자를 확인하기 위해 엄지손가락을 위에서 아래로 훑었다.

— 지금 어디 있죠?

— 원룸입니다.

— 뭐 하세요?

— 고등어 연구 중입니다.

— 양식하려구요?

— 아닙니다.

— 그럼, 뭘 연구한다는 거예요?

— 사랑하는 사람이 생기면 고등어를 맛있게 구워주기 위해섭니다.

— 저는 비린내 때문에 고등어를 싫어해요. 당신이 만일 저를 사

랑한다면 뭘 해줄 수 있나요? 전 베렌이에요.

— 베렌?

— 뭘 해줄 수 있냐구요?

— 오늘 생각했던 건데, 우리도 여행을 해보는 겁니다.

— 여행, 어디로요?

— 일본.

— 언제?

— 내일.

베렌은 지난번처럼 또 사라졌다.

나는 30분 동안 멍청하게 앉아 있다가 정신을 조금 차렸다. 고등어를 젓가락으로 쑤셔 살을 발라냈다. 고등어 살은 바짝 말라 있었다. 다시 카메라를 켜고 살 부위를 찍었다. 핸드폰 벨이 울리면서 카메라가 접혀 들어갔다. 베렌 엄마 목소리였다.

박사장이 집에 찾아왔어요, 하고 베렌 엄마가 말했다. 저녁 6시부터 식탁에 앉아 세시간째 베렌이 나타나기를 기다리고 있다고 했다.

베렌이 귀가할 예정인가요?라고 나는 물었다.

아니야, 하고 베렌 엄마는 말했다.

집에서 30미터쯤 떨어진 구멍가게에서 전화를 건다는 베렌 엄마가 다시 말을 이었다. 베렌은 이미 4시 40분에 집에 왔어,라고.

박사장은 식탁에서 맥주를 마시며 돼지고기 안주까지 얻어먹고 있다고 했다. 베렌 엄마가 구멍가게에서 사온 맥주를 대접했겠지.

베렌은 자신의 방에 숨어 박사장이 나가기를 기다렸다. 기다리는 두 사람의 공통점에 대해 베렌 엄마는 말했다.

"베렌이나 박사장이나 서로를 잘 모르는 거 같아요."

말 못할 사정이 있겠지, 하고 나는 생각했다.

베렌의 방문은 닫혀 있을 테다. 박사장한테 들키지 않으려면 아무런 소리를 내지 않아야 한다. 베렌의 숨소리가 들리는 것 같았다. 입을 다문 채 코로만 공기를 들이쉬고 내뿜는 얌전한 숨소리. 나는 어느새 베렌 편에 서 있었다. 박사장에게 영원히 들키지 않기를 바라고 있었으니까.

하늘을 향해 뻗은 조각배 같은 베렌의 코끝에 달린 숨소리를 느꼈다. 핀셋으로 집어올린 듯한 코끝, 웃을 때조차 벌어지지 않는 코끝, 입체적으로 다가오는, 반짝이는 장식품 같은 코끝, 그 옆으로 함몰한 베렌의 양볼을 연상했다.

'아무 소리 내지 마.'

소리가 들렸다. 베렌 엄마의 전화벨 소리.

"박사장이 밤 10시가 넘도록 돌아가지 않고 있어요."

기다리세요, 하고 나는 말했다. 내가 곧 막탈리사이로 간다는 말로 알아들었을까봐 식탁에 앉아 가만히,라고 덧붙였다. 박사장이 갈 때까지.

나는 나 자신을 위해 기다렸다.

박사장은 30분 뒤 베렌 집을 떠났다. 다음에 또 뵙겠습니다, 라는 인사말을 남기고.

자정이 다가올 무렵 메시지가 울렸다. 베렌이었다.

─아까 말했던 일본 여행, 정말이에요?

─정말입니다.

베렌은 전화를 걸어왔다. 다물었던 입을 열고 제대로 숨을 쉬는 소리.

"내일 오전에 만나서 가요."

"어디로?"

"일본."

"정말?"

"준비는 각자 알아서 하구요. 특별한 문제가 있으면 밤늦게라도 연락할게요."

"오케이."

고등어 냄새가 원룸을 가득 채우고 있었다. 방문을 열고 냄새를 몰아냈다.

베렌과 베렌 엄마가 나누었을 말들을 상상했다.

7

나는 세부 막탄공항 검색대를 통과했다. 엄마가 살고 있다는 후
꾸오까로 가기 위해선 마닐라나 서울을 경유해야 한다. 서울을 선
택했다. 다른 짐은 없습니까? 검색대 직원이 물었다. 짐이 될 만한
건 없었다. 여름용 조끼를 하나 사서 스포츠 티셔츠에 걸쳤을 뿐이
다. 여행하는 데 꼭 필요한 물품들을 조끼 주머니에 모두 넣었다.
묵직한 방탄복을 입은 기분이 들었다. 출입국심사관에게 여권을
내밀었다. 도장의 흔적이라곤 없는 깨끗한 종이들이 펼쳐졌다. 여
권에 도장 찍는 소리를 듣고 깜짝 놀랐다. 혹시 과거에 지은 죄가
목록에 올라 체포되는 건 아닐까 하는 생각 때문에.

여객기 트랙을 올라가자 발자국 소리가 크게 울렸다. 비상구 앞
좌석에 앉았다. 이마가 반들반들한 여자 승무원과 마주 봤다. 앉기

전에 승무원은 말했다.

"비상시에 이 레버를 잡아당기고 안전조치를 해야 합니다. 동의하십니까?"

"예."

동의하십니까가 아니라 그렇게 하시겠습니까, 라고 말한 것 같기도 하다. 여객기가 이륙할 때 승무원은 내 앞좌석에서 꼿꼿이 허리를 편 채 앉아 있었다. 승무원의 눈을 피하려고 비상구에 쓰인 빨간 글자를 읽어봤다. 'Pull cover aside.'

옆자리에 앉은 여자를 살폈다. 널찍한 비상구 앞좌석이 아니었더라면 기내 화장실에 갈 때 똥배와 엉덩이가 다른 승객에게 불쾌감을 줄 수 있는 체격이었다. 베렌이 앉아 있어야 할 자리였다.

베렌은 오전 내내 아무런 연락도 없었다. 나는 아침 일찍 일어나 조끼를 산 뒤 주머니 안을 모두 채웠다. 고작 핸드폰 배터리와 치약이 다였다. 오전 10시에 나는 막탄공항으로 넘어가는 다리 위를 달리고 있었다. 각자의 사연을 지닌 선박들이 잔잔한 파도 위에 떠 있었다. 베렌과 정오까지 연락이 닿지 않으면 혼자 일본으로 떠나기로 마음먹었다. 혼자 간다고 해서 크게 손해 보는 것도 아니다. 엄마를 만나러 가는 일이잖은가.

탑승 수속을 미뤄두고 한시간만 더 기다려보기로 했다. 담배 연기를 뿜으며 베렌의 소식을 기다렸다. 지금이라도 연락이 닿으면 마지막 비행기 티켓을 끊을 수 있다. 세부에서는 누구를 만날 때 약속시간을 지키기가 쉽지 않다. 전철이 없는 도시, 시내버스가 없는 도시다. 상대방에게 '온 더 웨이'라는 메시지를 수없이 보내며 약속장소에 나타나는 게 일상이다.

새벽까지만 해도 연락이 닿던 베렌은 아무런 메시지가 없었다. 밤새 나는 이메일로 항공권을 보냈다. 항공권 충동구매는 비싼 댓가를 치러야 했다. 남의 물건을 훔치는 일은 충동이 아니다. 계획을 세우고 현장을 모색한다. 조심스럽게 실천한다. 들키지만 않으면 충동구매와 비교할 수 없을 정도로 만족도가 높다. 프리랜서로 훔치러 다니면 누구에게도 얽매일 필요가 없다.

아침 일찍 일어나 충분한 차비를 웨스턴 유니온으로 송금했다. 베렌의 풀 네임을 알 수 있었다. 일본에서 일주일 동안 필요한 돈을 출금했다. 수개월 동안 모인 계정의 돈이 거의 바닥났다. 기분 좋았다.

나는 혼자 비상구 앞에 앉아 있다. 베렌과 만나지도 않았는데 헤어진 기분이었다. 일년이나 십년, 오랜 시간 만나다 헤어지는 남녀의 기분을 짐작할 수 있을 것 같았다. 겉으론 멀쩡한 척하고 앉아 있을 테다. 비상구가 있다면서.

인천공항에 도착하자 응답받지 못한 메시지가 쏟아졌다.

─지금 어디 있죠?

─혼자 정말 떠났나요?

─당신은 일본에 엄마가 살고 있다고 했죠? 난 당신 때문에 따라나선 거예요.

─공항에서 두시간이나 기다렸어요. 지금 어디 있죠?

베렌은 집으로 돌아가면서 다시 메시지를 보내고 있었다.

─무책임한 사람.

나는 물었다.

— 벽에 걸린 미니스커트 입고 올 거야?

— 버블 스커트? 그건 못 입어.

— 예쁘던데.

— 물세탁을 하고 말렸더니 옷이 쪼그라들었어. 우기에 나무가 비틀어지듯이.

한가한 얘기할 때가 아니고 일본에 올 거냐고 다시 물었다. 간다 니까, 하고 베렌은 대답했다. 베렌은 약속시간을 지키지 못한 이유 에 대해 늘어놓으려고 했다. 비행기를 갈아탈 시간이 5분 남아 있 었다. 만나기만 하면 무슨 이야기든 들을 수 있다.

나는 항공권 이용에 관해 알려주었다. 날짜를 내일로 변경하고 항공기 편명과 후꾸오까 도착시각을 말해달라고 했다.

후꾸오까에 도착했을 때 베렌의 메시지가 반짝거렸다.

— 내일 오후 5시 35분.

인천공항은 세부 막탄공항보다 게이트가 정신없이 많았다. 공항 안에서 30분 정도 걷다가 후꾸오까로 날아올랐다. 아버지가 살던 나라와는 한시간 정도 스칠 인연밖에 없었다. 인간은 몇살 때부터 를 기억하는 걸까? 아버지에 대한 기억은 없다.

후꾸오까 공항에 도착하자 출입국심사관 앞에서 얼굴을 찍히고 지문을 날인했다. 일찌감치 범죄자 취급하는 바람에 기분이 나빴 다. 후꾸오까에서 뭔가를 훔치다 걸리면 큰일 날 것 같았다.

엄마를 만나는 긴장감을 하루 이틀 미뤄두기로 했다. 더 크게 놀 라게 하겠다는 단순한 생각이었다. 베렌은 메시지에 바로바로 응답했다. 일본어가 쓰인 배경으로 사진을 찍어 베렌에게 전송했다.

—나 도착했어.

—어딘데?

—니시떼쯔 호텔.

—호텔에서 자는 거야?

—배경으로 찍었을 뿐이야.

—뭐 입고 갈까 고민이야. 거기 날씨는?

—세부랑 똑같아.

—내일 꼭 나와.

—알았어.

일본에 도착해 가장 먼저 찾은 곳은 하까따역이었다. 처음으로 먹은 건 라멘이었다. 하까따역의 한 건물 모퉁이에서 파는 라멘은 세부에서 먹던 라면보다 열다섯배 비쌌다. 국물의 양은 다섯배, 면은 세배 많았다. 고기가 얹혀 있었다. 나는 라멘 국물을 마시면서 엄마가 사는 주소를 검색해 지도를 보았다. 열차로 가면 40분 정도 걸리는 곳이었다. 히노사또 오도리, 거리의 주소를 뇌리에 담아두었다. 안내소에서 가르쳐준 JR 마감시간도 외워두었다. 23시 25분.

밤새도록 돌아다니는 사람이 없어서인지 열차에도 마감시간이 있었다. 언제 타든 엄마가 사는 마을은 토오고오역에 내리면 찾을 수 있을 테다.

모든 도시에 통로가 있다. 세부는 쇼핑몰이 통로요 기준이다. 후꾸오까는 하까따역이 나침반의 중앙부처럼 느껴졌다. 역 안으로 들어가자 지하와 지상으로 수많은 통로들이 혼란스럽게 열려 있었다. 모두가 돈을 쓰기 위해 움직였다. 돈을 내지 않는 곳은 다음번에 돈을 쓸 곳을 묻는 안내 데스크밖에 없었다.

나는 물었다.

"저렴한 숙소를 구할 수 있을까요?"

역 안의 안내 데스크에 앉아 있던 여자 직원은 두 종류의 숙소를 알려주었다. 사우나식 캡슐호텔과 모텔.

며칠 내내 비에 젖은 듯한 도시는 점점 어두워지고 있었다. 낯선 깨끗함과 조용함이 길거리 냄새를 쓸며 다가왔다. 지프니를 닮은 교통수단은 단 한대도 없었다. 남들이 많이 건너는 횡단보도를 따라 걷자 자그마한 공원이 나왔다. 벤치에 앉아 조끼를 벗었다. 공원 주변으로 빌딩들이 켜놓은 조명이 밤거리를 내다보고 있었다. 교복을 입은 남녀 고등학생들이 벤치에서 담배를 피우며 즐겁게 떠들어댔다. 나도 혼자서 웅성거렸다. 공원 한쪽 길 옆의 모텔을 쳐다보면서 베렌과 함께 들어가는 상상에 휩싸이자 담배를 피우는 고등학생들보다 더 즐거웠다.

세로로 길쭉하게 박혀 있는 출입문 손잡이를 열었다. 모텔방 종류가 식당의 차림표처럼 벽면 아크릴판에 적혀 있었다. 방마다 가격을 매겨둔 채 손님에게 눈짓했다. 빈 방이 두세개 남아 있었다. 동그란 버튼을 누르자 아크릴 속에서 조명이 반짝거렸다. 5분 정도 기다렸다. 안내하는 사람은 보이지 않았다. 출입구 문을 열고 들어온 여자 손님과 마주쳤다. 503호를 보려면 어떻게 해야 하나요? 하고 나는 영어로 물었다. 이십대 여자는 손가락으로 엘리베이터를 가리켰다. 나도 손가락을 움직이며 '올라가라고?' 하고 응답했다.

여자는 고개를 끄덕였다. 여자랑 엘리베이터를 타고 올라갔다. 여자는 향수 냄새를 엘리베이터에 뿌리고 삼층에서 내렸다. 나는 오층에서 503호 문을 열었다. 한발짝 내딛자 문이 자동으로 닫혔다. 붉은 침대보가 방 안 분위기를 물들이며 기다렸다는 듯이 벽화로 시선을 이끌었다. 가늘게 눈을 뜬 여자가 굵직한 남자 다리 밑에 깔린 채 비틀어져 누워 있다.

전화벨이 울리며 좁은 방을 긁어댄다. 전화를 받지 않는다. 모서리에 놓인 의자 앞으로 다가간다. U자 형태의 이층 나무의자가 내 앞쪽으로 열려 있다. 유아용 식탁이라고 하기엔 어울리지 않을 만큼 컸다. 엉덩이를 얹는 쪽엔 빨간 타월이 놓여 있다. 위쪽의 U자에 매끄러운 구멍이 다섯개 뚫려 있다. 중앙에 목을 넣으라는 글귀를 보며 U자형 받침대를 들어올린다. 빨간 타월을 깔고 앉아 두 손을 양쪽으로 통과시킨다. 손끝이 닿는 곳엔 가죽 수갑이 매달려 있다. 바깥쪽 구멍 두개에 발을 들어올려 집어넣는다. 거울벽에 내 모습이 비친다.

'죄수들이 똥 누는 자세다.'

열린 결박.

방문 앞에서 버저 울리는 소리가 들렸다. 일어나려고 했으나 목, 손, 발이 빠지지 않았다. 넣는 건 쉬웠는데.

하얀 마스크를 쓴 아주머니가 방문을 열고 들어왔다.

뭐 하는 거예요?라고 일본어로 말했겠지.

일단 날 좀 끄집어내주세요, 하고 눈으로 말했다.

아주머니는 변기 뚜껑을 열듯이 U자 커버를 들어올렸다. 아주머니의 동작에 맞춰 나는 손과 발을 조금씩 흔들었다. 마지막으로 목이 겨우 빠져나왔다.

몇 시간을 사용할 거냐고 아주머니가 묻는 것 같았다.

지금 나간다고 나는 말했다.

아주머니가 마스크 안에서 어떤 표정을 짓고 있는지 알 수 없었다. 방문 앞으로 걸어가더니 엄지손가락만 한 삼각받침대를 문짝 밑에 괴었다. 밖으로 나오라고 손짓했다. 목덜미를 만지며 엘리베이터 앞에 섰다. 아주머니에게 고개 숙여 인사하고 계단을 걸어 내려갔다. 밖으로 나오자 공원은 어둠을 담은 상자로 변해 있었다.

모든 도시에 유흥가가 있게 마련이다. 로손 편의점 앞을 서성거리며 교통비를 아낄 생각에 잠겨 있다 호텔 전용 버스를 발견했다. 승합버스에 'Agora Hotel'이라고 씌어 있었다. 세부의 망고스퀘어 같은 곳으로 이동시켜주겠지, 하고 줄을 서서 버스에 올랐다. 맨 앞 자리를 차지하고 입을 닫았다.

버스는 도심 속의 평지를 달리다 점점 언덕으로 향했다. 좌석에 가만히 앉아 있음에도 뒤로 젖혀지는 기울기를 느꼈다. 오른편으로 동물원 안내 푯말이 지나갔고 왼편으로 고등학교 건물이 이마를 드러냈다. 그 누구도 길가에서 작은 꼬챙이에 꿰어 닭고기나 돼지고기를 굽는 사람은 없었다. 유흥가로 갈 것 같지 않았다. 산속에 밤 시간을 보낼 만한 번화가가 나타날 리 없으니까.

노란 택시, 보라색 버스, 은색 승용차 등이 주차해 있는 아고라 호텔 건물 앞에 버스가 멈췄다. 멀찌감치 보이는 도시 전체가 호텔 주변을 둘러싸는 배경을 이루고 있었다. 이 도시에서 가장 높다는 후꾸오까 타워가 왜소해 보였다. 호텔에 도착하자마자 돌아갈 걱정이 앞섰다. 유흥가에서 서서히 불빛을 달구고 있을 시간이었다.

버스에서 내려 호텔 입구로 다가가자 흰 블라우스에 검은 치마를 입은 여직원이 뭘 도와 드릴까요?라고 인사했다. 나는 핸드폰 카메라 렌즈를 열어 여직원에게 내밀었다. 검은 도시, 흰 호텔을 배경으로 사진을 찍었다. 사진을 베렌에게 전송했다.

다른 건 뭘 도와드릴까요? 하고 여직원이 말했다.

방을 보고 싶습니다,라고 나는 말했다.

다다미방 하나밖에 남지 않았습니다, 하고 여직원이 말했다.

그거라도 봅시다,라고 나는 말했다.

호텔에 묵을 생각은 전혀 없었다. 아고라 호텔의 다다미 하루 방값이 세부의 원룸 월세를 연상시켰다. 방 중앙 테이블에 네개의 잔이 딸린 찻잔 세트를 진열해놓았다. 나무 테이블을 걷어내면 거실 겸 가장 큰 방이었다. 옷장을 열자 숲속에 온 듯한 냄새가 반겼다. 금고 옆에 다다미 좌식 의자가 놓여 있었다.

"의자에 앉아야 금고가 열립니까?"

여직원은 달리 대꾸하지 않고 고상하게 웃었다. 나중에 생각해보니 여분의 의자를 비치해둔 것 같았다. 금고 문은 앞쪽인데 누가 그 옆의 의자에 쪼그리고 앉겠는가.

방이 하나밖에 남지 않은 게 다행이었다. 마음에 드는 방이 없다는 평계를 댈 수 있으므로.

밖을 내다보았다. 내가 오늘 밤 찾아갈 곳은 저 아래 불빛 속의 유흥가였다.

"도시가 참 아름답습니다. 술집이 많이 몰려 있는 곳은 어딥니까?"

"저희 호텔 내에 바가 있습니다. 포도주에서 위스키 종류까지 구비하고 있습니다. 원하신다면 옥상에서 파티를 하실 수 있도록 준비해드립니다."

"그래요?"

"네, 예약해드릴까요?"

"저 아래에서, 바가 많이 몰려 있는 곳은 어딥니까?"

"나까스라는 곳입니다."

나는 욕실문을 열어본 뒤 미련 없이 호텔을 나왔다. 욕실에 물컵 네개, 칫솔 네개, 타월 네개가 일회용 주인을 기다리고 있었다.

나까스로 가던 중 베렌의 메시지를 받았다.

— 지금 호텔이야?

— 아니, 지하철 타고 움직이고 있어.

— 호텔방 멋지던데.

— 세부 마르코 폴로 호텔처럼 언덕 위에 있더라구.

— 잠이 오질 않아.

— 여기 도착하면 먹고 싶은 거 찾아봐.

— 알았어. 내일 봐.

나까스 카와바따역에서 내렸다. 사우나식 캡슐호텔을 세군데 방문했으나 남은 방이 하나도 없었다. 나까스역 인근 돈끼호떼 쇼핑몰에서 소프란도(soap land) 밀집 거리, 강변을 배경으로 늘어선 야따이(포장마차) 골목까지 한번에 걸었다. 발이 끌리는 대로 걷다 보니 말발굽자석의 휘어진 모양의 궤적을 그렸다.

나까스 거리에는 세부에서 보기 어려운 강을 따라 얄팍한 밤이 떠 있었다. 폭도 좁고 길이도 짧은 두폭의 강이 빌딩들을 오므리고 있었다. 나는 단 하루 동안 혼자 지낼 수 있다. 내일 밤은 베렌과 모텔에서 자거나 여의치 않으면 엄마 집으로 들어갈 터다.

나까스 야따이를 지나 길을 건너자 어떤 곳을 찾으세요? 하고 남자가 말을 붙여온다. 술집을 찾고 있죠,라고 나는 말한다.

나까스 거리의 골목마다 무료 안내소가 환하게 손님들의 궁금증을 풀어준다. 길 건너편은 온통 소프란도 건물들이 스크럼을 짜고, 이쪽은 바를 내장한 빌딩들이 어깨걸이를 한다. 출입문, 셔터문, 빌딩벽, 광고탑에 새겨진 여성들이 거리를 품고 있다.

멋진 여자들이 개인 테이블로 착석하는 술집 어떻습니까? 하고 남자가 묻는다

어떤 곳이죠?라고 나는 대꾸한다.

호스티스의 헤어스타일이 모두 통일돼 있다고 한다. 광고책자를 보여준다. 한장 한장 넘겨본다. 머리 위로는 뜨개질, 옆으로는 로프를 묶어놓은 듯한 헤어스타일이다.

"예스그룹 들어보셨나요?"

"아니요."

나는 담배에 불을 붙였다. 한모금 연기를 빨아 숨소리와 함께 공중으로 내뿜었다. 벌금이 있어요,라고 남자는 말하며 담뱃불을 끄라고 했다. 바로 앞에 파출소가 보였다. 빌딩 전광판에 여자들을 진열하며 상점 전화번호가 번쩍거렸다.

"우리 친구합시다. 언제든 저를 찾아주세요."

남자는 명함을 건넸다.

"친구, 방 구하기가 어려운데?"

"주말이면 여긴 항상 그래."

"어떡하면 방을 구할 수 있나?"

"간단해, 예약. 예스그룹도 마찬가지야. 돌아섰다 오면 꽉 차 있다구."

베렌이 도착했다는 문자를 받았을 때, 나까이마 게스트하우스로 갔다. 운 좋게 방이 남아 있었다. 나까스 재래시장에서 쿠시다 신사 안쪽을 통과해 게스트하우스로 갈 수 있다. 쿠시다 신사 안을 걸으면 흙모래 소리가 따라붙는다. 나까이마 게스트하우스는 남녀 룸을 구분하지 않았다. 나는 베렌과 마주 볼 수 있도록 일층 침대 두 개를 예약했다. 침대 이층은 한국에서 온 여행객 남자가 차지했다. 세부나 후꾸오까나 한국 사람들이 왜 이렇게 많이 보이는지 모르겠다. 한국의 인구는 필리핀, 일본의 반에 불과한데.

공항에서 베렌을 기다렸다. 어디론가 목적지를 지닌 채, 어수선하면서도 질서를 지키며 오고 가는 여행객들이 전광판에 나타나는 세계 도시의 이름들을 바라보곤 했다. 세계의 날씨 예보에서 가끔 보던 도시들이었다. 항공사 직원들이 제복을 입고, 여객기 안에서 짓던 웃음과 사뭇 다른 표정을 지으며 지나갔다.

공항에서 기다릴 때 베렌 엄마가 계속해서 메시지를 보내왔다. 나더러 박사장에 대해 물었다. 나는 잘 안다고 말하지 않았다. 모른다고도 대답하지 않았다. 말하기 곤란했으니까. 베렌 엄마는 눈치챘던 걸까.

— 베렌이든 누구든 왜 박사장에 대해 말해주는 사람이 없는 거죠?

박사장을 생각했다. 이따금 손수건을 꺼내 민둥한 머리를 한바퀴 돌리며 닦던 모습을.

메시지를 보내는 데 지친 베렌 엄마는 '꼭'이라는 말을 몇번이나 덧붙이며 공항에 도착할 베렌을 내게 맡겼다.

— 베렌을 만나면 박사장이 어떤 사람인지 알아봐줘요.

듣고 싶지 않은 말도 보탰다.

— 일본이 좋아서 간 것도, 하퍼 킴을 보고 싶어서 간 것도 아니에요. 박사장을 피해 달아난 게 분명해요.

항공기 편명이 깜빡이며 'arrive in' 글자를 새기는 전광판을 올려다봤다. 옆에 앉아 있던 프랑스 남자 여행객은 니이가따현의 '미인림'으로 갈 예정이라고 했다. 남자는 너도밤나무가 푸른 하늘을 향해 미끈하게 솟은 관광책자를 읽고 있었다. 공항의 도착 출구로 빠져나오는 베렌의 시원한 걸음소리가 들렸다. 단번에 베렌을 알아봤다. 너도밤나무가 아닌 실제 미인이 나타났다.

베렌은 묵직해 보이는 노란 배낭을 메고 가벼운 걸음으로 내게 다가왔다. 한손으로 캐리어를 끌고 있었다. 땅콩버튼 스커트가 펄렁였다. 나팔꽃 모양의 버블 스커트가 아니었다. 반가워, 하고 나는 베렌의 손을 잡고 배낭을 받아들었다. 도착 출구에서 점잖은 난민 같은 인파가 쏟아지고 있었다. 하루 먼저 도착한 나는 가이드처럼 말했다.

"배고프지? 가고 싶은 데 있으면 말해봐."

"이소라기."

"위치는?"

"하까따역 건물."

하까따역으로 이동하는 버스를 탔다. 버스는 신호등에 걸릴 때마다 시동을 껐다. 출발할 때 다시 시동을 켰다.

아뮤플라자 9층으로 올라갔다. 이소라기 식당 앞의 줄을 따라 섰다. 버스 안에서나 식당 앞에서나 사람들이 베렌을 자꾸 응시했다. 혼자 다닐 땐 느껴보지 못했던 시선이었다. 우리가 기다리는 동안 웨이트리스는 커다란 책받침 같은 메뉴를 갖다주었다. 식당을 나가는 손님들에겐 90도로 인사했다.

우리는 먹기 위해 세부에서 나타난 커플처럼 카끼아게 덮밥, 이소라기 회덮밥, 카이센동을 주문한 뒤 순서를 기다렸다. 베렌은 손수건으로 이마의 땀을 닦았다.

이제 만났다는 흥분에 몰두하다, 나는 베렌을 향해 핸드폰의 줌 렌즈를 작동했다.

베렌은 침착한 웃음으로 내게 초점을 맞춰주었다.

식당 밖을 바라보는 창가 자리에 앉았다. 바깥 빌딩에 아사히신문 간판이 큼직하게 걸려 있었다. 일본에 도착해서 처음 먹어보는 밥이었다. 특별한 쌀이 아닐까. 잇몸에 찰기를 흘리면서 부드럽게 씹히는 쌀은 성게알, 해물튀김보다 더 맛있었다. 베렌에게 맛을 물었더니 밥알에서 단맛이 난다고 했다. 자신이 고른 식당에 만족하며 세가지 반찬 맛도 음미하고 있었다.

단지 한끼 때우기 위해 먹던 쌀과 격차를 느꼈다. 세부의 골목

식당에 놓인 밥을 비닐장갑을 끼고 먹기도 했다. 밥알은 뭉쳐지지 않고 비닐장갑 사이로 흘러내린다. 맨손으로 먹는 이유가 있다.

베렌은 자그마한 숟가락으로 카끼아게 덮밥을 맛있게 잘도 떠먹었다. 옆에서 보고 있자니 음식 맛이 베렌에게 스며드는 것 같았다.

엄마는 만나봤어?라고 베렌이 말했다.

아직, 하고 나는 말했다.

오늘 어디서 잘 거냐고 베렌은 물었다. 나는 예약해둔 게스트하우스를 보여주었다. 베렌은 더욱 맛있게 튀김을 입속에 넣었다. 튀김그릇이 반쯤 비워졌을 때, 뜨끈한 차가 담긴 주전자를 기울였다. 튀김이 녹아들며 풀어헤쳐졌다. 나도 따라했다.

카끼아게를 차에 말아 먹으면서 베렌이 말했다.

"중들이 식사하는 방식 같아."

"왜?"

"먹고 나서 그릇까지 씻어주는 셈이잖아."

식당은 내가 지내는 원룸의 두배 정도 공간을 활용해 사람을 회전초밥처럼 끊임없이 밀어내고 있었다. 이만한 공간을 차지하려면 얼마의 돈이 필요할까.

베렌은 차를 따라 부풀어오른 튀김을 입술 끝에서 소리 내며 말아넣었다.

계란이 깨지면 흰자와 노른자가 섞여 흘러내린다. 베렌은 계란형 얼굴 아래 뚫린 작은 입속으로 액체를 빨아들였다. 들떠서 먹는 모습이 매력적이었다. 메뉴를 모두 맛보고 난 뒤에도 베렌의 이는 새하얬다. 위 앞니 두개가 가장 큰 면적을 차지하고 양옆으로 점점 좁아지는 하얀 이, 그 틈틈이 분홍빛 잇몸이 입술색과 조화를 이루었다. 노란 성게알이 이와 잇몸 사이에 묻어 있었으나 입술을 오므리고 혀끝으로 훑고 나자 환한 입속이 다시 비쳤다.

우리는 게스트하우스로 직행했다.

짐 없어? 게스트하우스에서 베렌이 물었다. 나는 조끼를 들어올렸다. 낚시하러 온 사람 같아, 하고 베렌이 말했다.

출입문 비밀번호를 익혀두고 게스트하우스 밖으로 나왔다. 지붕 아래 상점이 늘어선 아케이드를 걸었다. 가느다란 오징어가 수족관을 배회하고 있는 식당을 지났다. 과일을 파는 가게, 기모노를 전시한 옷집을 바라보며 걸었다. 나는 베렌의 왼손을 잡았다. 짜리몽땅한 파스텔색 반바지 아래로 허벅지가 길쭉하게 빠져나왔다. 핑크색 웨지힐 위로 드러나는 발등의 가느다란 힘줄이 부드럽게 움직였다. 발걸음을 옮길 때 무릎이 경쾌하게 굽혀지며 광이 나기도 했다. 나는 맥주 까페로 가자고 했다.

한산한 다리를 건너 하루요시 쪽으로 갔다. 더운 나라에 사는 사람들은 독한 술을 좋아하지 않는 편이다. 까페 건물 밖 테라스에서 슈퍼드라이 맥주에 생고구마 안주를 시켰다. 하루요시는 나까스 지역과 강변 한쪽을 나눠 가지고 있었다. 한낮에 잿빛을 띠는 강 위에서 조각배를 탄 청소원들이 쓰레기를 건져내던 곳이 지금은 발그스레하게 볼터치를 하고 있다.

저녁노을 같은 아사히 맥주가 꽃병 모양의 잔에 담겨 나왔다. 베렌은 손거울에 이마를 비춰봤다. 까페에 가기 전 하루요시의 유명 호텔을 둘러봤다. 일층에 들어서서 똑바로 걷다가 어두컴컴한 유리벽에 베렌이 이마를 부딪혔다. 세계적으로 알아준다는 이딸리아 건축가가 로비 조명을 깜깜하게 하라고 설계한 건지, 일층 까페도 어둡긴 마찬가지였다.

엄마를 놀라게 하려고 도착 소식을 미루던 나는, 더는 참을 수 없어 발설하고 말았다. 나까스 강변을 배경으로 찍은 사진을 엄마에게 보냈다.

엄마가 응답했다.

──많이 보던 곳인데.

──맞춰봐.

──너 뒤로 캐널시티 백화점이 보이는걸.

──맞아, 나 여기 와 있어.

엄마는 즉각 전화를 걸어왔다. 엄마는 떨고 있었다. 아주 머나먼 곳에서 전파를 타고 넘어오다 융기된 벽을 만나 끊어지지 않으려고 애쓰는 목소리처럼 간당간당하게 들렸다가 폭포가 쏟아질 때와 같이 다시 쩌렁쩌렁하게 울렸다. 여러 말을 덧붙였다. 알아듣지 못해도 아무 상관없는 이야기였다. 그저 반갑다는 어수선한 표현의 연속이었다. 당장 데리러 온다고 했다, 나를 버렸던 엄마가.

"정확한 위치를 말해줘."

"나, 여자친구랑 있어."

"아무려면 어때. 우리 집으로 같이 와."

"내일 갈게."

잔소리 같은 엄마의 말을 몇마디 더 듣고 전화를 끊었다. 나까스 강변의 잔잔하게 뒤척이는 물결을 타고 흘러온 바람이 테이블 위로 올라왔다. 바람은 가슴팍에 후끈하게 안겼다 사라졌다.

엄마랑은 언제 헤어졌어? 베렌이 물었다. 베렌은 이렇게 일정한 간격으로 말을 던지며 내게 무언가를 물어본다. 정작 내 말을 오래 듣기보다 자신의 생각을 이어가기 위한 질문이랄까.

나는 길게 대답하지 않았다. 엄마는 오래전에 세부를 떠났다고 했다.

"막탈리사이에서 우리 엄마 만났다면서?"

"널 만나기 위해 만났지."

"엄마한테서 어떤 느낌을 받았어?"

"솔직하다는 느낌."

"감추는 게 얼마나 많은데…. 아빠랑 사이가 안 좋아져서 이젠 따로따로 살아."

베렌은 자신의 가족에 대해 미리 말해두는 게 좋겠다고 생각했는지 모른다. 아빠 엄마가 헤어졌다는 건 그리 자랑할 만한 일은 아니다. 고작 몇년 살다가 서로를 외면할 사이라면 결혼하지 않는 게 낫다. 혼자 살기에 일본이 좋겠다. 라멘 전문식당에 혼자서 먹는 칸막이도 설치돼 있으니까.

"이모가 병원에서 맹장수술을 했을 때야. 그때 엄마가 병실을 며칠 지키고 있었거든. 이모는 퇴원한 뒤 집으로 돌아갔어. 엄마는 밤늦게 집에 도착했대. 아빠는 그때 사라져서 다시는 나타나지 않았어. 살아 있는 건 분명해. 어렸을 적 아빠가 나더러 예쁘다 예쁘다 하면서 얼굴을 비벼줄 때 따갑던 수염이 아직도 느껴지는 것 같아. 슈퍼드라이 하나 더 시킬까?"

베렌 아빠는 어느 순간 베렌 엄마가 싫어졌을 수 있다. 아내가 싫어지면, 아내가 낳은 자식도 싫어질 수 있다. 싫증의 포만감이 사람을 바닥에 드러눕게 한다. 얼마 전까지만 해도 함께 지냈던 사람임에도 다시 일어나 가까이 다가가고 싶지 않다. 사랑의 게으름.

"같이 한잔해. 아빠처럼 나도 집을 나왔어. 집을 떠나서 생활하는 거랑 성적은 아무런 상관이 없었어. 난 항상 일등했어. 미인대회에서도."

술을 마시면 자기 자랑에 심취하는 경우가 있다. 필리핀에서 가장 알아준다는 UP와 아테네오 대학의 세계 순위는 각각 400위, 500위를 오르내린다. 세부에 있는 대학들의 세계 순위는 어느 정도일까. 나처럼 대학을 다니지 못한 사람일수록 명성과 순위를 중시할지 모른다. 누군가를 추종하거나 무시하기 위해서.

"넌 집을 나가본 적 없어?"

그런 적이 있다고 말해둔다. 정확한 대답은 아니다. 원룸을 최근에야 마련했다. 부모가 먼저 집을 나갔으면 나갔다. 다음에 구체적으로 이야기할 기회가 있겠지, 하고 종종 침묵하곤 한다. 다음 기회란 영원히 오지 않을 수 있다. 기회란 매우 이기적이거나 위선적이어서 순식간에 사라진다. 베렌이 말했다.

"여기 안주, 이번엔 고구마 튀긴 걸로 주세요. 하프에 대해 어떻게 생각해?"

"하프?"

"디바, 올해 미스 재팬 당선자가 하프 출신이더라구."

"혼혈 말이지?"

"응."

"나도 하프야. 아버지가 한국인이었어. 하프란 중간, 혹은 반반 이런 뜻은 아닌 거 같아. 샌드위치 두개 중 하나는 치즈, 하나는 야채 하는 식으로 구별할 수는 없을 것 같아. 아무런 말을 하지 않고 벽에 가만히 서 있으면 지나가는 사람들은 나를 한국인이라고 생각할 거야. 내 행동이나 생각 같은 걸 하프로 나눌 수 있을까?"

"난 그냥, 외모적인 하프에 대해 물어본 거야. 미스 재팬 당선자 아리아나 미야모또가 미스 유니버스 같은 대회에 나갔다고 치자구. 미스 재팬, 하고 소개했는데 아프리카 스타일의 여자가 걸어나오는 거야. 하프가 아니라 아프리카 사람이라고 생각할 게 뻔하거든. 미스 필리핀, 하고 외쳤는데 중국 사람이 나타난다면 머리가 복잡해지지 않을까?"

나는 엉뚱한 상상에 몰입했다. 나까스 유흥가를 혼자 돌아다니면서 봤던 하프 상점을 떠올렸다. 이딸리아계, 미국계, 중국계 등 하프 출신 여성만 모아둔 프라이빗 클럽이었다. 인터넷에서 지명 예약을 해두거나, 상점을 방문해 직접 고를 수 있다. 시내 어디든 배달도 가능하다.

"결국 각 나라에서 하프를 당선시키기 시작하면 혼란이 올 거야."

"나도 비슷한 생각이야. 최소한의 정체성은 확보하는 게 좋겠지."

"내 정체에 대해 알고 만나는 거야?"

"글쎄, 종적을 감췄다 나까스 강변에 나타난 세부아노?"

"하? 아빠가 집을 나간 뒤, 엄마는 가축들을 한마리씩 팔기 시작했어. 염소도 팔았고, 돼지도 팔았어. 엄마는 가축들을 팔기만 했지

교배시키지는 않았어.”

베렌은 가축이 계속 줄어들었다는 말을 했다. 내가 막탈리사이에 갔을 때 오리가 여러마리 살아 있었다. 돼지를 많이 키울 땐 몇마리나 있었을까. 레천 요리에 사용하는 새끼돼지를 많이 키우는 집은 세부에서 가난한 편이 아니다.

“가축들을 내다 팔수록 우리 가족은 점점 정체성을 잃어버렸어. 아빠 엄마가 결혼 전에 마닐라에 살았대. 결혼한 뒤 엄마 고향인 막탈리사이에 정착한 거야. 거대한 굴뚝에 매달려 사는 것 같은 마닐라를 떠났어. 홍수만 닥치면 배꼽까지 물이 차는 도시를 떠나 산중턱으로 옮긴 거야. 난 작은 농장의 장녀로 자란 셈이지. 지금도 막탈리사이 들판의 삼분의 일은 우리 집 소유야. 아무것도 심지 않아서 탈이지만 말이야. 밤에 우리 집에 있으면 무서워. 낮엔 무료하기 그지없어. 더는 막탈리사이에서 지낼 이유가 없었던 거야. 정체성을 잃어버렸으니까. 당시엔 그냥 돼지만 줄어들었다고 생각했을 뿐일지도 몰라.”

중간에 말을 끊지 말자, 하고 생각하면서 나는 조용히 듣고자 노력했다. 텔레비전에서 초대손님이 말을 잘하고 있는데 사회자가 정리한답시고 괜히 말을 끊어서 흐름을 방해하는 경우를 자주 봤다. 나는 맥주를 시킬 때도 손으로 한잔 더, 하는 신호만 보냈다. 까페 웨이터도 맥주잔을 놓을 때 달그락거리지 않았다. 베렌은 화장실을 한번 다녀온 뒤 테라스에 양손을 짚고 나까스 강변을 응시했다. 건너편 소프란도 골목과 야따이 거리에서 나오는 빛들이 강물에 거울처럼 비쳤다.

나는 뒷모습을 동경한다. 불투명한 정체의 씰루엣을 간직한 뒷모습에는 설렘이 있다. 베렌의 목덜미에서 굴곡지게 솟은 어깨 아래로 양팔이 가지런히 난간에 닿아 있다. 나는 천천히 다가간다. 멀게 느껴지지 않는 뒷모습에 추측과 상상이 따른다. 왜 박사장이 쫓고 있는지, 베렌의 평상시 모습에 대해 물어보지 않았다.

우리는 까페를 걸어나갔다. 손을 잡지 않고 앞서거니 뒤서거니 걸으면서 베렌의 뒷모습을 또 바라봤다. 길거리 택시기사들이 우리를 쳐다보고 지나가곤 했다. 하루 종일 마주친 택시기사들은 제복을 단정하게 차려 입고 있었다. 개중에 젊은 기사라곤 단 한명도 없었다.

패스트푸드점에 들렀다. 브로콜리 반찬이 든 네모난 도시락을 산 뒤 게스트하우스 쪽으로 가기 위해 나까스 다리를 건넜다. 얕은 강에 비치는 네온사인이 출렁거리며 우리를 응시했다. 모텔 등불이 큼직하게 휘청거렸다. 더위를 삼킨 강가의 꽃들이 입을 벌린 채 숨을 내뿜었다.

왼쪽으로 꺾어 들어갔다. 바가 밀집한 골목이었다. 원통형 큰 기둥에 간판이 칸칸이 나눠 새겨진 빌딩을 지났다. 술집이 아닌 집은 술집을 안내하는 무료안내소밖에 없는 것 같았다. 일층에 화사한 꽃냄새를 풍기는 가게가 있기는 했다. 술에 취하러 왔거나, 이미 취한 행인들이 꽃을 내려다보며 살까 말까 망설이고 있었다. 분홍색 장미를 한아름 사려다 나는 그냥 지나쳤다. 지금 사봤자 짐에 불과할 수 있다고 생각했다. 꽃값은 국물 많은 돈꼬쯔 라멘 두 그릇을 먹을 수 있는 돈이었다.

베렌이 말했다.

"어쩜 거리가 이렇게 환할까."

"우리가 사는 곳이 너무 어두워서 그래. 한번씩 동네 전체가 동굴 속처럼 변하기도 하잖아."

"막탈리사이는 밤마다 그래."

일층에서 남자 행인들이 벽면의 아크릴 광고판 안에서 웃음을 띤 여성들을 쳐다보며 곧장 사라져갈 환상을 심어줄 파트너를 찾고 있었다.

나는 어제 이곳을 실컷 돌아다녔다.

어둠의 깊이가 뼛속까지 들어오면 결국 지쳐버린다. 외로움에 지친다. 유흥이 숨겨진 밤거리에서 돈을 퍼붓지 않으면 초라해질 따름이다. 이방인이요, 구경꾼에 불과하다.

어제 나는 가장 진한 어둠이 깔린 시각에 비즈니스 호텔 중간층의 로비로 올라갔다. 주머니 무게에 늘어진 조끼를 입은 채 호텔 로비의 소파에 기대 눈을 감았다. 어둠에 점점 빠질 무렵 호텔 직원이 다가와 나를 깨웠다.

"실례지만, 저희 호텔 숙박 손님입니까?"

"아닙니다."

"기다리는 분이 계십니까?"

"아닙니다."

"왜 여기 계시는 겁니까?"

"한숨 자려고요."

"호텔에서 나가주시면 고맙겠습니다."

나는 아늑한 조명으로 둘러싸인 엘리베이터를 타고 쫓겨났다. 어둠이 서서히 지워지고 있는 시각이었다. 마침 전철 계단 위로 불이 켜졌다. 도심을 빠져나갈 작정으로 전철을 탔다. 시외로 출발하는 첫 열차를 갈아탔다. 가랑비가 유리창에 쏟아졌다. 열차 안에 눈동자가 또렷한 사람들이 타고 있었다. 나지막한 집들이 가랑비 사이로 지나갔다. 이쯤에서 내리자, 하고 걸어나간 곳이 쿠루메역이었다. 역 앞에서 버스로 갈아탔다. 목적지 없이 아무데나 돌아다니다 배가 고파 버스에서 내렸다. 쿠루메에서 알게 된 건 돈꼬쯔 라멘의 본고장이라는 점뿐이었다. 돈꼬쯔 라멘을 먹고 다시 버스를 탔다. 열차로 갈아타고 도심으로 돌아갔다. 내 방이 있는 세부로 가고 싶은 마음이 간절했다.

베렌은 게스트하우스의 방으로 곧장 가자고 하지 않았다. 도넛가게를 발견하고 들어가자고 했다. 유리 칸막이로 반을 나눈 한쪽 공간에 흡연실이 있었다. 커피를 한잔씩 시키고 좁다란 의자에 마주 보고 앉았다.

베렌은 아이스커피와 도넛을 품에 안고 왔다. 테이블이 좁아서 겨우 커피잔이 놓일 정도였다. 신중하게 커피를 마시던 베렌이 말했다.

"나를 처음 본 게, 우리 대학 미인대회 맞아?"

"물론이지."

"어디서?"

"아얄라몰."

"끝까지 봤어?"

"그렇진 않아."

"나를 좋아하는 특별한 이유라도 있어? 너무 단도직입적인 질문인가?"

"솔직히 얘기해서 난 겁쟁이라는 생각을 가끔 했어."

"무슨 말을 하는 거야?"

"얘길 들어봐. 만만한 여자애들에게만 말을 걸었던 게 아닌가, 생각했어. 내가 정말 좋아하는 타입의 여자애들을 보면 뒤로 물러서면서 말이야. 굉장히 좋아하는 사람끼리 만나 결혼해도 이혼하는 경우가 많잖아. 다른 여자들에게 기웃거리지 않고 살려면 진심으로 좋아하는 사람끼리 만나야 하지 않을까. 여자도 마찬가지겠지?"

"마찬가질 수 있어. 커피 리필 좀 해주세요. 그런 걸 잘 알면서도 현실을 좇잖아. 돈이 좋아서 돈을 좇고, 돈을 좇다보면 돈 많은 남자를 좇는 거야. 너무 늦어서 돈을 좇고 있으면 행복을 다 놓친 뒤가 아닐까. 그때그때 현실을 잘 파악하며 살아가는 게 현명할지도 몰라. 베개를 들고 여행을 할 순 없잖아. 아까, 이 거리 걸어올 때 모자 쓴 중년남자가 내게 명함 줬잖아."

"왜 나한텐 안 주지?"

"뻔한 짓이야. 일하라는 거야. 난 해봐서 알아."

"무슨 일?"

"JTV. 세부에 좀 있다가 마닐라로 가서 일해봤어. 나까스, 여기 걸어보니까 마닐라의 말라테 거리랑 닮은 구석이 많아."

"난 아직 말라테에 가보질 못해서."

"별거 없어. 거리 곳곳이 술집이란 얘기야. 일본 스타일 술집 중

하나가 넘어가서 JTV가 된 거야. 말라테랑 한가지 차이점이 있는 것 같긴 해. 여긴 댄스클럽이 없어."

"어떻게 알아?"

"줄을 서 있다든지, 댄스뮤직이 조금이라도 새어나온다든지 하는 게 없으니까. 또 한가지가 더 없어."

"뭔데?"

"계산할 때, 돈을 받아서 불빛에 비춰보는 사람이 없잖아."

베렌은 또 커피를 리필시켰다. 누군가를 만나 주량에 대해서 물어본 적은 있다. 베렌을 만나고 나니까 다음부터 누군가를 만나면 커피 리필양에 대해서도 물어봐야 할 것 같았다.

베렌이 말했다.

"아직 의문이 풀리지 않았는걸?"

"뭐 말이야?"

"나를 좋아하는 특별한 이유?"

"미인대회에서 당선한 여자와 사귀고 싶었어. 고전적으로는 미인한테 용기를 낸 행위고, 현실적으로는 메건 영이 너무 멀리 있어서 너한테 집착한 거야."

나는 멋진 말을 했다고 생각하고 웃었다. 베렌은 전혀 웃지 않았다. 베렌은 커피잔을 테이블 위에 내려놓았다.

내 사진이나 영상 같은 거 가지고 있어? 하고 베렌이 말했다.

물론, 하고 나는 말했다.

베렌이 자신의 사진이나 영상을 보여달라고 했다. 나는 한참 동안 찾았다. 후꾸오까에 도착해서 촬영한 분량이 많았다. 손가락으로 사진과 동영상을 계속 밀어내야 했다.

여기, 하고 베렌에게 영상을 보여줬다.

베렌은 영상을 다 보고 나서 커피를 리필시켰다.

베렌이 말했다.

"이 영상은 박사장이라는 사람이 갖고 있던 거야."

"아, 그래?"

"너, 박사장하고 한통속이구나!"

나는 아무런 대답을 하지 못한 채 베렌의 커피잔을 내려다보고 있었다. 베렌의 말이 커피잔을 타고 쓴맛으로 건너왔다.

"내일 세부로 돌아갈래."

"내일 엄마 집에 가기로 했잖아?"

"너 혼자 가."

8

열차 안에서 교복을 입은 학생들한테 다시 한번 확인했다. 역 이름이 적힌 메모지를 보여주자 다음번에 내리라고 했다. 30분 사이에 빌딩들이 모두 사라지고 나지막한 산들이 이어졌다. 들판에서 산으로 이어지는 길이 녹색 작물들의 혈관처럼 펼쳐졌다.

열차에서 내려 역 앞으로 나가자 자전거들이 비스듬히 몸을 숙이고 조용히 휴식 중이었다. 열차 떠나는 소리가 들린 뒤부터 더욱 깊은 정적에 휩싸였다. 역에서 똑바로 걸어가면 엄마가 사는 마을이 나올 터다. 역에서 멀어질수록 단독주택들이 나타나기 시작했다.

오른편으로 Hinosato Ōdōri라는 푯말이 나왔다. 엄마한테서 드물게 받았던 사진에 대문 안쪽으로 동글동글한 나무들이 정원을 차지하고 있었다. 엄마는 역 앞으로 마중을 나온다고 했다. 집을 못

찾으면 연락할게, 하고 나는 여유를 부렸다.

길을 건너 마을로 들어갔다. 내리막이 이어졌다. 바닥에서 돌을 쌓아 올라가다 중간에 시멘트, 그 위로 무르고 매끄러운 나무들이 담장을 마무리 짓고 있었다. 돌 사이사이에 자연미를 더하는 수북한 나무들이 울타리를 치고 있었다. 사진 속의 엄마 집은 이 정도로 높지 않았다. 한칸 더 내려갔다. 양쪽으로 비슷한 집들이 이어졌다. 언덕 아래로 갈수록 담은 낮아졌으나, 모든 집이 정원을 갖추고 흡사한 모습을 띠고 있었다. 일본식 정원주택 박람회장에 들어선 기분이었다. 정오를 앞둔 시각에 아무도 지나다니지 않는 박람회장.

내리막을 따라 걷자 오른쪽, 왼쪽 평지를 지나도 유사한 집들이 이어졌다. 시멘트 담장 밑의 돌은 세월이 흘러 우중충하게 물들어 있었다. 엄마가 사는 마을의 거의 모든 집들을 둘러봤다. 한시간 이상 걸렸다. 끼리끼리 어울려 산다는 말은 정원을 갖춘 집들의 모임을 뜻했다.

세부의 정원이란 태양이 균열을 내는 엉성한 나무와 꽃들의 집합이다. 엄마가 사는 마을은 고밀도 정원이었다. 가로세로 줄을 펼쳐놓은 듯 정돈된 배열 속에서 숨을 쉬며 가지를 뻗어나갔다.

검은 돌계단이 소나무 가지처럼 오른편으로 휘어져 대문으로 이어지는 곳에서 엄마를 만났다. 엄마는 돌계단으로 내려와 기다리고 있었던 모양이다. 우리는 직감적으로 서로를 알아봤다. 엄마는 나를 안아주었다. 영원히 놓지 않을 것처럼 내 몸을 통째 부둥켜안았다. 75킬로그램인 내 몸을 번쩍 들어 돌계단 위에 올려놓았다.

오래전 내가 어릴 적 걷는 모습을 멀리서 바라보던 엄마는, 휘청거리는 듯한 걸음걸이라고 말한 적이 있다. 한걸음 뗄 때마다 상체가 옆으로 흔들리며 걸어온다고 했다. 지금 내 모습은 어떻게 비쳤을까. 나는 엄마를 향해 앞으로 곧장 걸으려고 의식했다. 양팔로 둘러싸인 엄마 몸의 중심에 내가 뾰족하게 위로 들렸을 때 무중력에 놓인 것 같았다. 땅바닥에 붙어 있던 모든 번뇌가 공중으로 떨어져나가는 무고통 상태랄까. 발바닥이 땅과 다시 닿았을 때 먼 곳에서 내려온 것 같았다. 280밀리미터 운동화가 돌계단의 현실적 공간에 닿는 소리가 났다. 들어가자, 엄마가 말했다.

현관 앞에서 엄마는 두가지를 물었다.

"짐은 없니?"

"없어."

"왜 혼자 왔어, 여자친구는?"

"……."

현관문을 열고 들어가자 거실 한복판에 할아버지가 휠체어에 앉아 있었다.

인사 드려라, 엄마가 말했다. 너의 아버지다,라고 덧붙였다.

아버지라는 말에 놀랐다. 나는 속내를 감추고 웃으면서 인사했다. 할아버지는 짧은 실가닥 같은 눈을 뜬 채 내 등을 두드려주었다.

잘 왔다,라고 할아버지가 말하는 걸 엄마가 통역했다.

할아버지는 혼자서 휠체어를 굴릴 힘이 없었다. 엄마가 식탁으로 할아버지를 이동시켰다. 내가 도착하면 같이 점심식사를 하려고 기다린 게 분명했다. 미리 준비해둔 것 같은 반찬들이 흰 접시 위에 놓였다. 끈적하게 달라붙는 낫또오, 된장국, 생선 반찬들.

쯔께모노, 킨피라, 히지끼라는 반찬도 푸짐하게 담겨나왔다. 각각의 반찬들이 선명하게 자신만의 냄새를 풍겼다. 할아버지 앞에 밥 대신 죽그릇이 놓였다. 나는 죽도 먹고 밥도 먹었다.

할아버지는 밥을 못 드셔? 하고 엄마한테 물었는데 즉각 알아차렸다. 할아버지가 말했다.

"너희 엄마 처음 만났을 때 나더러 '롤로(할아버지)'라고 놀리곤 했어."

할아버지는 귀가 밝고 발음이 또렷했다. 몸을 제대로 움직이지 못할 뿐이었다. 할아버지는 죽을 마시다시피 두세차례에 걸쳐 모두 먹었다. 점심을 간식 삼아 먹는다고 했다.

식탁에서 나는 엄마를 응시했다. 돌계단에서 똥배 나온 몸으로 기다리던 엄마는 내가 그토록 상상하던 모습이었다. 엄마는 단 한번도 할아버지 사진을 보낸 적이 없었다.

아들한테 차가버섯 차 한잔 끓여줘, 하고 할아버지가 말했다.

경매한 차가버섯, 이라고 했다. 정원을 내다보는 창을 제외하곤 벽면마다 책장 같은 진열장이 놓여 있다. 벽장 유리문 안으로 호기심이 솟는 물건들이 가득했다. 물건들을 목록으로 정리한다면 책 한권이 탄생할 것 같았다.

할아버지는 봉지에 든 약을 털어넣고 물을 마셨다.

"30분 뒤에 약을 먹으려다 잊어버리는 수가 많아. 벽장에서 마음에 드는 물건이라도 발견했나?"

"처음 보는 물건들이 많아서 저절로 눈길이 갔습니다."

"그래, 처음 보는 물건에 마음이 끌리기도 하는 법이지. 난 물건의 가치를 주로 돈으로 판단해왔어. 처음 봤든 여러번 봤든."

엄마는 자기 견해를 섞지 않고 할아버지의 말을 그대로 전달해주는 것 같았다.

"어떤 일을 주로 하셨는지요?"

"엄마가 말 안 하던가?"

"들어본 기억이 없습니다."

"난 평생 경매를 하면서 살아온 사람이야. 세계의 진귀한 물품들을 모아서 되팔기도 하고, 보관해두기도 하지. 요즘엔 경매를 엉뚱한 목적으로 활용하는 사람들이 늘어나고 있어. 얼마 전 후꾸오까에서 10만 달러가 넘는 금액에 참치 한마리가 낙찰됐어. 낙찰을 받은 사람은 카이세끼 요리 전문점을 차린 지 한달밖에 안된 식당 주인이야."

카이세끼 요리가 뭐야? 하고 나는 엄마한테 물었다. 일본식 정찬이라고 했다.

"차린 지 한달밖에 안된 식당에서 10만 달러 참치를 왜 낙찰받았겠는가?"

"맛으로 승부하기 위해서요."

"틀린 말은 아니야. 그것보다 더 중요한 것은 식당을 널리 알리기 위한 작전이지. 요즘 말로 하면 마케팅 효과라고나 할까."

할아버지가 손짓하자 엄마는 휠체어를 벽장 가까이 밀었다. 휠체어 바퀴 소리를 들으며 벽장으로 다가갔다.

"이 자전거는 히가시꾸니노미야 일본 수상이 어릴 때 타던 거야. 바퀴에 녹슨 곳이 한군데도 없어. 지금 이걸 내다 팔면 얼마나 할지 당신 알겠어?"

"백만엔?"

엄마가 말했다.

"어림도 없는 소리야. 천만엔을 준다 해도 안 팔아. 이런 건 가지고 있을수록 값이 오르는 법이야. 삼십년 뒤엔 메르세데스 벤츠 열 대를 가져와도 사기 힘들 거야."

"그때까지 살아 있기나 하세요."

엄마가 말했다.

"그 수상이 탔던 자전거라는 걸 어떻게 증명하죠?"

내가 말했다.

"히가시꾸니노미야 수상이 이 묵직한 안장 위에 올라탄 사진과 함께 자전거등록증을 보관하고 있지. 옆으로 움직여줘."

"당신은 누가 찾아와도 설명하는 순서가 똑같아요."

"순서란 한번 바뀌기 시작하면 뒤범벅이 돼. 나이 들수록 모든 사물이 질서정연하게 자리잡고 있어야 해. 그렇지 않으면 곧 죽을 수밖에 없어."

"당신도 참."

"이 앞의 물건은 오드리 헵번이 영화 「로마의 휴일」에서 목에 둘렀던 줄무늬 스카프야. 요즘 아이들은 오드리 헵번 스카프와 무늬만 똑같은 걸 두르지. 그런 젊은 애들을 보면 불쌍하다는 생각이 들어."

"왜 그렇게 생각하시죠?"

"자기 자신을 부각하지 못하고 스카프니, 시계니, 벨트 따위 액

세서리에 집착하고 있지 않은가. 이름이 하퍼라고 했나?"

"예."

"그래, 하퍼는 하늘색 조끼를 입고 여길 찾아왔지. 여름에 조끼를 걸치고 다니는 사람은 드물어. 다시 말해서 자기 자신에게 꼭 필요해서 입고 왔다고 볼 수 있어. 오드리 헵번 스카프는 얼마나 할 거 같은가?"

"천만엔 정도요."

"엄마보다는 배짱이 커서 좋네. 이건 사실 임자를 잘 만나면 천만엔의 열배 이상 가치가 있어. 나뽈레옹이라고 알지?"

"예."

"나뽈레옹이 머리 위에 얹고 다니던 모자가 있어. 나뽈레옹 보나빠르뜨의 상징과 같은 쌍각모자지. 지난해 프랑스 경매시장에 그 모자가 나왔어. 퐁뗀블로의 오세나 경매소라는 곳이야. 나 같은 사람은 낙찰가격을 40만 유로 정도로 예측했지. 실제로는 다섯배에 가까운 188만 4천 유로에 낙찰됐어. 그 모자의 새로운 주인은 한국인이야. 축산농장을 하는 사람이 샀다고 들었어. 오드리 헵번 스카프가 나뽈레옹 모자보다 더 큰돈을 받을지 누가 알겠는가."

할아버지의 경매 이야기는 오후 내내 이어졌다. 혹시 엄마도 경매에 낙찰돼 일본으로 팔려온 건 아닐까 하는 생각이 들었다. 오후 5시가 지날 무렵 할아버지의 이야기가 끝나나 싶었다. 이층에 사연이 많은 경매 물품들이 더 많이 있어 하고 할아버지가 말했다. 할아버지는 덧붙였다.

"이층엔 나중에 올라가보기로 하고, 저녁식사를 맛있는 식당에 가서 하지."

"어떤 곳이죠?"

"음식집도 백년은 넘어야 제 맛을 내는 법이야. 나까스라고 들어
봤나?"

"예, 가봤습니다."

"뭘 먹어봤나?"

"돈꼬쯔 라멘을 먹어봤습니다."

"그래? 젊었을 땐 그런 걸 먹고 다니기도 하지. 내가 소개할 곳은
요시즈까 우나기야라는 장어덮밥 식당이야. 내가 내일 죽을지도
모르는 일이니까, 생각났을 때 가보는 게 좋아."

"당신도 참, 내일 죽을지 모른다고 한 지 십년이 넘은 것 같아요."

할아버지는 외식을 하러 나가면서 자신의 몸이 방해를 한다고
자책했다. 오십대 후반에 디스크 수술을 한 뒤 잘 걷지 못해 휠체
어에 몸을 의존했다. 할아버지는 내게 엄지발가락을 움직여보라고
했다. 나는 양발을 바닥에 붙인 채 엄지발가락만 들어올렸다. 힘차
게 꿈틀거렸다. 할아버지는 자신의 발가락을 가리키며 아무리 노
력해도 움직이지 않는 걸 보여주었다.

"발가락이 움직이지 않는 원인이 디스크 때문이었어. 수술 전까
지 발가락이 움직이지 않는지도 모르고 살았지 뭔가. 디스크 수술
후에도 신경이 살아나지 않더군. 나 때문에 불편하더라도 좀 이해
해주게나."

할아버지의 휠체어 손잡이를 잡고 조심스럽게 밀었다. 우리는
창가의 정원수들을 내다보았다. 이층 담장 위로 보송하게 정원수

들이 깎여 있었다. 엄마는 식당에 전화해 저녁 7시 30분에 예약을
했다.

핸드폰을 켰다. 지금 어디야? 하는 메시지가 여러개 들어와 있었
다. 베렌은 도넛 가게에서 나와 게스트하우스에서 잤다. 일층 침대
에서 우리는 각자 팔을 괴고, 다른 사람들이 알아듣지 못하도록 따
갈로그어로 이야기를 나눴다.

박사장과 나의 관계에 대해 말했다. 망고스퀘어를 오고 가는 여
자애들을 박사장의 가게인 JTV로 안내하는가 하면, 시키는 대로
샤부를 배달했다.

나는 박사장의 부하처럼 살고 싶지 않았다. 짧은 기간 박사장과
거래한 일들이 나의 십대 시절 전부를 대변하지는 않는다. 무슨 이
유에서인지 베렌은 박사장을 두려워하고 있었다.

위험을 무릅쓰고 긴 시간 동안 뱉어낸 나의 말을 베렌은 간단하
게 정리했다.

"결국 넌, 박사장 심부름꾼이라는 얘기잖아."

아침에 베렌은 게스트하우스에서 어디론가 나가고 없었다.

엄마가 토요따 라브에 할아버지를 태우고 운전하는 모습을 바라
봤다. 엄마의 목은 내 양손으로 움켜쥐지 못할 만큼 굵직했다. 뒷좌
석에 탄 할아버지의 가냘픈 목은 굵게 팬 주름이 장식하고 있었다.
엄마도 할아버지의 심부름꾼이 아닐까. 심부름을 하면 돈을 얻을
수 있다. 심부름을 통해 해방을 얻을 수도 있는 걸까.

엄마가 운전하는 차 안에서 베렌에게 식당 이름과 위치를 알려
주었다.

장어전문점에 도착해 일층에 주차를 했다. 엄마는 차 트렁크에서 휠체어를 꺼내 할아버지를 앉혔다. 엘리베이터를 타고 삼층으로 올라갔다. 엄마가 예약해둔 가족룸으로 들어갔다. 룸 바깥의 테이블은 짙은 나무색 도시락에 담긴 장어를 먹는 사람들로 꽉 차 있었다. 장어덮밥 앞에 앉은 사람들은 모두 고개를 숙인 채 먹고 있었다. 혼자서 왔든 둘이서 왔든 셋이서 왔든, 뻣뻣하게 목을 쳐들고 먹는 사람은 아무도 없었다.

나는 베렌의 목을 떠올렸다. 하늘로 살짝 뽑아올린 듯한 베렌의 목덜미를 머리카락이 에워쌌다. 가끔 양손으로 머리카락을 들어올릴 때 매끈한 목이 드러나곤 했다.

룸 밖에서 나를 찾는 목소리가 들렸다. 기모노를 입은 여직원이 내 옆의 다다미 의자에 베렌을 안내했다. 베렌은 할아버지와 엄마한테 밝은 모습으로 인사한 뒤 앉았다.

베렌과 나 사이의 불편한 심기를 모른 채 엄마는 '여기까지 와줘서 고맙다'라고 여러차례 반복했다. 할아버지는 나더러 베렌 부모님한테 인사한 적이 있느냐고 물었다. 한번 찾아뵌 적이 있다고 대답하자 할아버지는 고개를 끄덕였다. 할아버지 목의 주름이 방향을 가리지 않고 꿈틀거렸다. 할아버지는 사께 한병을 시켜 베렌과 내게 따라주었다.

이 식당은 나보다 나이가 많아, 라고 말하며 할아버지는 건배를 제안했다.

장어덮밥은 소풍간 사람들이 펼쳐놓고 먹기 좋게 나왔다. 이단 도시락이 각자의 앞에 놓였다. 네모난 도시락 위칸에 부드럽게 구운 장어, 아래칸에 윤기가 반짝이는 쌀밥이 들어 있었다.

"너희 둘은 언제부터 만난 거니?"

엄마가 말했다.

"여기 와서 만났어요."

베렌의 솔직한 말이 모두를 어색하게 만들었다.

뼈째 구운 장어는 목구멍으로 잘 넘어갔다. 베렌의 말이 목에 걸렸을 따름이다. 엄마와 베렌은 화장실을 서너차례 같이 다녀왔다. 한번 화장실을 갈 때마다 식탁으로 돌아오는 데 더 오랜 시간이 걸렸다. 할아버지는 개의치 않고 자신의 말에 집중했다. 할아버지와 마주 보고 말을 듣고 있으면, 대파가 자라 꼭대기에 봉오리를 맺은 모습을 연상하곤 했다. 봉오리를 맺은 대파는 뽑혀나가게 마련이다.

할아버지는 오이조각과 함께 나온 국을 떠먹고 크헉, 하는 소리를 내며 목을 가다듬곤 했다. 한쪽 이로 장어를 씹으며 할아버지가 말했다.

"내가 젊었을 땐 이런 생각을 했어. 아이를 낳아서 뭐하겠는가 하고 말이야. 하퍼는 어떤가?"

"아이에 대한 생각 말입니까?"

"그래."

"저뿐만 아니라, 세부아노는 2세를 운명에 맡기는 편입니다."

"그래?"

"아이만큼은 부자인 셈이죠."

"난 지금까지도 자식이 없어. 젊었을 때 막연히 생각했던 걸 실천한 탓이라고 해야겠지. 내 어머니는 일본에 원자폭탄이 떨어질 때 나를 낳았어."

크헉, 하는 소리가 또 들렸다.

"생존하셨군요."

"원자폭탄이 나한테 떨어진 건 아니니까. 성인으로 자라자 친구들이 하나둘 결혼을 하기 시작했어. 여자와 팔짱을 끼고 결혼사진을 찍는 모습을 보면 슬퍼졌어."

"왜 그런 생각을 하신 거죠?"

"당시엔 결혼을 개인 문제로 생각하지 않았지."

"사회 문제로 여겼다는 뜻이야."

엄마가 덧붙였다.

"그땐 먹을거리를 걱정했던 시대였어. 아이를 갖는다는 걸 생각하면 불안감이 앞섰어. 경매를 시작하면서, 사회적인 가치를 지닌 지극히 개인적인 물품들을 중심으로 긁어모았지. 그땐 하루하루 뛰어다녔어. 지금이야 모아둔 물건들을 일년에 한두번만 내다 팔면 충분히 먹고 살아."

장어 냄새가 구수하게 식탁 위를 맴돌았다. 베렌은 할아버지 앞에서 고개를 끄덕이며 경청했다. 식당 홀에서 여직원들이 이동식 테이블에 음식을 가득 얹고 부지런히 손님들 앞으로 움직였다.

특별히 원하는 거 있으면 얘기해, 하고 엄마가 말했다. 할아버지가 내게 선물을 하겠다고 약속했다면서.

갖고 싶은 게 없는 건 아닐 텐데 마땅히 원하는 무언가가 떠오르지 않았다.

할아버지는 흰밥을 마치 우유를 씹어먹는 것처럼 음미하며 천천히 삼켰다. 말을 할 땐 밥을 씹지 않았다. 사께는 딱 한잔 마신 뒤 잔을 엎어두었다. 엄마는 운전 때문에 술을 입에 대지 않았다.

다다미방에 앉아, 나는 우리 네사람이 가족이라는 둘레에서 살아가는 모습을 상상했다. 베렌과 엄마가 나란히 주방에서 밥을 짓고, 나는 고등어를 굽는다. 지금처럼 할아버지와 함께 식탁에 둘러앉는다. 음식이 식탁을 구성하는 게 아니다. 가족 한사람 한사람이 식탁을 규정한다.

가족 중 누군가 잔소리를 하거나 참견할지 모른다. 밥을 먹었으면 즉시 설거지를 해야지. 담배 좀 밖에 나가서 피워. 요즘 애들은 버르장머리가 없어.

둘이서 오붓하게 시간 좀더 보내, 하고 할아버지가 말했다. 할아버지는 식당에서 나갈 때쯤 장어덮밥을 포장으로 주문했다. 집에 안 들어와도 괜찮으니까 좋은 시간 보내,라고 했다.

기력을 돋운다는 장어를 먹고 휠체어에 의존한 채 엘리베이터를 타고 아래층으로 내려가는 할아버지를 배웅했다. 엄마는 내 바지 주머니에 용돈을 넣어주었다. 2만엔이었다.

베렌과 나는 식탁을 정돈한 뒤 마주 보고 앉았다. 엄마 집으로 가는 열차의 막차 시간을 떠올리며 베렌을 응시했다. 나는 발밑에서부터 목까지 근질근질했다. 옷을 갈아입지 못해서가 아니다. 베렌이 나에 대해 어떻게 생각하며, 박사장과의 불화는 무엇인지 알고 싶었기 때문이다. 내 절실한 근질거림이 베렌에게 옮겨간 탓일까.

베렌이 운을 뗐다.

"날 너무 째려보지 마. 조금은 반성하고 있는 중이야."

"반성?"

"항공권까지 끊어준 너한테 내가 너무한 거 같아서. 오늘 아침에 일어나서 자유롭게 어디론가 가고 싶었어. 밖으로 나가보니까, 까마귀떼가 내려다보는 하늘 아래로 여전히 사람들이 바글거렸어. 아마 텐진이었을 거야. 백화점 지하로 들어가서 유명한 햄버거 식당 앞에 줄을 섰어. 내 앞에서 소고기 햄버거를 먹는 사람들이 마치 모이를 쪼고 있는 것처럼 보였어."

"왜?"

"좁은 식당에서 옆사람과 부대끼며 오직 먹는 데만 치중하고 있잖아. 줄에서 빠져나와 전철을 타고 이동했지."

"어디로?"

"사람들이 많이 내리는 하까따역으로 나갔어. 텐진 일대를 다 돌아다녀봐도 길거리에 앉을 곳이라곤 없었어. 하까따역 앞에 벤치가 있지 뭐야."

"거기 앉아서 뭐 했어?"

"앉지 않고 천천히 걸었어. 주차장 표시가 있는 코너로 행인들이 끊임없이 오고 가더라구. 주차장 표시 앞에 멈춰서 두리번거리는데 누군가 다가와서 물었어. 유후인 버스 기다립니까, 하고."

"아는 사람이야?"

"내가 여기서 아는 사람이 어디 있겠어. 일일투어 버스를 안내하는 가이드 남자였어. 버스를 채운 관광객들은 거의 다 예약한 손님들이었고, 난 즉석에서 버스를 타고 유후인으로 갔어. 어디든 갈 곳이 있다는 게 고맙기까지 하더라구. 가이드 남자가 마이크를 잡고 목적지까지 쉴 새 없이 떠들어줬어."

"뭘?"

"관광 안내지. 창가로 지나가는 삼나무와 편백나무 숲에 대한 설명, 유후인을 둘러싼 이야기, 알아뒀다 가볼 만한 맛집."

나는 버스에 동행한 연인처럼 베렌의 말에 빠져든다. 고지대로 올라갔던 버스가 내리막을 달린다. 높은 산봉우리를 안개가 감싸고 돈다. 베렌의 조그만 발등에 펼쳐진 시퍼런 혈관을 내려다본다. 분지에서 내려 유후인의 거리로 들어선다. 아기자기한 상점들이 이어진다. 일본식 기와지붕 건물 안에 상품들이 가득하다. 아이스크림, 수제 커피, 꿀, 포도주, 고로케, 군밤, 우산, 미니 빗자루, 토토로 인형.

"킨린꼬를 걷다가 까페로 들어갔어. 까페 옆은 샤갈 미술관이고, 내가 앉은 야외테이블 바로 앞엔 호수가 보였어. 점심은 이미 먹었고."

"어떤 메뉴로?"

"유후인 토속음식으로 유명하다는 토리뗀, 닭고기를 튀겨서 밥하고 먹는 거야. 세부시티나 유후인이나 먹는 건 비슷한가봐. 혼자 먹기엔 양이 많아서 네 생각이 나더라구. 냇물이 흐르는 소리를 들으면서 박사장과 너에 대한 두려움을 생각했어."

"두렵게 하기 위해 너를 쫓은 게 아니라고 몇번이나 말해야 알아듣겠어?"

"이젠 알아들을 거 같아. 박사장이나 너에 대한 두려움이 아니라, 나에 대한 두려움이었어."

"……."

"내가 망가지는 모습에 대한 두려움."

"무슨 말을 하고 싶은 거야?"

"잊어먹기 전에 이 말부터 해둘게. 언제부턴가 내가 하고 싶은 대로 행동했더라면 하는 후회를 하곤 했어. 마음이 내키는 쪽으로 결정하지 못한 일은 늘 끝이 안 좋았으니까. 예를 들면, 유후인에서 토리뗀을 먹은 건 순전히 가이드 추천 때문이야. 세부시티에서도 늘 먹는 게 닭고기잖아. 다른 걸 먹어야지 하다가 익숙한 쪽으로 선택을 한 거야."

베렌은 세부시티에서 마닐라의 말라테 거리 JTV로 옮겼다. JTV가 처음 영업을 시작한 날짜가 간판이자 이름이었다. 일층에 피아노가 놓여 있다. 뚱뚱한 마담의 안내로 첫 출근하던 날 이층 룸으로 올라갔다. 세부시티보다 허영과 소유욕에 가득 찬 고급 손님이 많았다. 지명손님을 제외하곤 한 테이블에 오래 앉아 있지 않는다. 두달 정도 일하면 손님들 전화번호가 적어도 150개, 많게는 300개 넘게 쌓인다. 일하는 시간이 늘어날수록 쉬는 날 응할 수 있는, 부를 수 있는 남자들이 넘쳐난다.

학교란 질서가 존재하는 곳이다. 선생이나 교수가 학생들의 점수를 매겨 성적으로 평가한다. JTV 주인은 자잘한 방법으로 여자들의 점수를 매긴다. 이름만 달랐지 교장에서 담임에 이르는 역할을 담당하는 직책들이 있다. 베렌은 제너럴 매니저한테 특별한 관리를 받았다. 저녁 7시에서 밤 2시까지 다른 여자들처럼 일한다. 시간을 잘게 쪼개 여러 테이블을 돌거나, 평범한 지명손님들 테이블에 앉아 농도 짙은 애교를 터트린다. 너무 자주 터지지 않는 불꽃처럼.

일주일에 두번 '빅 투어'를 해야 한다. 말라테에서만 JTV를 네군데 소유한 회장의 지시를 따를 때도 있고, 어떨 땐 제너럴 매니저가 특별히 부탁하기도 한다. 누구의 말을 따르든 빅 투어의 룰을 지키면서 매력 있는 자신을 드러내고, JTV 브랜드 가치를 향상시키는 데 기여하는 게 목적이다. 원칙은 그렇다는 얘기다.

빅 투어란 우리끼리 쓰는 말이고 큰 손님으로 이해하면 쉬울 거야, 하고 제너럴 매니저가 말했다.

빅 투어는 말라테 JTV 업소의 흔한 '도항'과 달랐다. 쉬는 날에 큰 손님과 하룻밤을 보내는 일이다. 도항은 어중이떠중이 초보들을 상대하면서 간지럼을 남기는 일이다.

빅 투어에 나오는 손님은 은발이거나, 은발을 다른 색으로 염색한 남자들이 대부분이다. 배려심이 많고 웬만해서 화를 내지 않는다. 은발로 변한 페니스 주위를 염색하는 남자도 있는지 모르겠다.

베렌은 말라테에서 세달째를 맞이할 즈음 막탈리사이의 집으로 돌아가고 싶은 생각이 들기도 했다. 아직도 말없이 자라고 있을 집 앞의 풀들을 배경으로 욕심을 줄이고 가족과 함께 살아갈 수도 있었다. 베렌은 멈출 수 없었다. 속물들로 가득 찬 말라테 거리에 남아 빅 투어를 하러 밖으로 나다녔다.

햇빛과 빗줄기가 동시에 쏟아지는 날이었다. 한국 남자 손님은 약속장소를 말했다. '씨사이드 마카파갈.'

우산을 쓰고 도착했을 때 남자는 식당의 구석진 자리에 혼자 앉아 있었다. 이미 알리망오를 사서 주방장에게 건네, 찜통에 찌고 칠리소스로 양념을 해달라고 주문한 뒤였다. 베렌은 세면대에서 손만 씻고 먹을 준비를 하면 그뿐이었다.

그는 사십대라고 하기엔 좀더 어려 보였다. 말라테 가게에서 처음 만났을 때처럼, 놀러 왔다기보다 근무하러 온 사람으로 보였다. 그는 정장 바지에 슬림핏 차이나 칼라 와이셔츠 차림으로 울긋불긋한 칠리소스를 바른 알리망오를 한군데도 옷을 더럽히지 않고 먹었다. 그는 자신이 마련해온 마늘을 필리핀식으로 잘게 썰어서 접시 위에 놓고 칠리소스와 곁들였다. 피어오르던 연기 같은 김이 갈라지면서 냄새를 몰고 왔다. 베렌은 세면대 앞 거울에서 화장을 고치고, 절개한 가죽 치마를 끌어내리며 뒷모습을 비춰보곤 했다.

왜 자신에게 빅 투어를 신청했냐고 물으니까, 그는 베렌을 추켜올렸다.

"대량 생산되는 제품은 아니니까."

점심식사를 마치고 수산물이 즐비한 씨사이드 마카파갈을 걸었다. 수조에 맛있는 죽음을 위해 숨을 쉬는 해산물들이 자유롭게 떠 있었다.

빗방울이 굵어지며 바닥에서 튀어올랐다. 남자는 택시를 불렀다. 리조트월드,라고 택시기사에게 말했다. 카지노, 호텔, 나이트클럽, 영화관, 뮤지컬 공연장, 쇼핑몰, 골프장 등을 모두 갖춘 리조트월드 시설 중 어디에 들를지 알 수 없었다.

그는 호텔 입구에 차를 세웠다. 하늘에서 쏟아지는 빗방울들이 투명한 버티컬 커튼을 쳤다.

"호텔로 가는 거예요?"

그는 고개를 끄덕이며 엘리베이터를 탔다. 베렌은 다른 곳으로 가자고 말하고 싶었다. 마음이 내키는 쪽으로 결정하는 게 옳을 때가 많다. 카지노 로비에서 맥주를 마시며 공연을 관람하고 싶기도 했다. 그곳엔 언제 방문해도 밝은 미소를 뿌리는 종업원들이 분주하게 움직인다. 돈을 잃으러 간 게 아니라, 남는 돈을 소모하기 위해 머무는 듯한 착각을 불러일으킨다.

"호텔엔 왜 가죠?"

"곧장 호텔로 오라고 하면 잘 들어오지 않는 수가 있으니까."

레드카펫을 밟으며 호텔로 들어갔다. 잠시 들렀다 나가야지 하고 생각했다. 널찍한 소파에 앉았다. 크리스털 재떨이를 내려다봤다. 베렌은 전공과 전혀 상관없는 일을 하고 있는 자신이 신기했다. 내가 호텔 경영을 전공하다니.

"이 방은 스위트룸 같은걸요?"

"여기 6성 호텔은 스위트룸이 가장 싼 방이니까."

창밖 아래 파란 물이 고인 수영장 위로 빗줄기가 물방울을 만들고 있었다. 그는 소파에 앉아 담배 연기를 깊숙이 빨아들였다. 전화를 걸어 룸서비스를 불렀다. 레드와인과 스테이크 안주를 시켰다. 금고의 디지털 번호를 누르고 돈다발을 꺼내더니 베렌에게 다가가 건넸다. 겁이 날 만큼 많은 돈이었다. 두툼한 100달러짜리 다섯묶음이었다. 생일케이크처럼 수북한 돈뭉치를 핸드백에 넣어두라고 했다.

"왜 이렇게 많은 돈을 주는 거죠?"

"보상은 빠르면 빠를수록 좋으니까."

무슨 보상을 말하는 걸까.

베렌은 제너럴 매니저한테 전화를 걸어서 물어볼까 하다가 그만 뒀다. 가게 밖에서 허락한 만남은 알아서 하라는 원칙이 있었다.

레드와인이 테이블 위에 놓였을 때 베렌이 먼저 잔을 들었다. 알코올을 마시고 정신을 차릴 필요를 느꼈다.

"배달이 참 빨라요."

"룸 하나에 웨이터 한명이니까."

고풍스러우면서도 포스트모던한 호텔 스위트룸 테이블의 뭉칫돈을 안주로 레드와인에 취해가고 있었다. 그는 돈을 넣어두라고 또다시 말했다.

"안주 놓을 자리를 방해하니까."

에어컨은 요란한 소리를 내지 않으면서 시원한 바람을 골고루 뿌렸다.

순서대로 마셔야 한다는 레드와인의 세번째 코르크 마개를 땄다. 거울에 비친 베렌의 얼굴은 일본 여자들의 볼화장 색깔처럼 변해 있었다. 그는 레드와인을 마실수록 얼굴에서 목덜미까지 창백한 빛으로 물들어갔다. 레드카펫이 깔린 바닥을 밟으면 발뒤꿈치를 푹신하게 감싸주는 느낌이 들었다. 소파마저 붉은색이었다.

화장실 앞 세면대는 두개였다. 세면대 사이에 화장대와 거울, 의자가 비치돼 있었다. 의자에 앉아 핸드백을 열고 돈을 만져보았다. 때라곤 묻지 않는 새 돈이었다. 은은한 문양에서 냄새가 풍겼다. 화장품 때문도 아니고, 핸드폰 때문도 아니고, 돈 때문에 핸드백이 무거워져 있었다. 테이블로 돌아가자 겁에 질릴 법한 말을 그가 내뱉었다.

"사람은 자기 위치를 분명히 알아야 해."

혹시 돈을 돌려달라고 하는 건 아닌지 불안해졌다. 불안감을 달래기 위해 베렌은 말했다.

"무슨 말씀이시죠?"

"비행기를 조종한다고 높은 위치에 있는 건 아니란 뜻이지. 어디에 있든 자신의 위치를 정확히 인식하는 일이야말로 행복에 이르는 길이겠지."

"그야 그렇죠."

"자기 위치를 인식하면, 해야 할 역할도 분명해지는 법이야. 지금부터 침대에 누워 있으려고 해."

그는 레드와인을 목구멍에서 소리가 나도록 마신 뒤 침대로 옮겼다. 이불 위에 그대로 다리를 뻗고 누웠다. 양팔을 벌리고 베렌에게 손짓했다. 베렌은 그에게 다가갔다. 이쯤에서 애교 띤 웃음으로 인사하며 나가고 싶었다.

"딱 한시간만 잘 거야. 내가 잠들면 그때 나가도 좋아."

그는 베렌의 팔을 당겼다. 옆에 누운 베렌은 그가 잠들기를 기다렸다. 그는 팔을 괴고 누운 채 베렌을 끌어당겼다. 그의 젖꼭지 부분에 코가 닿았다. 코를 돌리자 심장소리가 들렸다. 가슴은 상상했던 것과 달리 싸늘하기 그지없었다. 베렌은 그를 아기처럼 재우는 데 주력했다. 알고 보면 술 취한 남자들은 자신의 의지보다 약한 편이다. 베렌은 자장가를 불러주지 않았다. 힘껏 그를 당겨 양팔로 안아주었다. 얼마나 외로웠으면 나를 찾았을까 하는 생각이 들기도 했다.

그에겐 섹스를 하려는 의지가 전혀 없었다. 섹스에 집착하는 남자들은 태도가 다르다. 그는 샤워도 하지 않았다. 베렌의 몸을 만지거나 비비거나, 혓바닥을 내밀거나 페니스를 꺼내지도 않았다. 그는 짧은 순간 덧없이 힘이 풀리며 살아 있는 시체처럼 숨만 쉬고 있었다. 정말로 나갈 때였다. 베렌은 침대에서 몸을 두번 굴려 빠져나갔다. 핸드백을 메고 신발을 신었다. 밤이든 낮이든 택시가 있을 호텔이었다. 저녁 6시 10분이었다. 택시를 타고 곧장 가면 출근할 수 있는 시각이기도 했다. 습관처럼 출근하려고 했으나 굳이 그럴 필요가 없을 것 같았다. 돈다발을 처리하는 일이 우선이었다. 화장실을 찾아 들어갔다. 자칫하면 잃어버릴지도 모를 돈을 간추렸다. 100달러짜리 한묶음을 소리나지 않도록 넘겼다. 한묶음에 백장으로 추측했는데, 이백장이었다. 돈을 세고 나니 예상했던 액수의 두배로 늘어나 있었다. 롤 화장지를 길게 당겨 돈다발 하나하나를 감쌌다.

호텔 로비의 화장실에서 리조트월드 일층 유명 브랜드 코너로 갔다. 핸드백을 파는 상점으로 들어갔다. 안내 직원이 친절하게 달라붙었다. 널찍하고 튼튼한 핸드백으로 골라달라고 부탁했다. 돈을 많이 넣어야 하니까 핸드백의 디자인 따위는 눈에 들어오지 않았다. 핸드백 두개를 어깨에 걸치고 다시 가장 가까운 화장실로 들어갔다. 새로 산 핸드백에 돈을 차곡차곡 담았다. 돈이란 써버리고 나면 영원히 사라진다. 베렌은 돈을 움켜쥐고 강렬한 애착에 사로 잡혔다. 가장 안전하게 보관하기 위해선 은행으로 가야 했다. 토요일이었다. 비싼 요금을 지불하고 특급 호텔에 이틀 동안 묵기로 했다. 호텔방에 혼자 누워 있자 레드와인을 함께 마시던 남자가 떠올랐다. 왜 자신을 불렀는지 이해할 수 있을 것 같았다. 잘 차려진 호텔에서 한시바삐 벗어나고 싶었다.

"베렌, 무사히 은행에 돈을 넣은 거야?"
"이틀 뒤에 은행으로 갔어, 하퍼."
장어요리 식당이 문을 닫고 있었다.

9

베렌과 나는 나까스 강변을 걸었다. 강물은 상가 조명들에 젖은 채 색깔을 변조해냈다. 흐르지 않는 고요를 가장하며 평온한 색조를 띄웠다. 모텔 조명이 강물의 면적을 가장 많이 차지했다. 모텔을 향해 걸어갔다. 건물 안으로 들어가 벽에 걸린 아크릴 속의 방을 구경했다. 어느 방이 좋을까 생각하며 베렌에게 고르라고 했다.

"모텔에서 자려고?"

"여기 말고 방이 없어."

"게스트하우스 있잖아."

최소한 하루 전에 예약하지 않으면 방을 구하기 어렵다는 걸, 베렌은 직접 확인하고서 수긍했다.

"모텔에서 자면 어때서?"

"공포가 아직 남아 있어."

"나한테?"

"아니, 아니야. 돈다발을 준 남자가 이튿날 죽었어."

"뭐라고?"

"피 한방울도 흘리지 않고 죽었어."

"맙소사."

베렌은 양손으로 얼굴을 감쌌다 손끝으로 눈 주위를 비비며 눌렀다. 나는 베렌을 포옹한 채 한동안 서 있었다.

게스트하우스로 들어가는 손님들이 우리를 힐끔거렸다. 외국 땅에서 잠시 이상한 남자로 취급받는다 하더라도 인생에서 달라질 건 없다. 시계를 내려다보며 베렌을 품에서 놓았다.

"조금 진정하자구."

"알았어."

"엄마 집에 가서 잘래?"

"진작 왜 그렇게 말하지 않았어?"

"너랑 자고 싶어서."

베렌은 내 옆구리를 찌르며 아무 일 없었다는 듯이 웃었다. 나는 베렌의 여행가방을 들고 말했다.

"뛰어."

전철을 타고 하까따역으로 이동했다. 에스컬레이터 오른편으로 바짝 붙은 느긋한 행인들 덕분에 마지막 열차를 타는 데 성공했다. 덜컹거리며 출발하는 열차 소리를 들으며 안심했다. 엄마한테 집으로 간다고 메시지를 넣자 즉시 답장이 왔다.

─기다리고 있었다.

역에 내리자 밤늦게 연 상점은 꼬치구이점, 맥주 까페뿐이었다. 편의점 하나 없는 역도 드물 것 같았다. 큰길로 나서자 엄마가 차 안에서 클랙슨을 울렸다. 엄마가 사는 마을의 밤은 개구리 한마리 기어다니는 소리조차 들리지 않았다. 할아버지의 휠체어는 비어 있었다. 엄마는 멜론의 그물망을 벗기고 길쭉하게 자른 뒤 씨를 발라 접시에 담았다.

맘에 드는 곳 구경 좀 했니? 하고 엄마는 물었다. 이동 중에 본 것 말고 일부러 찾아다닌 곳은 없었다. 엄마는 벽등을 켜고 이층으로 우리를 안내했다. 마을이 내려다보이는 이층 창가엔 길쭉한 나무 테이블이 놓여 있었다. 벽면은 일층과 흡사하게 흔히 보기 어려운 물건들로 가득했다. 도자기와 그릇류 등이 돋보였다.

엄마는 계단을 오르락내리락하면서 베렌이 입을 옷을 챙겨 왔다. 보기만 해도 부드럽게 느껴지는 아이보리색 슬립이었다. 정작 옷을 갈아입어야 할 처지인 건 나였다. 엄마와 베렌은 출생지가 같다고 맞장구를 치면서 톱스힐 관광지에 올라가봤던 추억을 나누기도 했다.

나는 포크로 멜론을 찍어 먹으면서, 베렌이 죽은 남자한테서 받았다는 거액의 돈에 대해 상상하고 있었다. 한국인 남자는 베렌이 호텔을 떠나고 50분 뒤에 죽었다. 포타시움 독극물로 자살했다. 베렌은 그렇게 믿고 있다. 자신이 죽이지 않았으므로.

당시 베렌과 남자가 묵었던 호텔방 안의 상황을 재현해줄 만한 증거는 없다. 베렌의 증언이 전부다. 6성 호텔과 리조트월드 주변에는 갓난아이의 모습까지 확대할 수 있는 카메라가 곳곳에 설치돼 있다. 사건 당일 베렌의 움직임은 경찰이 포착해 밝혀냈다. 절제력을 발휘했던 베렌의 동선은 경찰의 의혹을 증폭시켰다. 남자를 따라 호텔에 들어갔던 것도 문제였고, 다른 호텔에 혼자서 숙박한 것도 의문을 낳았다. 남자의 몸이나 침대 주위에서 정액이 검출되지 않은 점은 상식적인 범위를 벗어났다. 똑같은 레드와인을 마셨음에도 한사람은 죽었고 한사람은 멀쩡하다. 남자가 사망한 뒤 베렌의 은행 계좌에 평소보다 너무 긴 아라비아 숫자가 찍힌 건 어떻게 설명할 수 있을까.

베렌은 경찰의 조사과정에서 사실대로 진술했다. 자신의 진술만으로 타살 혐의를 벗어나지는 못했다. 베렌은 아버지에게 도움을 요청하려고 했으나 연락이 닿지 않았다. 엄마한테는 알리지 않는게 좋다고 생각했다.

소문은 박사장에게 알려졌다. 박사장은 세부에서 마닐라로 갔다. 박사장은 경찰관에게 베렌의 입장을 대변했다.

그 남자가 호텔에 많은 돈을 가지고 있다는 걸 어떻게 알고 베렌이 찾아갔겠냐고. 포타시움 독극물은 어떻게 구했으며 그걸 핸드백에 넣어가지고 다니는 사람이 어디 있겠느냐고.

박사장은 검찰의 기소에 대비해 베렌을 방어했다. 박사장은 베렌과 동행해 경찰관에게 말했다.

"사망한 남자가 거액을 베렌에게 준 건 사실입니다. 저도 세부에서 JTV를 경영하고 있어요. 남자 손님들이 돈을 마구 뿌리고 다닌다고 해서 이상할 건 하나도 없어요."

"이상할 게 없다뇨?"

"그런 남자들은 자신의 열등감을 돈으로 대체하는 수가 있습니다. 다른 부류의 남자들은 분노를 느꼈을 때 돈을 뿌리기도 합니다. JTV를 운영하다보면 그런 남자들을 종종 목격합니다. 공허감에 시달리는 사람들도 충동을 억제하지 못하고 돈을 소비하면서 자기 마음의 웅덩이를 메우거든요. JTV에 그런 손님이 늘어난다면 얼마나 좋겠습니까? 레드와인을 팔진 않습니다만."

박사장의 웅변은 틀리지 않았다. 틀리지 않은 말이라고 해서 자살 또는 살인사건의 인과관계를 명확히 밝히진 못했다. 베렌은 구금생활을 할 수밖에 없었다. 남자에게서 받았던 돈은 통장 가압류로 그 누구의 돈도 아닌 상태에 놓였다. 안전하다고 믿고 은행에 맡긴 돈이 살인 혐의를 더욱 뚜렷하게 만들었다. 베렌은 며칠 만에 특급 호텔에서 유치장으로 들어갔다. 자신을 구해줄지도 모를 남자 손님들을 모두 떠올렸다. 연락을 취하자 모두 반가워했다. 상황을 말한 뒤 반응은 달랐다. 갑작스레 출장을 가는 남자, 전화번호를 바꾸는 남자, 대답 없는 남자, 무시하는 남자, 욕을 하는 남자.

베렌은 자신에게 어려운 일이 닥쳤을 때 남자들의 본성을 깨달았다. 모두들 새벽 2시까지 기다릴 테니 만나달라고 애원하던 남자들이었다. 가족이 아닌 사람들의 무관심을 듬뿍 경험했다. 말라테 JTV 사장과 매니저들은 그을음이라도 묻을까봐 베렌을 임시로 일한 직원으로 처리했다. 아예 사탕수수밭으로 베렌을 던져버렸으면 하는 눈치였다.

베렌은 자신이 미스 필리핀에 당선하는 상상을 하기도 했다. 사람들의 태도는 어떻게 달라질까. 그때도 모른 척할까.

박사장이 유독 베렌의 처지에 관심을 가졌다. 곧 자유를 누릴 수 있을 거라고 다독였다. 베렌과 면회를 하면서 박사장은 법을 떠난 범위까지 힘을 써보겠다고 했다. 박사장은 베렌에게 말했다.

"인생에서 돌발사태가 많이 벌어져. 그렇지?"

"이번 일도 예상하지 못했던 일이에요."

"난 그때마다 이런 생각을 해. 일이 벌어졌을 당시 최선을 다하고 잊어버리자, 하고. 지나고 보면 불필요한 걱정을 안고 살았을 때가 많아."

"저는 지금 구금 상태잖아요. 어떻게 걱정을 안할 수 있겠어요."

"걱정하는 순간을 넘어 다음 일을 생각하자는 거야. 사실이 진실을 이길 순 없는 법이야. 베렌이 살인을 하지 않았다면 곧 누명을 벗을 수 있어. 그렇지?"

"그랬으면 좋겠어요."

"먼 훗날의 일은 걱정하면서 당장은 혼돈에 빠져 있을 때가 많아. 우린 타이밍을 바꿔야 해. 미래를 잊어버리는 한이 있더라도 지금의 혼돈에서 벗어나야 해."

"지금 전 매우 혼란스러워요."

"그러니까 벗어나야 한다는 거야. 잘 생각해봐. 베렌이 나를 떠나 다른 JTV로 갔어. 세부에서 마닐라까지 갔단 말이야. 애당초 2년 동안 세부에서 일하기로 했잖아. 기억나지?"

"사장님은 더 나은 조건을 제시하지 않았잖아요. 지각해도 페널티, 결근해도 페널티, 라이터 안 가져가도 페널티, 명찰을 안 달아도 페널티, 볼펜을 휴대하지 않아도 페널티, 페널티만 잔뜩 매겨두고 저를 감금하다시피 했잖아요."

"더 나은 조건이란 경력이 쌓이면 저절로 따라붙는 거야. 일정 포인트를 쌓으면 결근 페널티니 뭐니 없다는 건 베렌이 더 잘 알잖아."

"보름마다 16포인트 이상 맞추느라 정신없죠, 지명손님 A포인트 관리해야죠, 쇼업 초이스 B포인트 신경써야죠, 레이디 드링크 C포인트 유지해야죠. 포인트에 집착하다보면 감금 상태에 놓일 수밖에 없다구요."

"넌 잘했잖아. 3개월 만에 톱에 올라 입구에 사진이 붙었으니까."

"포인트 때문에 남자 손님들 모으느라 매일 밤 잠도 못 자고 눈이 얼마나 부어올랐는지 아세요?"

"포인트를 자꾸 따질 일이 아니야. 출근만 해도 하루 천 페소를 지불하는 JTV는 그리 많지 않아."

"지불하면 뭐해요. 페널티가 다 깎아먹는 걸."

"내가 말했지, 인생에서 돌발사태가 많이 벌어진다고. 대학에 입학할 땐 있었던 전공이, 졸업할 때쯤 없어지는 수도 있어. 페널티란 서로 살아남기 위한 거야, 스포츠의 게임 룰처럼. JTV가 없어지지 않으려면 서로가 룰을 잘 지켜야 해."

"남자 손님과 나눈 대화까지 마담 언니가 간섭하는 게 룰인가요?"

"룰이야. 남자 손님들 중에 약아빠진 놈들이 한둘 아니야. 까딱하면 빵가루 같은 거에 낚여서 시간을 소모한단 말이지. 말라테 JTV는 뭐가 다른가, 마담이 없기라도 하나?"

"여기선 제 경력을 인정해줬어요."

"경력을 어디서 쌓았는지 생각해봤나?"

박사장은 베렌에게 닥친 일을 잘 해결할 수 있다고 했다. 베렌의 구금이 풀리면 박사장이 운영하는 JTV로 돌아오라는 또 한번의 프러포즈를 하고 있었다. 톱을 차지한 여자를 잃고 싶어하는 JTV 사장은 없다.

박사장은 지인을 통해 부탁했다. 베렌을 세시간 동안 풀어주라고. 박사장과 베렌은 경찰서 밖으로 나가 커피숍에 앉았다. 박사장은 포인트 얘기를 하기 위해 만난 게 아니라고 하면서 베렌을 진정시켰다. 박사장은 베렌을 미인대회에서 본 뒤 처음 발굴했을 때를 상기시켰다. 넌 그때 차비도 없이 다녔어, 하고 베렌을 깎아내렸다. 커피숍에서 박사장은 투버튼 실크재킷을 벗고 베렌과 마주 앉았다. 베렌은 한국 남자들이 마닐라에서 정장을 입고 다니는 걸 멋지게 바라보곤 했다.

박사장이 아이스커피를 마시며 말했다.

"당장 벌어진 일에 집중해야 해. 여기 오기 전 베렌이 겪고 있는 일을 해결하기 위해 알아볼 만큼 알아봤어."

"뭐라고 하던가요?"

"사망한 남자에게서 베렌이 받은 건 현금이야. 맞지?"

"네."

"현금이란 섞일 수 있어. 맞지?"

"그렇죠."

"사망한 남자에게서 베렌이 다이아몬드 반지를 받았다고 가정해봐. 다이아몬드는 다른 성분과 혼합하지 않은 귀금속이야. 이런 장물을 받았다면 최종적으로 압류가 가능해. 하지만 베렌이 받은 현금은 사망한 남자의 정당한 돈과 훔친 돈이 섞였을 수 있어."

"맞아요."

"미꾸라지 한마리가 멀리서 물살을 가르고 헤엄쳐온 거나 마찬가지야. 그 미꾸라지는 입속에 여러종류의 물을 머금고 있단 말이야. 돈에 대해선 충분히 방어할 수 있지."

"알아듣겠어요."

"난 늘 남들이 알아들으라고 얘기하는 사람이야. 살인이냐, 자살이냐 하는 문제가 남았어. 커피 좀 마셔."

"전 정말 죽이지 않았어요."

"난 당연히 믿고 있어. 한가지 문제점은 베렌이 왜 한국과 일본에 비자를 받아뒀느냐 하는 점이야. 도주를 계획한 거 아닌가 하는 의심을 받을 수 있어."

"JTV에서 만난 손님들이 초대한다기에 응했을 뿐이에요."

"좋아. 양다리 걸칠 수 있지. 포인트는."

"또 포인트 얘기예요?"

"포인트를 여기에 맞춰. 비자를 받아둔 시점이 남자가 사망하기 한달 전이라고."

"사장님이 그걸 어떻게 알고 있죠?"

"난 알 만큼 아는 사람이야."

베렌은 아이스커피를 마셨다. 걱정거리를 덜어주고 있는 박사장이 고맙기도 했다. 박사장에게 호감을 느낄 때쯤 예상하지 못한 말을 들었다. 박사장이 말했다.

"베렌 통장에 들어 있는 돈을 찾기 위해선 재판을 통해 방어를 해야 해. 방어를 하려면 법률은 물론이고 그 위의 힘을 빌려야 해."

"어떻게 대처하라는 거죠?"

"변호사를 선임하는 일까진 법률적 문제야. 그다음은 내가 힘을 쓰는 일이 남지. 일을 잘 해결해서 돈을 모두 찾으면 나한테 50퍼 센트 떼줄 수 있겠나?"

베렌은 대답하지 않았다. 박사장의 본심을 알아차렸으므로.

정해진 시간이 지나 베렌은 경찰서로 다시 돌아갔다. 커피숍에서 경찰서로 걸으며 박사장의 힘에 대해 생각했다. 자신을 커피숍으로 불러낼 정도의 힘이 있는 것 같았다.

베렌의 머릿속은 복잡했다. 차라리 돈만 훔쳤더라면 이십대의 나이에 자유를 뺏길 가능성은 없었다.

한국에서 온 특별수사관한테 베렌은 재조사를 받았다. 마닐라 주재 한국 경감의 안내를 받고 도착한 특별수사관 두명은 베렌을 영상조사실로 데리고 갔다. 특별수사관 한명은 남자, 나머지 한명은 여자였다. 필리핀 경찰은 통역을 베렌 옆에 앉혔다.

남자 수사관이 말했다.

"말라테 JTV에서 얼마 동안 일했습니까?"

"3개월이 조금 넘습니다."

"그 기간 동안 한국 손님이 많았습니까?"

"반 이상은 한국 손님입니다."

"죽은 남자하고 몇번 만났습니까?"

"그날 딱 세번째였습니다. 두번은 JTV 룸에서 만났죠."

"죽은 남자가 룸에서 했던 말 가운데 기억나는 게 있습니까?"

"별로 없습니다. 워낙 말이 없는 손님이었어요. 대부분 격의 없이 떠들거나, 과시하거나 하는 편입니다. 그분은 차분하게 앉아서 술을 마시는 걸 좋아했던 걸로 기억합니다. 입장료를 지불하는 손님에게 무제한 양주를 제공하거든요."

"좋습니다. 한국 사람들은 술을 많이 마시기도 하지요. 수사보고서에 따르면 당신은 한때 한국 남자를 혐오한 적이 있는 걸로 나와 있습니다. 어떤 이유인지 말해보시죠."

"JTV 룸에서 느닷없이 허벅지에 머리를 박고 거기를 깨무는 남자 때문에 생긴 일입니다. 그런 것까지 조사를 했나요?"

"넘겨받은 자료에 나와 있습니다. 한국 남자를 혐오한 건 사실이군요?"

"아닙니다. 극히 드물게 일어난 일이고, 친절하고 매너 좋은 한국 남자 손님들도 많이 만났습니다."

"죽은 남자와 섹스를 한 적이 있습니까?"

"없습니다."

"다른 손님과 섹스를 한 적이 있습니까?"

"보세요, 제가 일하는 곳은 매춘업소가 아닙니다."

"그럼 뭡니까?"

"뭐라뇨?"

"죽은 남자와 호텔엔 왜 갔습니까?"

"그건 사생활입니다."

"사생활이 공개되면 공적으로 변하는 겁니다. 일이 커진 건 당신의 사생활에 문제가 있기 때문 아닙니까? 수사자료엔 남자가 불러서 호텔로 갔다고 나옵니다. 식사를 하고 가셨는데, 뭘 드셨습니까?"

"알리망오를 먹었어요."

"과일입니까?"

"진흙 냄새가 나기 때문에 머드크랩이라고도 부릅니다."

"좋습니다. 알리망오를 먹을 때 이상한 점은 없었습니까?"

"이상하기보다, 그 사람은 마늘을 가져와서 먹었습니다. 조그마한 접시에 따로 담겨 있었죠. 저는 마늘 냄새를 좋아하지 않아 입에 대지 않았습니다."

특별수사관은 마늘과 관련한 베렌의 답변에 대해 여러차례 다시 물었다. 베렌의 답은 똑같았다. 알리망오를 함께 먹었으나, 마늘은 먹지 않았다. 부검을 통해 사망 직전 남자의 위장과 혈액 속 잔류물들은 이미 밝혀졌다. 남자가 혼자만 먹었다는 마늘에 포타시움 독극물을 묻혔다고 보기엔 두시간 뒤 사망이라는 점을 설득시키지 못했다.

여자 수사관이 물었다.

"최근 한달 수입이 얼마죠?"

"10만 페소 정돕니다."

"손님들한테서 선물을 받아본 적이 있나요?"

"핸드폰을 많이 받았습니다. 남자들의 자기만족을 위한 선물이었어요. 삼십개가 넘는 핸드폰에 번호를 넣어 다닐 필요가 없었고, 하루 이틀 뒤 팔았습니다."

"사망한 남자에게서 선물을 받은 적이 있나요?"

"돈을 제외하곤 없습니다."

"사망한 남자의 직업에 대해 알고 있었나요?"

"그 남자는 직업에 대해 한번도 얘기한 적이 없어요. 저 또한 물을 필요도 없었구요. 손님들이 직업을 얘기한들 잘 믿지 않는 편이죠."

수사 당시에 사망한 남자의 직업을 말해주지 않았다. 나중에 베렌은 그 남자가 은행원이었음을 알았다. 남자는 은행에서 일하면서 저축을 한 게 아니라, 200만 달러를 훔쳐 잠적했다. 어머니, 아버지, 형제 두명이 모두 한국에 살고 있으나 남자의 죽음을 알지 못했다. 남자는 미혼이었다. 가족들은 남자가 돈을 훔칠 만큼 가난하지 않았다는 비논리적인 말만 되풀이했다. 훔친 돈을 가족에게 전달한 흔적은 발견할 수 없었다. 남자는 6성 호텔에 이틀 동안 묵으면서 특별한 외부 활동을 하지 않았다. 호텔에 투숙하기 전 28일 동안의 행적에 대해서도 알 길이 없었다. 카지노에 출입한 기록도 전혀 없었다. 특별수사관은 사망한 남자의 20년 전 병원 기록까지 뒤졌다. 입사 전 축농증으로 이비인후과를 다닌 기록만 찾았을 뿐이다. 남자의 핸드폰 통화기록으로 베렌의 전화번호만 남아 있었다. 남자의 죽음이 의문에 둘러싸일수록 베렌을 향한 의심은 커져갔다.

베렌을 자유롭게 해준 건 남자의 사망 12일 뒤 밝혀진 유언이었다. 남자의 친구가 이메일을 늦게 열어보고 경찰에 신고했다. 유언의 내용은 자살을 추정하게 했지만, 이유를 짐작하기엔 짧았다.

잘 때마다 생각했다

이대로 죽으면 얼마나 행복할까.

남자의 친구가 제때 이메일을 열어봤다 하더라도 사망 하루 뒤 도착했을 이메일이었다. 남자는 이메일로 자신의 죽음을 예약했던 것으로 판단할 수 있다. 아이피 추적 결과 마지막에 투숙했던 6성 호텔이 발신지였다.

자살 전 남자는 하루 평균 6억을 쓴 셈이다. 남은 돈의 일부를 베렌에게 준 것으로 짐작할 수 있다. 200만 달러 대부분의 행방에 대해서는 여전히 풀리지 않았다. 특별 수사관들은 남자의 사망 시점과 필리핀 무비자 체류 만료기한이 일치한다고 기록했다. 베렌이 받은 돈에 대해서는 남자가 은행에서 훔친 것이므로 장물로 취급하는 것이 마땅하다고 해석했다.

사망한 남자 손님이 친구에게 또 한번의 예약 이메일을 남긴 게 밝혀지면서 베렌은 살인혐의에서 완전히 벗어날 수 있었다.

매일 아침 은행으로 출근해서 일하던 내가 말라테까지 오다니.
해방의 세계로 나아가길 원하면서 나는 수동적 삶을 계속했어.
나 자신을 용서할 수 없었어.
나보다 더 초라한 사람들을 구할 수 없을 정도로 나는 초라할 뿐이었지.
불쌍한 사람들에게 한뭉텅이씩 돈을 나눠줬어.
내일 오후면 죽을 거다. 삶의 비린내에서 벗어날 수 있어.

친구야, 마지막이다.

지난 가을, 감이 떨어지던 나뭇가지를 함께 바라보던 추억만으로도 우린 모자랄 것 없는 친구였어.

내 몸엔 약 한방울이 필요해.
온몸에 번져나갈 일등급 주사액.
바람이 내 몸을 말리도록 내버려두었으면.

여자 수사관은 조사를 마칠 때 베렌에게 설문지를 내밀었다.

이번 은행원 남자의 자살 동기는 무엇이라고 생각하나?
외로움,이라는 항목을 베렌은 택했다. 기타 항목에 사소한 이유, 알 수 없는 이유 등이 있었다.

타인이 자살했다는 소식을 듣고, 자신도 자살 충동을 느낀 적이 있는가?
없다,라는 항목에 베렌은 동그라미를 그렸다.

1960년대 이전 영국에서 자살 미수자를 감옥에 가두었던 사실을 알고 있나?
알지 못했다,라는 항목을 베렌은 골랐다.

한국의 자살예방법 입법 추진에 관해 어떻게 생각하나?
개인적 생명존중 노력의 측면을 강조하고 정부의 사회통합 기능의 무능을 감추는데 있다,라는 항목에 베렌은 밑줄을 그었다.

설문 내용은 스무가지가 넘었으나 베렌은 전부 기억하지 못했다.

조사가 모두 끝난 뒤 베렌은 남자에게서 받은 돈에 대해 고민했다. JTV에 들렀던 고객 중 변호사 명함을 뒤졌다. 아테네오대 출신 남자 변호사를 찾았다. 그는 한달에 두번 정도 손님들과 JTV를 방문했다. 기분 좋게 레이디 드링크를 시켜주던 사람이었다. 베렌은 그를 찾아가 머뭇거리지 않고 자신이 처한 상황을 말했다. 변호사는 느긋하게 은행 측의 대처에 대해 알려주었다.

"한국 측 은행에선 베렌 씨 통장의 현금 가압류를 진행하면서 법원에 일정 금액을 공탁했을 겁니다. 현금 가압류란 한쪽의 주장만 믿고 받아들이는 경우이기 때문에 베렌 씨와 같은 처지에 놓인 당사자를 법원이 보호할 의무가 있습니다."

"제가 취할 수 있는 조치는 어떤 게 있습니까?"

"제소명령을 신청할 수 있습니다."

"어떤 조치죠?"

"쉽게 말해, 법원에서 빨리 한판 붙어 돈의 주인을 가리자는 신청입니다."

변호사는 직접 시원한 물을 따라 베렌에게 건넸다. 베렌은 물 한잔 얻어마신 걸 굉장히 고맙게 기억하고 있었다. 서비스를 하던 처지에서 받는 위치로 바뀐 데서 비롯한 기억이 아닐까. 베렌은 물을 마시고 말했다.

"시간을 끄는 게 좋은 거 아닙니까?"

"결판을 빨리 내야 좋습니다."

"왜 그렇죠?"

"그래야 앞으로 통장 거래를 정상적으로 할 수 있습니다. 지금 통장이 가압류 상태인데, 거기는 베렌씨 개인 돈도 들어 있을 거 아닙니까?"

"예, 맞아요."

베렌은 통장에 들어 있던 자신의 잔고에 대해선 말하지 않았다. 창피스러울 만큼 적은 돈이었기에.

변호사는 물 한잔을 더 권하면서 말했다.

"성공 보수 같은 건 따로 없습니다. 별도의 보수를 받건 안 받건 최선을 다하기 때문입니다."

베렌은 그 변호사를 선임하고, 마닐라 지방법원을 관할 법원으로 정했다. 베렌은 변호사 사무실을 나오면서 생각했다. 사망한 남자는 분명 내가 치를 오해의 고통을 미리 짐작하고 돈을 준 것이라고.

베렌은 변호사 사무실을 나서자마자 재판 결과를 상상했다. 2주일 이내에 은행 측에서 본안소송에 응할지 결정할 거라는 변호사의 말을 떠올리면서.

베렌은 JTV 렌탈 드레스를 벗어던지고 술집을 빠져나왔다. 그곳은 며칠 전까지만 하더라도 한번 이상 찾아온 손님들에게 단체 문자로 '너밖에 없어. 사랑해'라는 가짜 프러포즈를 연발해야 하는 곳이었다. 밥을 먹고, 옷을 갈아입고, 가슴 속으로 들어오는 역겨운 손을 웃으면서 뿌리치던 곳이었다. 힘들게 번 돈을 하룻밤에 뿌리더라도 다시 돈을 모을 자신이 있는 손님들, 저녁마다 외로움에 지쳐 갈 곳 없이 방황하다 문턱을 넘어버리는 남자들이 찾던 곳이었다. 유흥가에 중독되었거나, 미처 중독되지 못한 남녀들이 각자 목적을 달성하기 위해 느린 걸음으로 살피던 곳이었다. 환상을 품은 채 술로 시작해 뭔가 다른 걸 노리는 사람들의 거리, 언제 총격사건이 벌어질지 모를 만치 무장된 거리를 베렌은 아무런 소속감 없이 걸었다. 많이 벌 땐 많이 쓰고 적게 벌 땐 적게 쓰던 베렌은 이제 수입이 없음에도 돈을 써야 했다.

말라테 각종 클럽의 도어걸들이 거리에 나가 웃음을 팔고 있었다. 24시간 문을 여는 식당들은 길거리로 음식 냄새를 뿜어댔다. 자신에게 맞는 조건을 찾아 일하고 먹고 로맨스를 즐기는 사람들이 부러웠다. 레미디오스 써클 안쪽으로 거지들이 마치 떨어진 옷가지처럼 누워 있었다.

베렌은 한국인 스폰서한테 연락했다. 당분간 한국에서 지내라는 얘기를 들었다. 베렌은 한국인 스폰서에게 돈을 빌려 변호사 비용을 지불했다. 외상으로 소송을 진행하는 변호사는 없으니까.

친구들의 숙소인 버치타워 콘도에서 제소명령 신청 결과를 기다렸다. 은행 측에서 제소명령 포기를 택하면 통장 속 돈을 모두 사용할 수 있다.

박사장이 베렌에게 종종 연락해왔다.

"세부로 돌아와. 걱정한다고 재판에 영향을 끼치진 않아."

"일을 하고 싶은 심정이 아니에요."

"일을 하고 싶어서 하는 사람은 드물어. 일을 하다보면 시간도 잘 가고 걱정도 잊을 수 있어. 이럴 땐 바쁜 게 최선이지."

"그동안 계속 바빴어요. 너무 바쁘게 지내다 사고가 터진 거예요."

"변호사란 녹즙기 같은 역할밖에 안해. 예상할 수 있는 색깔의 결과물만 뽑아내는 법이야."

"사장님은 어떻게 예상하세요?"

"뻔하잖아, 성공 아니면 실패."

"그런 결과는 누구나 예상할 수 있어요."

"나한테 맡기면 틀림없이 성공한다는 뜻이야."

성공하든 실패하든 박사장과 거래하고 싶은 마음은 없었다. 마음이 내키지 않는 일을 하다 괴로움을 당해왔다는 기억을 되새겼다.

베렌은 2주일 뒤에 나올 은행 측의 결과를 기다려야 했다. 은행 측이 제소명령을 포기하기를 바랐다. 포기하지 않고 재판을 진행하면 언제 끝날지 몰랐다. 기다리는 동안 하루하루 재판을 받는 것 같았다.

저녁에 콘도의 창문을 열면 저녁놀이 마닐라 베이를 물들이곤 했다. 친구들은 저녁놀을 향해 모두 출근하고 없었다. 베렌은 계란 프라이를 만들어 먹었다. 계란 노른자를 먹으면서 저녁놀을 바라봤다. 친구들이 남긴 접시를 씻었다. 잠시 푹신한 베개 위에 누워 창밖을 응시했다. 저녁놀은 처참한 기분을 남겨주며 사라졌다.

그때 함께 있었으면 좋았을 텐데, 하고 나는 말했다.

베렌은 대꾸하지 않았다.

베렌은 틈만 나면 길쭉한 나무 테이블에서 엄마랑 마주 보고 앉아 이야기를 나눴다. 엄마와 베렌은 농담을 주고받는 사이로 변해 갔다. 엄마는 내게 뭔가 모르게 어색함을 버리지 못하고 있었던 것 같다.

엄마는 할아버지를 만난 일을 베렌에게 들려주었다. 할아버지는 멋진 다이빙 포인트를 찾아 세부를 방문했다. 지금보다 훨씬 더 피부가 팽팽했을 때였다. 주근깨도 거의 없어 바다 위로 얼굴만 내밀면 삼십대라고 해도 믿을 수 있던 시절이었다.

엄마가 베렌에게 말했다.

"나한테 다이빙을 깊숙이 하고 말았지."

베렌이 말했다.

"다이빙 포인트는 구체적으로 어느 지점이었죠?"

베렌과 엄마는 언제까지나 이야기를 계속할 수 없다는 걸 알고 있었다. 둘은 더욱더 달라붙어 서로에게 귀를 기울였다.

세부로 돌아갈 날이 다가오자 베렌과 나는 서로 다른 불안감에 휩싸였다. 베렌은 자신의 고통을 일시적으로 나와 엄마에게 덜었는지 모른다. 하지만 속내를 털어놓음으로써 느끼는 홀가분함 뒤에 대책은 없었다.

은행 측은 제소명령에 응하면서 재판 진행을 원했다. 이제 2주일이 아니라 2년이라는 시간이 더 걸릴지 몰랐다. 베렌은 세부로 돌아갔다. 마볼로의 친구 집에서 침대를 나눠 쓰며 지냈다.

박사장이 베렌에게 연락했다.

"지금이라도 내가 소개하는 변호사로 바꿔."

"이미 돈을 다 지불했어요."

"변호사가 돈만 뜯어간 거야. 나한테 맡기면 100퍼센트 성공이라니까."

"사장님은 어떻게 이길 수 있나요?"

"탁구, 테니스, 배구의 공통점이 뭔지 알고 있나?"

"구기 종목이죠."

"구기 종목 중에서도 네트를 사용하는 경기야."

"그게 어쨌다는 거예요?"

"세 종목 모두 공평하게 네트를 마주 보고 경기를 하잖아. 네트는 경기 규칙의 상징이야. 경기를 하다보면 공이 네트에 맞는 경우가 자주 발생하지. 이때 힘이 어디에 실리느냐가 성패를 좌우한단 말이야."

베렌은 살인 혐의에서 벗어났으나 통장에 들어 있는 돈을 해결해야 했다. 베렌 돈도 아니고 남의 돈도 아닌, 네트에서 구르고 있는 돈. 박사장의 힘에 기대볼까, 하는 생각이 들기도 했다. 여전히 마음이 내키지 않았다.

베렌은 다른 궁금증에 대해 박사장에게 물었다.

"세부아노는 자살을 하지 않아요. 한국인은 왜 자살을 하는 거죠?"

"정신이 좀 돌아오나봐, 질문을 다 하고? 대답하기 어려운 문제는 아니야. 최근에 마닐라의 한 건물에서 투신한 젊은 한국인 남자 기억할 거야. 앙헬레스의 한 호텔방에서 칼로 손목을 그은 중년남자도 있었지. 내 친구도 몇년 전 강물에 뛰어내렸어."

"이유가 뭐냐구요?"

"견딜 수 없는 고통에서 벗어나려는 몸짓이겠지. 베렌도 빨리 고통에서 벗어나야 해. 일을 안 하면 다음 달엔 고통이 따른단 말이야. 언제부터 출근할 거야?"

베렌은 박사장과 통화를 하면 번번이 기분이 좋지 않았다. 박사장이 말을 이었다.

"베렌, 재판 결과는?"

"1심에서 은행 측이 이겼어요."

"패소했다,라고 말을 좀 쉽게 해. 로시오 마담이 멋진 남자를 소개해줄 거야. 재판이 끝날 즈음이면 돈걱정은 잊어버릴 수 있어."

베렌이 전한 박사장의 말을 나는 녹음파일로 들었다. 박사장 목소리를 듣는 동안 핸드폰 화면에서는 전화번호와 녹음한 시간이 오른편에서 왼편으로 계속 움직였다. 세로 막대들이 박사장의 목소리에 따라 오르내렸다.

베렌은 박사장뿐만 아니라 사망한 남자와 잘 지냈다고 생각했다. 결과는 좋지 않았다. 자신이 타인과 마찰을 일으킨다는 자괴감에 빠졌다. 베렌은 박사장에게 말했다.

"사장님과 전, 왜 마찰만 일어날까요?"

"로시오 마담한테 꼭 연락해. 뷰티를 갖춘 여자들이 모자라거든."

"능력이 모자라는 거겠죠. 이 나라에 오천만명의 여자가 있다는 걸 모르는 건 아니겠죠."

"고급 손님을 모으는 건 능력이 아닌가? 넌 부정적 마찰만 일으키려고 노력하는 것 같아."

"마음에 내키지 않는 일만 골라서 제안하니까 그렇잖아요."

"긍정적 마찰을 마음속에 그리면서 내 말을 되새겨봐. 매끄럽게 깔아둔 바닥에 날렵한 타이어가 맞닿으며 속도를 내는 자동차를 상상해보라는 거야. 재판에서 이길 수 있는 방법에 대해 터놓고 말하겠어. 우리끼리 얘기니까 누구한테도 말하지 마. 약속할 수 있지?"

"그럴게요."

"내 손엔 땀을 닦던 손수건이 하나 있어. 이걸 펼쳐보자구. 손수건 전체가 베렌 통장에 들어 있는 돈이라 치자고. 한국의 은행 측에서 손수건을 잡아당기고 있단 말이야. 손수건을 빼앗기지 않는 방법은 딱 한가지야."

"그 방법이 뭐죠?"

"내가 말했다시피 힘을 이용하는 거야."

"뭐냐구요, 대체?"

"우리가 은행 측보다 더 큰 손수건을 덮어버리는 거지. 무슨 말인지 잘 모르겠어?"

"모르겠어요."

"베렌이 나한테 돈을 빌려갔다고 차용증을 써주면 게임은 끝나."

"전, 사장님께 돈을 빌린 적이 없어요."

"물론이지. 가짜 차용증을 내가 받는단 말이야. 은행 측 손수건을 덮어버릴 만큼 큰돈을 나한테 빌렸다고 꾸미는 거야. 이렇게 하면 최악의 경우라도 손수건을 찢어서 나눠 가져야 해. 차용 금액이 클수록 확보할 수 있는 손수건 면적이 넓어지는 거야. 법의 빈틈을 이용해서 우리 측에서도 가압류를 한다, 알아듣겠지?"

"알아듣겠어요."

"그럼, 지금이라도 나를 찾아와."

"싫어요."

"긍정적 마찰을 생각하라고 했잖아."

"부정적 마찰이 떠올라요. 나중에 사장님이 제게 진짜로 돈을 빌려줬다고 우기면 어떻게 하죠?"

"내가 그럴 사람으로 보이나?"

"네."

베렌은 계략을 제안하는 박사장으로부터 도망치고 싶었다. 통화가 끝난 뒤의 불쾌감을 반복하기 싫었다. 박사장의 꾀에 말려들면 돈을 다 찾더라도 그에게 종속될 게 분명했다.

나는 엄마와 가까워질수록 모정의 공백을 더욱 크게 느꼈다. 왜 그동안 나를 세부에 혼자 내버려두었을까.

엄마는 이층의 긴 테이블에서 짧은 말을 연발하곤 했다.

"하루도 널 잊은 적은 없다."

엄마는 손등으로 눈물을 닦곤 했다. 나는 슬퍼서가 아니라 엄마가 눈물을 흘리는 모습이 처량해서 울기도 했다. 눈물에도 면역력이 있었다. 엄마가 흘리는 눈물의 횟수와 나의 슬픔은 반비례했다.

베렌과 나의 불안감은 출국일을 연기히는 데 한몫했다. 단순히 시간을 연장함으로써 고민거리를 미루고 있었는지 모른다. 우리는 일을 해야 했다. 엄마 집에서 숙식을 해결하며 언제까지나 지낼 순 없었다.

출국을 연기한 뒤 아침마다 할아버지를 휠체어에 태워 마을을 산책했다. 열병식을 하듯 서 있는 마을의 정원수를 지나 20분쯤 걸으면 대나무숲이 나왔다. 할아버지는 항상 똑같은 방향으로 다니길 좋아했다. 대나무숲 앞에서 멈추면 꼭 무슨 말을 했다. 할아버지의 말을 알아들으려면 번역앱이 필요하다.

"아침에 보여준 거 기억나지?"

"네, 분청사기."

"개중에서 소나무가 그려진 분청사기 말인데."

"술잔처럼 생긴 거 말입니까?"

"그래. 그건 오래전에 일본 사람이 한국에서 훔쳐온 거야."

"네?"

"사실이야. 내가 거짓말하고 살 나이가 아니잖아."

"알겠습니다."

"그 분청사기, 하퍼한테 선물하겠네."

나는 엉뚱한 걱정이 앞섰다. 분청사기를 깨트리면 어떡하나. 설탕이 잔뜩 섞인 주스를 비닐봉지에 담아먹는 세부에서 분청사기가 필요한 건지.

아침 일찍 할아버지는 지팡이를 짚고 이층으로 올라와 벽장 속에 갇힌 조선시대 분청사기에 대해 설명해주었다. 한번 듣고는 모두 이해할 수 없었다. 할아버지의 이야기를 들으면서, 경매는 물품을 사는 게 아니라 자신의 가치나 추억 혹은 역사를 구매하는 일이라는 생각을 했다.

할아버지는 말했다.

"사람은 태어나서 젖꼭지부터 물고 인생을 시작하지. 그리고 밥그릇, 술잔, 꽃병 같은 것들을 간직하면서 성장하는 거야. 분청사기를 보면 자유롭고 개방적이며 변화무쌍하면서 대담한 정신이 깃들어 있어. 그릇에 소나무를 음각으로 새겨넣을 생각을 한 걸 보면 알 수 있지."

할아버지가 대나무숲 앞에 서서 명상에 잠길 때면, 내가 어릴 적

봤던 어떤 할머니가 떠오르곤 했다. 어린이 놀이터에서 씩씩하게 그네를 타던 할머니였다. 그 할머니는 어떤 생각을 하며 그네를 탔을까.

세부의 누나한테서 메시지가 왔을 때 분청사기 사진을 보여주었다. 매끈하고, 수수하면서도 도도한 회백색 분청사기는 초현실적 모습을 지닌 것처럼 찍혔다. 어린아이 주먹 하나가 들어갈 법한 구멍이 뚫린 아래쪽으로 홀쭉하고 배부른 병을 소나무 가지가 휘감았다.

누나가 말했다.

— 나한테 줄 거니?

나는 잊고 있었다. 누나의 말을 듣고서야 박사장의 한인회장 당선 소식을 알았다. 55퍼센트 지지를 얻어 당선한 박사장은 큰 행사를 준비하고 있었다.

누나는 박사장을 당선 전부터 적극 돕고 있었다. 당선 뒤에도 마찬가지였다. 한인행사 때 농악대, 케이팝 가수들을 초청할 계획을 세워두고 있었다. 초청 대상자에 베렌이 졸업한 대학의 총장을 포함하고 있었다.

— 누나, 총장을 왜 초청하는 거야?

— 행사장에 학생들을 동원할 수 있잖아.

시장, 경찰서장 등 한자리 맡고 있는 사람들도 한인행사에 불려 나올 모양이었다. 누나의 말대로 행사를 성사시키면 세부 시민의 일부는 하루 저녁 나무젓가락으로 한국 문화에 대해 찔러볼 기회를 마련할 수 있을 것 같았다. 박사장은 젓가락을 나눠주면서 깊은 맛을 함께할 사람을 끌어모을 테다. 깊은 맛이란 서로의 이권에 부합하는 공동의 우물일 테다. 박사장이 행사에 열중하는 동안 나는 그와 결별을 준비했다.

출국을 연장한 뒤에도 시간은 빨리 지나갔다. 베렌은 자신이 가봤던 킨린꼬를 한번 더 돌아보고 싶다고 했다. 나랑 같이 가는 데 의미를 둔 건지 호수를 한번 더 보고 싶었던 건지.

유후인으로 가던 날 엄마는 새벽부터 도시락을 준비해줬다.

베렌과 나는 열차 안에서 점심시간까지 기다리지 못하고 대나무 도시락 뚜껑을 열었다. 얼마나 정성어리게 싸뒀는지 아직 밥에서 김이 올라왔다. 백미 속에 숨을 쉬는 사람이 숨어 있는 것처럼 느껴졌다. 반찬통에 빨간 김치가 들어 있었다. 젓갈 냄새를 풍기는 바구옹 소스도 주름 잡힌 호일 속에 싸여 있었다. 내가 어릴 때 엄마 옆에서 맡았던 젓갈 냄새와 똑같았다. 소금과 올리브유가 발라진 까만 김을 먹으며 베렌은 흡족한 표정으로 나와 눈이 마주치곤 했다. 이제껏 길거리에서 먹었던 음식은 모두 사료가 아닌지. 이런 기분을 자주 느낄 수 있다면 나도 한번쯤 가족이라는 품에 안겨보고 싶었다.

엄마는 며칠 전 밤, 이층으로 올라왔다.

베렌과 나는 밤이면 싸늘해지는 공기를 서로의 체온으로 끌어당긴 채 누워 있었다. 우리는 숨도 쉬지 않았고 코도 흘리지 않았다. 고요한 심장소리만 느낄 수 있었다.

엄마는 방문을 조용히 두드렸다. 엄마와 나는 이층 베란다로 나갔다.

나이 든 사람의 생각을 바꾼다는 건 쉽지 않아, 하고 엄마가 말했다. 누구를 지칭하는 건지, 어떤 생각을 말하는 건지 나는 알지 못했다. 엄마가 말했다.

"아버지랑 산책할 때 약수터에 간 적 있지?"

"할아버지는 집 위쪽, 큰길 옆 약수터에 꼭 들렀어. 약숫물도 동전을 넣어야 나오지 뭐야."

"약수터에서 길을 건너가면 널따란 밭이 나와. 거긴 요즘 네 아버지가 안 들러. 예전에 그 밭에다 직접 농사를 지었어. 양파, 오이, 상추, 파 같은 채소가 집에 떨어질 날이 없었단다. 지금은 이웃 주민에게 밭을 빌려줬지. 내가 이 얘기를 왜 하냐면……."

"할아버지 몸이 안 좋다는 거 아냐?"

"네 아버진 그런 채소가 없어도 살 수 있어. 고집을 꺾고는 살 수 없는 사람이야."

"할아버지의 무슨 고집을 말하는 거야?"

"아버진 죽을 때까지 그 밭을 팔진 않을 거야. '꿈꾸는 마을'이라는 주택단지를 만들기 위해 여러 회사에서 네 아버지를 찾아와 밭을 사겠다고 했어. 내 생각 같으면 그 땅을 팔면 얼마나 좋겠나 싶어. 이 동네에 쇼핑할 곳이라곤 편의점 하나밖에 없어. 상추 한묶음 사려고 해도 30분 이상 운전을 하고 나가야 해. 밭에서 상추를 뜯어서 먹을 수 있었을 땐 하루 종일 씻어서 이웃집과 나눴어. 할아버지…, 네 아버지는 자기 추억에만 빠져서 절대 땅을 팔 수 없다는 거야."

"할아버지도 생각이 있겠지."

"자기 생각만 하니까 탈이야. 난 아직 도심 깊숙이 이사해서 살만한 나이잖아. 할아버지 때문에 산비탈 속에 갇혀 지낸단다. 늙을수록 너의 아버지, 할아버지는 자기 고집에만 집착하는 것 같아."

나는 유후인으로 가는 열차 안에서 도시락을 먹으며 베렌에게 물었다. 장어 전문요리점 화장실에서 엄마와 베렌이 무슨 얘기를 나눴는지 궁금했기 때문이다. 그때 엄마가 했던 말 중, 한가지 기억에 남는 게 있다고 베렌은 말했다.

"할아버지 몸이 쇠약하신 게 아니냐고 내가 너희 엄마한테 물었거든. 그런데 할아버지는 죽지 않는다는 거야. 부부라서 잘 아는데 아직 죽지 않아,라고 했어. 우린 화장실 거울 앞에서 다리가 휘어지도록 웃었어."

열차는 유후인으로 달리고 있었다. 창밖으로 어떤 풍경이 이어지든, 나는 엄마가 사는 마을을 연상했다.

마을의 가로등이 정원수들을 깊게 채색하던 그때 엄마는 할아버지의 말을 옮겼다.

"오직 자기 자신만을 위해 시간과 돈을 사용하고서도 부자는커녕 먹고살기도 힘든 사람들을 생각해봐."

엄마는 할아버지의 말을 이해하지 못하겠다고 했다. 할아버지는 자기 자신만을 위해 사는 것 같으면서, 겉으로는 사회에 기여한다는 생각을 늘 저버리지 않는다고 했다. 엄마가 말했다.

"땅을 간직하고 시골에서 숨을 쉬며 살아가는 게 사회를 위하는 걸까? 나는 네 아버지가 하루빨리 자식에게 유산을 물려주고, 더 생산적인 일을 도와주는 게 좋다고 생각한단다. 고집을 꺾을 수 있는 존재는 너뿐이야."

"나더러 어떻게 하라는 거야?"

"아버지, 할아버지한테 간청해봐."

"뭘?"

"돈이 필요하다고 합리적으로 프러포즈를 하는 거야. 법인 회사 임원한테 프리젠테이션을 하듯이."

"여기 도착한 지 보름도 지나지 않았어."

"며칠 뒤면 넌 돌아가잖아."

"난 훔쳐서 도망을 갔으면 갔지, 그런 말은 못하겠어."

"부동산을 훔칠 순 없잖니. 넌 내가 얼마나 갑갑하게 사는지 모를 거야. 할아버지는 이때껏 단 하루도 혼자 외출하거나 외박을 한 적이 없단다."

"혼자 다닐 수 없으니까 그렇겠지."

"어떨 땐 말을 하기 싫어 메모지에 글을 적어놓기도 한단다. 당신이 좋아하는 문어 다리 삶아서 식탁에 올려놨어요, 하고."

"말을 하고 살아야지."

"한번 말을 하기 싫어지면 한달을 넘기기도 해."

"헤어지든지."

"제대로 만난 적이 있어야 헤어지든지 말든지 할 거 아니야. 네 진짜 아버지는 죽었지, 두번째 아버지는 죽기 위해 살고 있지. 난 하루라도 어디 여행갈 자유가 없어."

할아버지가 대나무숲 앞에 멈췄을 때, 나는 말을 하기 위해 머뭇거리고 있었다.

대나무는 뿌리 아래에서 위쪽으로 손마디처럼 뻗어나가며 잎으로 숲을 형성했다. 대나무 마디는 황갈색과 탁한 초록색이 섞여 있었다. 안개가 산을 가리며 하늘과 어울렸다.

대나무는 습기가 많은 곳에서 잘 자라, 하고 할아버지가 말했다.

내가 그때 말했더라면.

엄마도 이 마을에서 습기를 머금고 생활하고 있다고.

엄마는 사람이기 때문에 습기가 너무 차면 눈물로 고인다고.

오늘따라 안개가 아름답지, 하고 할아버지가 말했다.

네, 라고 나는 대답하고 휠체어를 밀었다.

대나무숲 앞에서 할아버지에게 엄마에 대해 말할 기회가 여러번 있었으나 끝내 운을 떼지 못했다.

베렌과 나는 유후인역에 내렸다.

엄마가 사는 마을이나 유후인이나 시골이긴 마찬가지였다. 같은 시골임에도 이곳은 '유후인노모리' 열차가 왕래하고, 온천이 끓고, 물고기가 입을 벌리며, 인력거를 탄 관광객들의 웃음이 만발했다.

우리는 상점가를 걸었다. 베렌이 가이드처럼 안내하며 먼저 경험한 장면들을 다시 한번 펼쳐 보였다. 상점들 때문에 눈이 아팠다. 산으로 둘러싸인 옴팍한 마을에 담긴 건물들이 저마다 간판을 내걸고 행인들을 유혹하느라 자극적인 색으로 빛을 뿌리고 있었다. 나처럼 조끼를 걸치고 온 사람은 드물었다. 산속의 방랑자, 갈 곳 없는 행인이 걸을 만한 곳이 아닌지도 몰랐다. 관광객 대부분은 먹고, 마시고, 쇼핑하는 데 몰두하는 것 같았다. 그렇지 않은 사람들은 어딘가에 숨어 있거나.

베렌은 고로케 가게 앞에서 사진을 찍어달라고 했다. 맑은 하늘을 배경으로 곳곳의 간판 앞에서 셔터를 눌렀다. 유후인 어디에서 포즈를 취해도 베렌을 위한 사진이라기보다 상점 홍보물에 더 가깝게 느껴졌다.

나는 유후인의 풍경을 영상에 담지 않았다. 관광지에서 카메라 렌즈를 열어봤자 다음 여행자가 비슷한 모습을 찍어 올렸다. 순서는 계속해서 밀려나며 운과 노력에 관계없이 관심에서 멀어져갔다. 하까따역 앞의 벤치나 건물 안의 유명식당은 매일 50만명가량이 지나다니는 곳이다. 하까따역이 지진으로 붕괴되는 장면을 가장 먼저 게재하지 않는 한 계정에서 수익을 올리기 어렵다.

베렌이 포즈를 취하며 계속 사진 찍기를 원했다. 사진을 찍을수록 먼저 찍은 사람들은 앨범의 순서에서 밀려나며 선순위를 내주었다. 베렌의 사진을 옮겨받아 간직한다 할지언정 언젠가는 사라질 사진이었다. 영원히 사진이 사라지지 않으려면 베렌과 나의 관계가 더 중요했다.

베렌은 킨린꼬 쪽으로 걸어갔다. 호수 주변은 나무로 얽힌 산책길이 둘러싸고 있었다. 호숫물과 숲을 배경으로 또 한장의 사진을 셔터 소리와 함께 담았다. 베렌은 혼자서 왔을 때 걸었던 똑같은 길을 걷고 있는지도 몰랐다. 우리는 호수를 사각 프레임에 몇번이든 담을 수 있었다. 우리가 떠나고 나도 호수는 가을, 겨울, 봄을 맞이하며 다른 사람들을 모두 품을 터였다. 호수는 누구에게도 화를 내지 않으며 따뜻한 온천수로 조용히 끓고 있을 터였다. 숲은 꼿꼿하게 치솟아, 집에 가만히 있지 못하는 인간들을 관조하고 있을지 모를 일이다.

베렌이 호수 한켠에 자리잡은 까페로 향하며 말했다.

"호수는 어떤 변장도 하지 않은 채 오직 자기 색깔을 간직하고 있을 뿐이야. 지난번에 왔을 때와 마찬가지로 여기를 걸으면 우리 집이 있는 막탈리사이가 생각나."

"글쎄, 내가 본 막탈리사이는 산과 들판이었어. 유후인과 달라."

까페로 들어가 창가 자리에 앉았다.

나는 망고스퀘어를 떠올리며 프러포즈에 대해 상상했다.

유후인 거리에서 베렌에게 줄 선물은 얼마든지 살 수 있다. 프러포즈에 꼭 반지가 필요한지 모르겠다. 비가 오면 꽃무늬가 드러난다는 사꾸라 우산을 프러포즈 선물로 살 수 있다. 킨린꼬 앞에서 핑크빛 우산을 양손에 받쳐들고 베렌에게 다가간다. 나무바닥을 딛는 발자국 소리가 힘차다. 핑크빛 사꾸라 우산을 베렌에게 건넨다. 유후인 거리를 걷던 사람들이 모여들며 박수를 보낸다. 누군가 음악을 틀어준다. 베렌은 받아든 우산을 활짝 편다. 열여섯개의 우산대가 가랑비를 맞으며 새뽀얀 사꾸라를 아로새긴다. 나는 우산 속으로 들어가 베렌에게 말한다.

"사랑해."

베렌은 눈물을 흘린다. 우리는 부둥켜안고 키스한다. 우산을 빙그빙 돌린다. 베렌의 손을 잡고 잔잔한 호수 속으로 뛰어든다.

따뜻한 호숫물 속에서 세상을 바라본다. 하얀 교복을 입은 남녀 어린이들이 증인이요, 목격자요, 축하객이다. 어린이들이 우산을 돌리며 우리의 우발적 계획에 박수를 보낸다. 지나가던 사람들도 어린이들 뒤에 서서 탄성을 지르며 아이보리 원피스를 입은 베렌에게 행복이 쏟아지길 기원한다.

하늘을 나는 새들의 소리, 물안개가 가득한 호수의 입김, 조용히 서 있는 숲속의 나무들이 우리를 지켜본다. 이 모습이 무람없는 내 삶의 출발이다. 나를 투영한 영상이다. 베끼지 않은 진짜 계정이다. 내 채널이다.

세부로 돌아가 내 삶과 부딪히며 살고 싶다.

나는 베렌의 커피잔 가장자리에서 피어오르는 검고 흰 숨소리와 결합한 냄새를 맡는다. 베렌 얼굴의 솜털, 가슴 밑의 따뜻함을 만지지 않아도 외로움에서 벗어날 수 있다. 새카만 눈을 뜬 그녀가 언제든 내 손을 잡을 수 있는 거리에 앉아 있는 것만으로 행복에 눌린다. 낯선 풍경에 취하기 위해 킨린꼬를 찾는 사람들에 둘러싸여 나는 이제 익숙한 베렌의 향기 속에 한없이 머물고 싶었다.

남녀 어린이들이 걸어간다.

집으로 돌아간다.

10

나는 유후인에서 베렌과 온천욕을 하며 하룻밤 잘 수도 있었다. 유후인 료깐의 가족탕에서 나누는 둘만의 시간보다 엄마와 할아버지의 관심 속에서 지내는 일이 더 그리웠다.

베렌은 유후인에서 나의 상상을 벗어난 이야기를 했다. 가이드를 통해 얻은 여행담이 섞여 있는 것 같았다.

베렌이 유후인역으로 걸으면서 말했다.

"우리가 봤던 도시의 개발이란 아얄라몰 주위를 지날 때 T자형 타워 크레인이 고공을 누비며 땅을 긁어낸 뒤 기둥을 박고 건물을 세우는 거였어."

유후인 주민들은 오랫동안 살아온 터전을 지키면서 자기 집 앞을 상점으로 바꾼 거라고 했다.

베렌의 말을 들으면서 내가 둘러보았던 유후인에 대해 생각했다. 남자들을 위한 환락가는 한군데도 없었다. 여자들을 위한 유흥가도 없었다. 아름다운 거리를 꾸미고, 그 거리를 차지하는 사람들만이 존재할 뿐이었다. 상점 뒤 개울에 골뱅이가 살아 있었다. 유후인 사람들은 외지에서 들어오는 야꾸자들에게 어떤 시설도 빌려주지 않았다고 했다.

호들갑스럽게 느꼈던 나의 유후인에 대한 첫인상이 바뀌었다.

베렌은 자신이 살던 마을에 대해서 말했다.

"막탈리사이 마을 앞의 바다야. 호수나 바다나 물이라는 공통점이 있잖아. 우리 마을을 떠나지 않고 살 수 있다면 얼마나 좋을까, 유후인처럼."

나는 엄마 집으로 돌아왔다. 아침 일찍 엄마 몰래 밥을 지었다. 티타늄 내솥에 쌀을 씻고 전기코드를 꽂았다. 몇분 뒤 압력밥솥에서 증기기관차 소리가 났다. 이층 바닥을 걸레로 닦았다. 소나무 그림의 분청사기가 벽장에서 나를 지켜보고 있었다. 방 안에서 베렌은 한쪽 다리로 이불을 감싸고 자신만의 세계에 코를 박고 있었다.

계단으로 올라오는 발소리가 들렸다.

엄마가 다가와 말했다.

"너 혹시 밥했니?"

"응."

"밥이 아니라 케이크로 변했어."

"왜?"

"쌀을 씻은 뒤 물을 넣지 않았으니까."

"정말?"

"괜찮다. 다시 물을 넣어서 한번 더 버튼을 누르는 수밖에."

"그래도 괜찮아?"

"이번엔 죽으로 변할 거다."

아침식사로 죽을 먹으면서 나는 눈치를 보느라 소화가 안될 지경이었다. 할아버지만이 아무렇지도 않게 죽을 잘 마셨다. 엄마와 베렌은 한숟갈 뜰 때마다 웃음을 주고받았다. 죽그릇을 깨끗이 비운 뒤 할아버지는 엄마랑 치과 진료를 받으러 외출했다. 구멍을 아말감으로 때운 곳이 죽을 먹다 떨어져나갔다고 했다.

베렌은 일층 거실을 청소하고 나는 정원수를 다듬었다. 이미 잘려서 일정한 방향을 가진 정원수를 다듬는 일은 가지치기에 불과했다. 이 동네를 걸으면서 다른 집에서 본 대로 담 넘어 뻗어나간 가지를 잘랐다. 인공미를 가미한 자연미, 혹은 자연미를 살린 인공미.

정원수들은 할아버지의 잘 짜인 식단을 연상케 했다. 처음엔 매일 조금씩 다른 반찬이 식탁을 차지할 수 있어도 한달이나 일년이 지나면 주로 먹는 음식은 정해진다. 엄마가 짜둔 식단에는 연어구이, 낫또오 반찬이 자주 올라오고 있었다. 정원수들도 담을 둘러싸며 큰 식탁 속의 반찬처럼 짜여 있었다.

나는 정원수 가지치기를 하며 할아버지의 지시사항을 떠올렸다. 햇빛을 보지 못하는 응달 속의 가지를 잘라내라는 말. 나는 가지치기를 하면서 새살이 돋아나더라도 상처를 완전히 지우지 못할 나뭇가지들을 생각했다. 소나무는 미리미리 잘린 덕분에 아름다움과 품위를 지닌 채 사방으로 얼마든지 뻗어나갈 태세였다.

할아버지의 얼굴과 목, 손등은 동물의 가죽처럼 변해가고 있었다. 할아버지는 식사 뒤 아무 말 없이 정원의 소나무를 응시하곤 했다. 내가 할아버지 옆에 다가가도 조용히 침묵을 지키며 휘어진 소나무를 바라봤다. 할아버지에게 소나무 같은 정원수는 담장이자 정화제였다. 할아버지는 방으로 들어가며 말했다.

"푸른 소나무는 병충해에 약하단다."

물을 뿌릴 필요는 없었다. 후꾸오까는 내가 머무르는 동안 항상 은은하게 젖어 있었다. 오후 들어서도 가랑비가 내려앉았다.

전지가위로 잔디까지 깎고 나자 오른손이 알코올 중독자처럼 떨렸다. 손가락 근육을 푸는 운동을 한 뒤 베렌과 주스를 마셨다. 엄마와 할아버지가 돌아와, 토요따 라브에서 착탈식 전동 휠체어를 꺼냈다. 엄마는 휠체어에 자전거 핸들을 부착했다. 마치 히가시꾸니노미야 수상이 탔다는 자전거와 흡사했다. 베렌과 나는 창밖으로 할아버지의 착탈식 전동휠체어를 내려다봤다.

휠체어 앞부분 양쪽 파이프에 자전거 핸들을 연결했다. 자전거도 아니고 휠체어도 아닌 '자전거 휠체어'가 핸들 아래 달린 배터리의 힘으로 조용히 굴러가기 시작했다. 자전거형 마차를 연상시켰다. 나는 대문 밖으로 할아버지를 따라 뛰었다. 예상했던 것보다 속도가 빠르지 않아 금세 할아버지 뒤를 쫓을 수 있었다. 할아버지는 전자계기판을 통해 속도를 조절하며 천천히 멈췄다.

완벽해,라고 할아버지가 말하는 표정이었다.

30미터 뒤에서 엄마가 걸어오고 있었다.

할아버지는 운전을 잘했다. 브레이크를 작동할 때 출렁거림 없이 바퀴가 정지했다. 엄마는 놀란 듯이 가슴에 한쪽 손을 얹었다.

엄마가 말했다.

"올봄에 전동차가 개울로 넘어지는 바람에 병원에 2주일 동안 입원한 적이 있단다."

할아버지는 엄마에게 자전거 핸들을 떼라고 했다. 나는 할아버지 휠체어를 밀고 엄마는 자전거 핸들을 옆에 잡고서 집으로 들어왔다.

할아버지가 말했다.

"쓸 만하구먼, 붙였다 뗐다 할 수 있으니까."

할아버지가 착탈식 전동휠체어를 사온 뒤 왜 그렇게 만족했는지 나는 이튿날 짐작할 수 있었다.

할아버지는 아침에 혼자 산책하러 나가고 없었다. 엄마도 나도 필요 없이.

할아버지가 자전거 핸들을 사려고 결심한 때는 언제였을까.

며칠 전 베렌과 나는 엄마, 할아버지와 함께 큐우슈우대학을 방문한 적이 있다. 할아버지가 졸업한 대학이라고 했다. 오랜만에 한번 들러보고 싶다는 할아버지의 바람이었다. 우리는 큐우슈우대학 식당 앞에 주차를 해두고 구내식당에서 점심을 먹었다. 돈가스, 프라이드 치킨, 삶은 계란, 우동, 잡곡주먹밥, 두부 같은 음식을 시켜놓고 함께 나눠 먹었다. 식사를 마친 뒤 나는 Tray Return,이라고 쓰인 곳에 식기와 남은 음식물을 놓아두었다. 우리가 식당을 나올 때도 공항의 가드레일처럼 늘어진 선을 따라 학생들이 줄을 서 있었다. 식당 중앙에 갖춰진 계산대는 천장에서 길게 꼬여 늘어진 전기선의 콘센트를 사용하고 있었다. 할아버지는 주차장에서 휠체어로 옮겨 탔다. 그때 할아버지는 식당 주변에 빼곡히 서 있는 자전거를 응시했다.

요즘도 자전거가 참 많군, 하고 할아버지가 말했다.

비가 내릴 때 자전거를 보호해주는 지붕에 녹이 슬어 있었다. 나는 나까스 거리 골목에서 보았던 자전거용 이층 주차시설을 연상하며 할아버지의 휠체어를 밀었다.

할아버지가 보고 싶어했던 중앙도서관으로 갔다. 도서관 앞의 나지막한 오르막에서 할아버지의 휠체어를 모두가 밀었다. 청바지에 감싸인 베렌의 엉덩이가 팽팽하게 움직였다. 도서관까지 걸어가는 동안 구름 낀 하늘 위로 여객기가 쉴 새 없이 이륙하는 광경을 볼 수 있었다. 도서관에서 졸고 있는 학생들에게나 여객기 소리가 유용할지 몰랐다.

도서관 입구 유리문 안쪽에 우산 포장용 비닐봉투가 가지런히 놓여 있었다. 할아버지는 도서관 직원에게 말했다.

"난 졸업생입니다. 여기 세사람 모두 우리 대학을 구경하고 싶어서 날 따라왔어요."

도서관의 남자 직원은 웃으면서 방문증을 내주었다.

까만 글씨로 VISITOR라고 쓰인 명찰을 각각 목에 걸고 도서관으로 들어갔다. 애플 컴퓨터 앞에 앉은 학생들이 공개열람실에서 모니터 속을 여행하고 있었다. 그 속에 내가 올린 영상을 누군가 보고 있을지도 몰랐다.

1. 초등학교 교정의 야구시합
2. 하까따역 내 이소라기 식당 직원의 90도 인사
3. 식당에서 다리 떠는 남자들의 모습

 한 식당에서 남자는 왼쪽 발을 의자에 올린 채, 오른쪽 발끝을 바닥에 대고 계속 떨었다. 파리나 모기가 오른쪽 다리에 달라붙을 틈을 주지 않을 정도로 떨어댔다. 돈가스 세트 메뉴가 나오자 남자는 밥 위에 카레를 얹어가며 맛을 음미했다. 중간 중간 돈가스를 소스에 발라 먹었고 우동을 젓가락으로 말아 국물과 함께 들이켰다. 그동안에도 다리는 멈추지 않고 끊임없이 움직였다. 신깐센을 타고 후꾸오까에서 토오꾜오까지 간다 할지라도 도착할 때까지 남자는 다리를 바꿔가며 떨 것 같았다. 원래부터 떨림을 타고 난 건지, 살다 보니 떨림이 따라붙은 건지 알 수 없었다.
 병신 다리는 왜 떠냐, 하는 댓글이 블라인드 커튼처럼 달렸다.
 나는 세계 곳곳에서 다리 떠는 모습들을 긁어모아 12분짜리 영상을 만들었다. 영상에 집중하다보면 나도 모르게 다리를 떨고 있었다. 나중엔 제목을 바꾸어 달았다. '다리 떠는 사람들의 공통점'
 다리 떠는 사람들의 공통점은 없었다. 무슨 이유에서인지 왼쪽이든 오른쪽이든 다리를 떨고 있다는 점밖엔.
 할아버지가 멈춘 곳은 도서관 일층 왼편의 벽장 앞이었다. 유리 벽장 속에 희귀한 돌들이 아크릴 설명서와 함께 전시돼 있었다. 분홍색, 회색, 흑색 등 돌의 표면이 반사하는 색깔은 모두 달랐다. 베렌의 이마처럼 반들거리는 뽀얀 색 돌도 있었다.

엄마는 할아버지 곁에서 뒤로 물러나며 손짓으로 나를 불렀다. 베렌이 할아버지의 휠체어를 잡고 서 있었다.

엄마가 말했다.

"네 아버지가 모아온 경매 물품들 있잖아."

"집에 있는 거?"

"일층, 이층에 있는 모든 경매 물품들을 아버지가 돌아가신 뒤 큐우슈우대학에 기증할 예정이야."

"왜?"

"아버지한테 물어보렴."

할아버지한테 묻지 않았다. 자신의 가치관에 따라 경매 물품의 마지막 방향도 스스로 정할 수 있으니까.

내게 선물로 주기로 한 분청사기는 서류보관증으로 받았다. 할아버지가 돌아가신 뒤 나한테 기증한다는 약속이었다. 살다보면 내가 먼저 죽을 수도 있을 텐데.

도서관 이층으로 올라가 국제교류 열람실로 들어갔다. 하얀색 책장에 한국어 책들이 꽂혀 있었다.

『한국의 갯벌』『문화와 식생활』『한국의 자연지리』『세계관의 변화와 동감의 사회학』등이었다.

베렌과 엄마가 발자국 소리를 죽이며 할아버지를 밀고 이층 전체를 둘러보았다. 큐우슈우대학 학생들이 열람실에서 공부를 하다가 우리를 쳐다보곤 했다.

세부의 누나는 이런 말을 한 적이 있다.

"대학을 졸업해서 돈 벌러 나가는 것만은 아니야. 돈을 벌다보니 졸업장이 필요해서 대학에 입학하는 경우도 많거든."

큐우슈우대학 중앙도서관을 나왔을 때 할아버지는 하늘과 땅을 번갈아 응시했다. 하늘에 여객기가 날고 있었고, 땅에 자전거가 세워져 있었다. 긴 치마를 입은 여학생들이 자전거를 타고 캠퍼스를 달리는 모습에 할아버지는 시선을 고정하고 있었다.

엄마는 치과에 다녀온 이야기를 했다.

"네 아버지는 치아에 문제가 생기면 즉시 병원을 찾는단다. 치과엔 빨리 가면 갈수록 좋다는 생각을 갖고 있어. 왼쪽 어금니 쪽에 맨홀 같은 구멍이 생겼어. 아말감을 한번 집어넣고 굳은 다음에 또 한번 집어넣어서, 두번 때웠지 뭐니. 마른 멸치 같은 걸 씹다가 아, 하고 쐐기에 물린 듯이 턱밑을 감싸며 아파하면서 내 손을 잡곤 해."

할아버지는 치과에 다녀오면 한두시간 잠을 잔다고 했다.

엄마는 백화점에서 장을 본 바구니를 열고 베렌과 특별한 요리를 만들었다. 모레 세부로 돌아간다고 했니, 하고 주방에서 몇번이고 반복해 물으면서.

엄마가 만든 요리는 도토리묵채였다. 육수에 김치를 썰어넣고 마늘, 쪽파, 김, 계란부침, 애호박 등을 곁들였다. 식탁 위에 도토리묵채 그릇을 올리고 마지막으로 송이버섯을 육수 위에 얹었다.

베렌은 묵채를 먼저 먹었고, 나는 국물을 먼저 마셨고, 엄마는 송이버섯을 먼저 음미했다. 단단하면서도 유연한 도토리묵채를 먹으면서 엄마는 아버지를 만난 이야기를 했다.

세부 에스엠몰 왓슨스 매장에서 홍보모델로 엄마는 일했다. 당시엔 날씬했을 테다. 아버지는 왓슨스에 들러 상품들을 살펴봤다.

엄마는 매장 안 한쪽 코너에서 신상품 드라이어 홍보를 맡고 있었다. 엄마는 직원의 도움을 받아 머리카락을 말아올리며 드라이어의 위력을 발휘하기 위해 애쓰고 있었다. 엄마는 눈썹 옆에 나비 문신 스티커를 붙이고 이벤트 분위기를 더욱 돋웠다.

"아버지는 무례한 사람처럼 행동했어. 내 앞으로 다가오더니 나비 문신을 바라봤어."

아버지는 문신 스티커를 손으로 떼어내고 엄마에게 말했다.

"훨씬 예뻐요."

아버지의 어이없는 행동에 엄마는 웃음을 터트렸다. 엄마는 반격을 하지 못한 채 엉뚱한 말을 했다.

"드라이 해보시겠어요?"

"드라이를 할 만큼 제 머리카락이 길어 보입니까?"

아버지는 죽는 날까지 짧은 헤어스타일로 살았다. 엄마는 왓슨스에 다니면서 아버지랑 동거했다.

"당시엔 동거나 결혼이나 큰 차이가 없었어."

"무슨 말인지 모르겠어."

"얼마 전 법이 새로 생기기 전까지, 결혼하더라도 외국인 남편한텐 영주권도 안 나왔어."

엄마는 아버지에게 나비 문신을 빼앗겼다. 동거하면서 아버지가 문신처럼 박혔다. 아무리 노력해도 뗄 수 없는 거대한 문신, 아버지.

아버지의 프러포즈는 아름다웠을지 모르겠다. 만남은 반드시 소멸한다. 이별이 뒤따른다. 아버지는 사계절이 있는 나라에서 여름만 존재하는 세부로 혼자 건너왔다. 대단한 꿈을 이루기 위해서가 아니라 현실의 여건을 수용해 세부에서 20석 규모의 식당을 열었다. 새끼돼지 삼겹살 메뉴를 개발했고 겉절이 김치를 팔았다. 영업이 끝나고 손님이 한명도 없는 테이블에서 아버지가 구워주는 삼겹살은 어떤 맛일까. 아버지가 식당 빈 공간을 휘저으며 주방을 왔다 갔다 하는 모습을 상상했다. 아버지 바지를 꼭 붙잡고 무릎 위에 매달린 채.

엄마는 아버지의 죽음을 또렷하게 기억하고 있었다.

"네 아버지는 위장이 점점 줄어드는 병에 걸렸어. 매일 삼겹살 냄새를 맡으면서, 자신이 먹는 음식 양을 줄여나갔어. 의사가 말했지. 위장이 좁아지면서 항문으로 변해간다고…. 살이 빠지기 시작했어. 시간이 흐를수록 온몸이 쪼그라들었지. 네 아버지는 자신의 죽음을 예감한 것처럼 나를 꼭 끌어안고 다리를 구부린 채 아침 햇살을 받으며 숨을 멈췄어."

엄마의 눈동자가 빨갛게 변해갔다.

나는 거실에 널어놓은 빨래를 걷었다. 세부의 누나 방식대로 빨랫감을 세탁기 속에서 불려두었다가 탈수했다. 운동화는 세제를 푼 물에 다섯시간 정도 담갔다가 말렸다.

내가 시선을 피하자 엄마는 울기 시작했다. 눈물이란 의지할 상대가 곁에 있으면 더 흘러내리기도 한다. 울고 나서 해결할 수 있는 건 별로 없다. 운명을 받아들이는 일이야말로 세부아노의 특징이요, 개성이다.

베렌은 팬티와 브래지어를 걷어 갈아입었다. 겉옷은 세탁이 필요 없을 만큼 챙겨온 것 같다.

엄마는 양팔로 베렌과 나를 감싸안았다. 엄마는 신부가 기도할 때 내는 목소리로 말했다.

"너희들은 행복하게 살아라."

엄마는 베렌에게 봉투를 건네며 말했다.

"내일은 너희들 둘이서 멋진 곳에서 시간을 보내는 건 어떻겠니?"

이튿날 할아버지가 착탈식 전동휠체어를 운전하는 모습을 보며, 베렌과 나는 동네 역으로 나가 하까따행 표를 끊었다. 엄마는 열차가 출발할 때까지 우리를 지켜보며 손을 흔들었다. 엄마는 내게 부담을 주지 않기 위해 어린아이처럼 웃었는지 모른다. 아들과 잠시 만났다 헤어지면서 즐겁게 웃을 엄마는 드물 테니까. 열차가 앞으로 달려나갔다. 헐렁한 물방울 무늬 치마를 입은 엄마의 뒷모습이 자꾸 나타났다.

나는 엄마에게 메시지를 보냈다.

—살아 있어서 고마워. 엄마랑 살고 싶어.

당장이라도 엄마가 뒤따라올 것 같았다. 엄마가 응답했다.

—나도 고맙다. 언젠가, 꼭 같이 살자.

나는 핸드폰 전원 버튼을 길게 눌렀다. 화면에 나타나는 확인 버튼에 엄지를 갖다댔다. 물방울 무늬 치마를 상상하던 나는, 굵은 다리를 가늘게 떨고 있었다. 베렌이 내 무릎에 얼굴을 포갰다.

여행을 하는 동안 불어났다고 생각했던 시간은 다시 오므라들고 있었다. 몰입해서 돈을 벌어야 하는 세계로 돌아갈 시간이 다가왔다.

우리는 하까따역에서 텐진으로 이동했다. 베렌이 쇼핑을 원했다. 이와따야 백화점을 찾아가던 중 신사에서 결혼식을 올리는 남녀에 이끌려 지켜봤다. 남녀 모두 일본 전통의상을 입고 신전결혼식을 올리고 있었다. 세부의 신식 결혼식보다 엄숙한 분위기를 풍겼다. 한쌍의 남녀가 손뼉을 두번 마주쳐 소리 내고, 긴 밧줄을 잡아당겨 종을 치고, 기도했다. 나는 두사람의 첫날밤을 생각했다. 신사라는 곳은 프러포즈 장소로 적당해 보이지 않았다. 후꾸오카 타워가 솟아 있는 모모찌 해변이 더 좋을 것 같았다.

나는 세부로 돌아가자마자 망고스퀘어에서 베렌에게 프러포즈하기로 결심했다. 여러번의 충동은 실천하게 만든다. 프러포즈 장소가 중요한 건 아니다. 배우자가 슬프게 죽어가는 모습을 지켜볼 책임감이 있어야 프러포즈를 할 수 있다.

베렌은 이와따야 백화점에서 두시간 동안 상품을 구경하다 폴로 손수건 세장을 산 게 전부였다. 한장은 나한테 선물했다. 도심 속은 엄마 집이 있는 마을보다 훨씬 더웠다.

오후 3시경 호텔을 찾아 빈방이 있는지 알아봤다. 여행가방을 계속 끌고 다니며 드륵드드, 하는 소리를 들을 필요가 없었다. 다섯군데의 호텔 프런트에서 모두 상냥한 웃음을 띠며 방이 없다고 했다. 러브호텔이 있는 골목을 찾아갔다. 아이폰 스토어를 지나 횡단보도를 건너자 러브호텔들이 외벽에 방 안의 시설을 보여주고 있었다. 주차장으로 통하는 입구에서 세로형 가리개를 손으로 젖히고 들어갔다. 이십대 남녀가 할리데이비드슨 모터사이클에 시동을 걸며 올라탔다. 스위치백 재킷을 입은 남자가 액셀러레이터를 밟으며 가리개를 뚫고 빠져나갔다. 뒤에 타고 있던 여자의 블라우스가 펄렁거렸다.

러브호텔에 딱 한개의 방이 비어 있었다.

나는 녹색 버튼을 눌렀다. 아크릴 속에서 빛나던 소파와 테이블, 침대와 욕실이 어둡게 변했다. 엘리베이터를 타고 사층으로 올라갔다. 우리가 고른 방의 번호가 항공 유도등처럼 깜빡거리고 있었다. 문을 열고 들어가자 방 안의 소품들이 일제히 자기 색깔을 드러냈다. 방 중앙의 흰 원형 기둥이 공간을 양분했다. 한쪽은 침대, 다른 한쪽은 소파가 놓여 있었다. 침대와 소파에서 바라볼 수 있는 벽면 쪽으로 월풀 욕조, 화장실, 텔레비전, 거울 등이 침묵을 지키고 있었다. 텔레비전 소리에 이어 베렌이 샤워실로 들어가자 부드러운 빗방울 소리가 들렸다.

나는 조끼를 벗고 소파에 앉아 최근에 올라온 프러포즈 영상을 살펴봤다. 농구장, 도심 거리, 선박, 공항 등에서 프러포즈를 하고 있었다. 웃는 여자도 있었고, 우는 여자도 보였다. 화이트 셔츠를 입은 남자, 캐주얼 티셔츠를 걸친 남자 모두가 즐거운 표정으로 친구들과 단체춤을 춘 뒤 예비 신부에게 선물을 건네고 키스를 했다. 그들은 하나같이 친구들이 많다는 공통점이 존재했다. 친구가 없는 나는 불안감에 휩싸였다. 친구가 있다 하더라도 모두 나랑 같이 도둑질하던 놈들뿐이었다. 프러포즈를 해도, 결혼을 해도, 장례식을 해도 사람이 필요했다. 박사장이 한인단체를 만들며 사람을 끌어모으는 이유를 알 것 같기도 했다.

베렌이 빨간 핫팬츠로 갈아입고 소파에 앉았다. 베렌은 말라테에서 들리는 소문을 내게 전해주었다. 한국인들의 JTV 불매운동이 더욱 번지면서 술집 종업원들과 사장이 곤경에 처했다. 마닐라 공항에서 한국인 관광객 가방에 총알을 넣은 뒤 열두시간 동안 억류하는 일이 벌어지기도 했다. 일곱명의 함정 수사 용의자를 체포해 조사 중이었다. 마닐라로 입국하는 관광객들은 랩으로 음식물을 싸듯이 수화물을 비닐로 통째 덮어씌웠다. 함정 수사를 예방하려고. 교통체증으로 악명 높은 마닐라에서 에이펙 정상회의가 열림에 따라 말라테 거리를 곧 통제할 예정이었다.

베렌이 소파에 다리를 얹고 말했다.

"말라테에 홍수가 들이닥치면 튜브라도 타고 다닐 수 있어. 에이펙 행사로 각국의 대통령들이 합법적으로 쳐들어오면 말라테 거리는 막혀버려. 테러에 대비해 지난 6월부터 보라카이 해변에서 윈드서핑마저 금지시켰다는 소문이 나돌 정도라니까."

베렌은 말라테로 돌아갈 생각은 없는 것 같았다. 오래전 사건을 상기시키기까지 했다.

"아키노 상원의원이 총에 맞아 죽은 곳이 마닐라 공항이었어."

나는 러브호텔의 리모컨으로 아무 버튼이나 눌러봤다. 원형 기둥에서 푸른빛이 감돌며 상점의 쇼윈도처럼 변했다. 침대 아래 바닥을 핑크색 조명이 둘러쌌다. 냉장고를 열자 맥주, 콜라, 물 등의 음료가 가득 차 있었다. 물을 마시려고 버튼을 눌렀다. 맥주가 튀어나왔다. 버튼을 잘못 누른 내 탓이었다. 반품할 길이 없었다. 러브호텔로 들어갈 때부터 직원이라곤 보이지 않았다. 베렌과 맥주를 나눠 마시고 원형 기둥 앞에서 포옹했다. 에어컨 바람이 우리 몸을 둘러쌌다. 뜨거웠다.

배고파, 하고 베렌이 말했다. 저녁 7시경이었다. 와규를 먹으러 가기로 했다. 세부에서 돼지고기는 나무랄 데 없는 맛을 자랑한다. 소고기 맛은 그저 그렇다. 나는 세부로 돌아가 베렌 엄마한테 인사하고 돼지를 키우는 상상에 빠졌다. 베렌 남동생과 함께 돼지에게 먹이를 주며 막탈리사이에서 살아가는 내 모습.

러브호텔 출입문을 열려고 아무리 힘을 써도 꼼짝하지 않았다. 베렌이 새로운 비법이 있다는 표정으로 도어록을 돌려봤으나 손목만 아플 따름이었다. 출입문 왼편에 일본어로 안내문이 보였다. 글을 읽을 수 없었다. 눈치로 알아차렸다. 자판기처럼 내벽에 설치한 얄브스름한 틈으로 돈을 넣지 않는 한 빠져나갈 수 없었다.

7880¥

화면에 표기된 숫자를 보고 1만엔을 밀어넣었다. 잔돈이 쏟아지며 도어록이 열렸다.

아주 가까운 곳에 와규 식당이 보였다. 입구로 다가가자 고기 굽는 냄새가 번져왔다. 빈 좌석에 앉아 사가현 와규를 시키자 식탁 위에 있던 숯불에 불을 붙여주었다. 와규가 담긴 접시가 나왔을 때, 베렌과 나는 누가 먼저랄 것도 없이 사진부터 찍었다. 붉고 흰 살들의 핏줄 같은 조화, 사각도 육각도 아닌 제멋대로의 질서에 따른 정형화, 돈을 지불할 손님에게 정량화된 와규 조각들.

오른쪽 어금니에서 한번, 왼쪽 어금니에서 한번 씹고 나자 와규 조각은 사라졌다. 나는 박사장 집에서 호주산 와규를 먹던 생각에 잠겼다.

불길이 스쳐간 와규 한조각을 베렌의 입에 넣어주었다.

"와우!"

와규 맛을 본 베렌이 말했다.

나도 베렌과 똑같은 감탄사를 내뿜으며 혀 위에서 와규 맛을 즐겼다.

엄마가 말했던 아버지의 병명이 떠올랐다.

'Intestinal metaplasia' 한국어로 '장상피화생'이라는 병이었다. 나는 와규를 먹으면서 아버지가 걸렸던 병에 대한 자료를 읽었다. 많은 이야기들이 떠돌고 있었다. 위 점막의 분비선이 없어지고, 위 속에 작은 돌기 같은 것이 무수히 생겨나는 병이라는 점을 모두 언급했다. 붉은 점막이 회백색으로 바뀌면서 위암으로 진행할 수 있는 전 단계라고 했다.

나는 회백색 분청사기를 연상했다. 그 단단하고 매끄러운 무늬를 간직한 분청사기가 쪼그라들어 아무것도 담지 못하는 그릇으로 변하는 모습을.

아버지는 망고스퀘어를 지나다가 쓰러진 적이 있었다.

병원에서 엄마는 의사의 말을 경청했다. 가로축, 세로축, 사선 방향의 자기공명영상을 쳐다봤다. 자잘한 흰 점들이 나타나곤 했다. 엄마는 의사의 말을 기억하고 있었다. 의사는 굉장히,라는 말을 세번 했다고 한다.

"환자분 술을 굉장히 많이 드시는군요."

"그런 편입니다."

"여기 사진 보이시죠?"

"네."

"30년 동안 하루도 빠짐없이, 꾸준히, 굉장히 많은 술을 드셨을 때 나타나는 증상입니다."

"그 사진은 어느 부위를 가리키는 겁니까?"

"여기 보이시죠? 소뇌가 굉장히 좁아져 있어요."

고구마향이 은은하게 배어나오는 소주를 곁들여 와규를 먹었다. 식당 안의 모든 손님들이 즐겁고 맛있는 시간을 보내고 있었다. 나는 웨이터를 불러 생마늘을 달라고 말했다. 마늘은 없다고 했다. 마닐라 6성 호텔에서 자살한 한국인이 떠올랐다. 베렌에게 말했다.

"설마 마늘을 들고 다니기가 불편해서 자살한 건 아니겠지?"

마늘이 없어서인지 웨이터는 양파를 충분히 식탁에 올려주었다.

우리는 러브호텔로 돌아가기 전 패밀리마트에 들렀다. 도시락, 컵라면, 음료수, 초콜릿 등을 샀다. 패밀리마트에서 소변을 보고 밖으로 나왔다. 골목을 걷자 노란색 배경에 검은 숫자 번호판이 달린 경차가 지나갔다. 보닛 앞쪽에 리어뷰 미러가 달린 택시가 뒤를 이었고, 한여름 밤에 기운을 빼앗긴 인파들이 천천히 인도를 걸었다.

베렌은 초콜릿을 깨물어 먹으면서 큐우슈우대 중앙도서관 이층에서 할아버지와 나눴던 이야기를 회상했다.

"전공이 뭔가?" 할아버지가 말했다.

"호텔 경영입니다." 베렌이 말했다.

베렌은 할아버지가 앉은 휠체어 쪽으로 고개를 숙이며 귀를 가까이 대곤 했다.

"대부분의 학과와 마찬가지로 세부적으로 와닿지 않는 전공이 군. 그럴수록 결핍감에 시달리게 마련이지. 전공은 어렸을 때 막연한 꿈의 반영, 혹은 고등학교 졸업 당시의 현실적 선택인 경우가 많아. 대학 졸업 뒤에 뭘 하고 있나?"

엄마가 옆에서 듣고 있다 통역했다.

"JTV에서 일했어요."

"방송국인가?"

"Japanes style KTV,라는 뜻입니다."

"이제 알겠어. 카라오께 텔레비전의 일본식이라는 말인 것 같군. 여기선 카바꾸라라고 불러. JTV는 방송국하고도 관련이 없고, 호텔 경영하고도 상관은 없는 곳이군."

"네."

베렌은 할아버지를 중앙도서관 이층 계단에서 밀어버리는 상상을 했다.

"전공이라는 명제는 보편화의 오류를 일으키는 경향이 있어. 호텔경영을 전공했다고 반드시 그와 관련한 일을 하는 건 아니잖아."

"무슨 말씀인지 알겠습니다."

"내가 소장하고 있는 경매 물품을 큐우슈우대에 기증하는 건 학문의 세부적 발전을 위해서야."

"무슨 말씀인지 모르겠습니다."

"단지 내 집에서 물품들을 옮겨 대학에서 보관해달라는 의미가 아니란 뜻이야. 물품들을 모두 공매 처분해서 연구하고 결과를 응집하는 데 사용하라는 취지야. 올해 같으면, 히로쯔 타카아끼 교수에게 전부 기증하고 싶어."

"뭘 연구하는 교수죠?"

"히로쯔 타카아끼 교수는 오줌 한방울로 암을 진단할 수 있는 방법을 개발했지. 1달러의 검사비용으로 10여개 종류의 암을 즉시 판단할 수 있어."

"정말요? 어떻게 가능하죠?"

"몸길이 1밀리미터 선충인 C. 엘레간스의 후각을 이용하는 거야. 내 마누라의 코보다 10만배 정도 냄새를 더 잘 맡아. 일찌감치 냄새를 맡아버리면 바람을 피우지 못하지. 조기 암 진단에 효과적이야. 세상엔 빨리 발견해서 대처해야 할 일이 많다고 생각하지 않나?"

우리는 러브호텔에서 빨리 알아차려야 할 일을 놓치고 말았다. 묵었던 방으로 올라가자 도어록이 열리지 않았다. 애당초 열쇠 같은 것도 없었다. 신중하게 도어록을 돌렸으나 방 안에서 이상한 소리가 들렸다. 섹스할 때 여자 입에서 쏟아져나오는 다양한 소리 중 국적이 일본인 같은 교성이었다. 방 안에 내 조끼와 베렌의 여행가방을 통째 얹어두었다. 그 속에 전재산이 들어 있었다. 주먹을 쥐고 문을 두드렸다. 신음소리가 멈췄다. 다른 반응은 없었다. 우리는 벽에 기대 내부 침입자가 나오기를 기다리는 수사관처럼 기다렸다. 마치 신데렐라가 나뭇가지에 몸이 찔린 듯한 소리가 들리기 시작했다. 베렌과 나는 서로 바라보며 귀를 막았다. 10분쯤 지나자 통로에 러브호텔 청소 아주머니가 나타났다. 마스크를 착용한 아주머니 모습이 반가웠다.

베렌과 나는 수화를 하는 사람과 흡사하게 아주머니에게 설명했다. 여러가지 손짓을 사용한 우리의 주장은 방에 누군가 들어가 있다, 였다. 아주머니가 자신을 따라오라고 손짓했다. 일층으로 내려가자 아주머니는 좁은 창고의 문을 열었다. 베렌의 여행가방과 내 조끼를 보관하고 있었다. 다른 물품들도 눈에 띄었다. 코스프레 의상, 마사지 젤, 채찍, 가면, 딜도, 롱부츠 등이었다.

사층에서 일층으로 왜 우리 물건을 갖다놨느냐고 한참 동안 따졌다. 아주머니의 응답은 간단했다.

'아크릴 판에 있는 설명을 읽어볼 것.'

우리는 처음 방을 골랐던 벽 앞에 섰다. 아크릴 위에 하얀 글씨로 잡다한 안내문이 쓰여 있었다. 평일과 주말에 따라 요금이 다르다, 숙박은 9시 이후 가능하다는 주의사항. 중요한 문구를 늦게 발견했다.

어떻게 하라는 거야? 하고 나는 말했다.

9시 이전에는 'REST'만 허용한다는 뜻이야,라고 베렌이 말했다.

안내문의 결론은 숙박을 위해 다시 체크인해야 한다고 말하고 있었다. 방은 또, 하나밖에 없었다. 요상하게 생긴 방이었다. 방값도 첫번째보다 훨씬 비쌌다. 돈이 문제가 아니었다. 엄마 집에서 공짜로 묵은 시간이 비싼 방값을 상쇄해주고 있었다. 뒤에서 남녀 한 쌍의 발자국 소리가 들렸다. 나는 오층으로 향하는 녹색 버튼을 눌렀다. 방으로 들어가자마자 절대 밖으로 나가지 말자는 생각부터 떠올랐다.

방 안의 분위기는 사층과 완전히 달랐다. 천장은 UFC 경기장처럼 옥타곤 형태로 목조구조에 밧줄이 매달려 있었다. 그네를 타기 위한 용도는 아닌 것 같았다. 밧줄은 염색을 했는지 붉은 색조였다. 욕실은 칸막이가 없는 자쿠지였다. 벽면 한쪽 모서리에 변기를 설치하고 밧줄과 같은 색의 창살로 테두리를 둘렀다. 열린 화장실이 랄까.

부드러운 소고기를 먹고 방 안에 들어가자 몸의 중심에서 딱딱한 심지를 확장시켰다. 여행의 마지막 날을 괴이한 방에서 베렌과 첫날밤처럼 보내야 했다. 엄마 집에서 우리는 섹스를 하지 않았다. 포근한 형제와 같은 모습으로 뭉쳐서 지냈을 뿐이다.

돈과 여권, 항공티켓을 다시 한번 확인하고 소파에 앉았다. 체크아웃 시간은 내일 오전 11시였다. 제때 나가지 않으면 무슨 일을 당할지 모른다. 양치질을 하고 다시 소파에 앉았다.

베렌이 말했다.

"내게 고기를 구워줬고 여행가방을 항상 들어줬어. 계속해서 그렇게 해줄 수 있어?"

"우리 여행은 끝났어."

"세부에 도착해서도 그렇게 해줄 수 있냐구. 일하러 가면 간다, 시장 가면 간다, 어딜 가든 간다고 얘기해줄 수 있어?"

"어려운 일도 아닌데 뭘."

"아무 말 없이 사라지는 아버지 같은 남자도 있거든."

"······."

우리는 커플댄스를 연습하려고 음악 채널을 틀었다. 프러포즈 댄스 음악을 찾아 감상했다. 셀카봉의 다리를 조절해 화장대 위에 고정했다. 「Marry You」 안무 영상을 골라 핸드폰 스피커를 작동시켰다. 가이드를 했을 당시 블루투스 스피커를 들고 다니던 남자 손님이 떠올랐다. 스피커 소리가 작아도 상관없다. 우리의 울림은 러브호텔 밖으로 퍼져나갈 테다. 세부섬을 내려다볼 수 있는 톱스힐을 상상했다.

우리는 양말을 벗고 거울 앞에 섰다.

노랫말에 어울리는 동작을 따라했다.

It's a beautiful night

오른발 오른팔, 왼발 왼팔을 뻗었다 오므린다.

We're looking for something dumb to do

옆모습이 보이도록 섰다가, 앞모습으로 몸을 돌리며 양발을 크게 벌리고 가슴으로 모으는 손동작을 따라 발을 오므린다.

Hey baby, I think I wanna marry you

생각하는 듯한 표정으로 오른손을 턱밑에 갖다 대면서 몸을 한바퀴 돌린다.

Tell me right now baby

Tell me right now baby

"베렌, 녹화한 영상을 보니까 여기선 손을 흔드는 동작을 반복하다, 임팩트를 좀 주는 게 좋겠어. Tell me right now baby라고 입을 크게 벌리면서. 애틋함, 간절함을 읽을 수 있는 표정이 부족한 거 같아."

"누가?"

"우리 둘 다. Tell me right now, 이때 양손을 앞으로 내밀면서 갖난아이를 받아든 동작으로 바꿔보자구. 양손을 힘차게 내면서 임팩트, 오케이?"

"오케이."

리모컨을 들고 방 안의 조명을 밝은 분위기로 바꿨다. 우리의 동작만으로 이루어지는 안무를 만드는 데 집착했다. I think I wanna marry you라는 후렴구는 여덟번 나왔다. 똑같은 문장의 구조 두개를 각각 두번씩 반복하고 있었다. 세번씩, 네번씩 반복하는 문장도 우리에게 고민을 안겼다. 같은 동작을 반복해야 하나.

노랫말에 따라 같은 동작을 반복하면 안무 연습은 쉽게 끝날 수 있었다. 우리는 꼭 필요한 부분만 반복하고 새로운 동작을 사이사이에 끼워넣었다. 노래가 한번 끝나면 동작을 교정한 뒤 다시 춤을 췄다. 나이트클럽에서 춤을 출 때 다른 사람을 방해하지 않아야 한다. 프러포즈 춤은 지나가던 사람도 같이 추고 싶을 만치 활기차고 큰 동작이 좋을 것 같았다. 베렌과 나는 농구장이나 야구장 치어리더들의 움직임처럼 동작을 크게 키웠다. 골반이나 허리를 움직일 때 유연성을 분출해야 한다. 영상 속의 나는 뻣뻣했다.

새벽 2시에 하나의 춤을 합작했다. 처음으로 정성을 쏟은 영상이 탄생했다. 내 채널, 내 동작, 나의 반려자가 등장하는 장면.

베렌은 친구들에게 영상을 보냈다.

아침 일찍 눈을 떴다. 베렌의 가슴 위에 손을 얹고, 잠자는 모습을 내려다봤다. 베렌을 찾기 위해 막탈리사이 골목을 올라가던 때의 내 모습이 떠올랐다. 베렌 남동생과 엄마를 생각했다. 맑은 공기 속에 묻혀서 살고 있는 나의 엄마도 생각났다.

엄마는 내게 돈을 부쳐줬다. 세부섬의 남자들이 필사적으로 허덕이는 밑바닥 가난뱅이에서 나 혼자만이라도 제발 좀 벗어나라는 지폐적 표현이었을까.

베렌이 꿈틀거린다. 팔베개를 해주며 베렌을 곁으로 끌어당긴다. 단단하고 물렁한 베렌의 머리가 느껴진다.

어떻게 하면 항상 가까움을 느끼며 살아갈 수 있을까.

나와 베렌, 애처로운 가족들과.

나는 베렌의 머리를 살짝 내려놓고 미닫이 창문을 열었다. 까마귀떼가 아침 하늘을 비행하고 있었다. 방사형으로 날던 까마귀들은 일제히 흩어졌다 같은 방향으로 모이기 시작했다. 까마귀들은 손가락을 쫙 편 모습으로 멀리 날아갔다.

잠시 침대에서 떨어졌음에도 베렌이 멀리 있는 것만 같았다.

나는 베렌의 손을 잡고 흔들었다.

살아 있다.

곁에 있다.

11

나는 막탈리사이를 빠져나갔습니다. 중고 아반떼를 한대 사서 가이드 일을 시작했습니다. 여행사 소속 프리랜서라고 해야겠지요.

세부시티를 찾는 외국인들 가운데 한국 사람이 가장 많습니다. 운 좋을 땐 연속해서 일주일 동안 한사람, 또는 한 팀을 안내하며 가이드 운전을 할 수 있습니다. 차량용 핸드폰 충전기, 생수, 라이터, 우산 정도는 손님에게 서비스 해드릴 수 있지요. 세부시티 지도 같은 건 무료로 나눠드리고 있습니다.

누나가 나를 적극 도와줍니다. 30퍼센트가량은 누나가 소개하는 손님들입니다. 일년 내내 햇빛으로 샤워를 하는 도시라서 운전기사들의 복장은 너절한 차림입니다. 누나는 자기가 소개한 손님을 깨끗한 복장으로 모시라고 했습니다. 나는 운전을 할 때 항상 반팔

화이트 셔츠를 입습니다. 신발은 운동화, 바지는 까만색 신사복 차림입니다. 밤에 손님이 탈 땐 불을 켜두고 원하지 않으면 끕니다. 100페소 점심값을 받는 관례를 없앴습니다. 손님에게 팁을 요구하지 않고, 첫 만남과 마지막 헤어질 때 화사한 웃음을 보입니다. 6개월 정도 지나면서 예약 손님도 두번째 만나는 고객도 생겼습니다.

어제는 한국에서 도착한 미스터 킴 가족을 태우러 세부공항 어라이벌 라운지로 갔습니다. 미스터 킴 가족이 얼마나 빨리 공항을 빠져나왔는지 금세 만났습니다. 아들 한명을 둔 가족이었습니다. 고객들의 안전을 위해 자동차보험에 들었습니다. 보험 증서를 손님들에게 직접 보여주기도 합니다.

어렸을 때 꿈은 가수였습니다. 딱 한번 오디션에 나간 적이 있지요. 심사위원들이 참가자를 뒤편 무대에 두고 노래를 듣기 때문에 얼굴을 볼 수 없지요. 나는 오디션에서 떨어졌습니다. 공정한 심사였어요. 이제 더는 보잘것없는 재능에 기대어 막연한 꿈을 꾸지는 않습니다.

미스터 킴 가족이 간 곳은 반타얀 해변입니다. 1박 2일 일정이어서 모셔다 드리고 다시 모시러 가고, 결국 나는 두번 왕복했지요. 첫날 반타얀 리조트의 보랏빛 파라솔 밑에서 미스터 킴 부인과 아들이 수영복을 입은 채 의자에 앉아 대화를 나누는 걸 보면서 막탈리사이로 돌아왔습니다.

다음날 오후에 모시러 갔을 땐 미스터 킴 온 가족의 팔뚝이 그을어 있었습니다. 햇빛이 각인돼 붉은색이 남아 있는 목덜미 위로 하얗게 벌어진 웃음을 보며 부러워했습니다. 차 트렁크에 미스터 킴 가족의 짐을 실었습니다. 마냥 아쉬워하는 미스터 킴 아들의 손을 잡고 차에 태웠지요. 저도 아쉽긴 마찬가지였습니다. 세부 공항에서, 내년에 또 온다고 말하는 미스터 킴 가족과 손을 흔들며 헤어졌습니다. 안녕히가세요, 하고 인사합니다.

유료 손님이 없을 땐 누나와 드라이브를 가끔 합니다. 누나는 썬글라스를 착용하기도 하고 원반형 모자를 쓰기도 합니다. 요즘 누나의 화장대는 어지러울 만큼 화장품으로 가득합니다. 누나는 오늘 차 안에 긴 카디건을 벗어놓고 내렸습니다. 미니스커트를 돋보이게 하기 위해서일지도 모릅니다. 누나가 소개해준 남자 손님을 태웁니다. 남자 손님은 차에 타자마자 메모지를 꺼내 약속을 요구합니다.

'가솔린 비용 포함.'

나는 사인합니다. 남자 손님은 다른 차량을 이용하면서 가솔린 비용 때문에 분쟁을 했던 경험이 있나봅니다. 손님에게 불필요하게 먼저 말을 걸지 않습니다. 입을 닫고 편안하게 다니길 원하는 손님도 있고, 입을 열어야 안정감을 찾는 부류도 많습니다. 손님이 말을 많이 한다고 해서 항상 그렇다고 평가하긴 어렵습니다. 일상에서 말을 할 기회가 없어서 누군가를 만나면 이야기를 즐기는 손님도 있기 때문입니다.

누나가 소개한 남자 손님의 첫마디는 씨티은행으로 갑시다, 하는 말이었습니다. 금요일 저녁에 씨티은행으로 가봤자 한국 유학생들이 아얄라몰 쪽으로 줄을 서 있을 확률이 99퍼센트입니다. 만다우에를 지나 씨티은행 방향으로 직진합니다. 예상했던 대로 씨티은행 현금지급기 앞에 줄이 늘어서 있습니다. 매주 반복되는 줄을 늘 목격했습니다. 나는 운전을 매일 반복하고 있습니다.

남자 손님은 줄을 서는 걸 포기하고 래디슨 블루 호텔로 가자고 합니다. 래디슨 블루 호텔은 말리 테러사건 뒤 매우 조심해야 할 장소가 되었습니다. 같은 이름의 프랜차이즈 호텔에서 테러가 반복해서 일어날지 아무도 알 수 없습니다. 짐작하지 못한 장소에서 테러가 발생한다면 누구도 막을 수 없겠지요. 남자 손님은 래디슨 블루 호텔 뷔페에서 어떤 여자를 만나 저녁 식사를 하러 들어갔습니다.

다섯시간 내내 운전을 해야 하는 경우도 있습니다. 기다림의 시간이야말로 운전 가이드의 중요한 부분입니다. 가장 가까운 입구에서 손님을 태워드려야 만족하지요. 여자 손님이 있을 땐 룸미러를 통해 눈이 마주치지 않도록 주의합니다. 갑자기 정차하는 일 없이 부드럽게 더블 브레이크를 밟으며 울렁거림을 예방해야 합니다. 여자 손님이 담배를 피워도 괜찮냐고 물어봅니다. 버튼으로 창문을 열어드립니다. 눅눅한 공기가 에어컨 바람과 섞입니다.

한국 마트로 향합니다. 가로등의 불빛이 차량 조명과 어울려 붉은 빗금을 차창 앞에 투영합니다. 계기판의 은은한 조명이 뒷좌석에서 보일 겁니다. 상점들의 간판이 번쩍번쩍 지나갑니다. 남녀 손님은 마트에 내려 안으로 들어갑니다. 마트에서 사올 상품을 트렁크에 싣기 위해 주차합니다. 남녀 손님은 예상을 깨고 물파스 하나만을 산 뒤 밖으로 나옵니다. 뒷좌석에서 여자가 남자 손님 허리와 등 주위에 물파스를 발라줍니다. 남자 손님은 유라텍스 매트리스

침대에서 자기만 하면 척추가 쑤신다고 합니다. 온돌에서 생활하는 한국인들이 세부를 방문하면 종종 일어나는 일입니다.

스콜이 내리면서 시원한 바람이 붑니다. 다음 목적지는 톱스힐입니다. 택시기사들은 톱스힐 가는 길에 마르코 폴로 호텔을 지나면서 투덜거리는 경우가 있습니다. 언덕을 올라갈 때 차의 기름을 많이 소모한다면서 미터기보다 요금을 더 요구하지요. 스콜을 뚫고 시티 라이트 콘도를 지나 톱스힐로 올라갑니다. 남녀 손님은 톱스힐에 도착해 맥주를 마시러 가면서 같이 한잔하시죠, 하고 말합니다. 나는 사양합니다. 가이드의 본분을 지키는 게 좋습니다.

마닐라에서 개최한 에이펙 정상회담 당시 미국 대통령은 빌라모어 공군기지에 도착해 양손을 모으고 춤을 추듯이 에어포스 원 항공기 트랙을 뛰어내려갔습니다. 뭉게구름이 하늘을 장식하고 있던 날이었지요. 다른 국가의 정상들은 항공기에서 내려 승용차로 이동했습니다. 미국 대통령은 다시 헬기를 타고 마닐라의 숙소로 들어갔지요. 만일 미국 대통령이 공군기지에서 마주친 경호원이나 헬기 기장에게 나중에 같이 맥주 한잔하지,라고 말했다면 어떻게 대답했을까요.

남녀 손님은 톱스힐에서 가볍게 산책을 한 뒤 맥주를 마십니다. 나는 차에서 내려 톱스힐을 걸으며 세부 시내를 내려다봅니다. 붉은색 지붕들이 산속 곳곳에 박혀 있습니다. 송전탑이 드문드문 산비탈을 지나갑니다. 멀리 나지막한 건물들이 불빛을 뿜으며 평온하게 자리잡고 있습니다. 차갑기 그지없을 바다가 따뜻한 땅과 만납니다. 톱스힐에서 프러포즈를 마친 뒤 풀빌라로 이동해서 파티를 하면 멋진 하루를 보낼 수 있을 겁니다.

1시간 20분을 기다리자 남녀 손님이 차에 탑니다. 풀파스 냄새가 풍깁니다. 래디슨 블루 호텔로 다시 돌아가자고 합니다. 내려가는 길 옆에서 숯불구이 연기가 피어오릅니다. 배가 홀쭉한 개 한마리가 길가를 서성거립니다. 이발을 하려고 기다리는 사람들, 세탁소에서 빨래를 정리하는 모습, 숯불에 오징어를 굽는 식당을 보며 지납니다.

오토바이 소리가 귀에 거슬립니다. 차에 오토바이가 바짝 붙을 땐 위험합니다. 손님을 납치할 수도 있고, 총을 쏘고 돈과 핸드폰을 빼앗아 달아나기도 합니다. 레이노 썬팅한 나의 차량은 안에 누가 타고 있는지 잘 안 보일 겁니다. 빛과 도둑을 동시에 차단하지요. 남자 손님에게 음악을 틀어드릴까요, 하고 묻습니다. 뒷좌석의 스피커 볼륨을 높입니다. 세부에서 음악을 하루 종일 크게 틀어도 옆집 사람이 항의하는 일은 드뭅니다.

래디슨 블루 호텔로 들어갑니다. 경비견이 혓바닥을 움직입니다. 트렁크를 열어야 하고 신분을 모두 확인해줘야 합니다. 차량 밑을 반사거울로 검사합니다. 호텔 로비로 들어가는 입구에 정차합니다. 남녀 손님에게 공손하게 인사합니다. 화사한 웃음으로 2천 페소를 받습니다. 호텔을 빠져나가 가솔린을 넣고 막탈리사이로 달립니다. 싸우스 로드로 접어듭니다. 안개가 걷히고 있습니다.

막탈리사이의 어퍼 라구나에 살고 있는 집을 뜯어고쳐 세채의 우드 콘도를 짓고 있습니다. 우드 콘도는 한국의 찜질방 시스템을 가미한 필리핀식 바하이 쿠보(대나무 오두막) 지붕입니다. 일년 내내 에어컨에 지친 사람이나 온돌을 원하는 관광객에게 휴식공간을 제공할 수 있습니다. 동네 입구에서 바닷가로 걸어가면 파크 플레이스라는 곳도 있습니다. 아주 가까운 거리에 있는 바다와 산으로 둘러싸인 우리 동네는 10년, 20년 뒤 어떤 모습일까요.

누나는 말합니다. 세부 최고의 휴양지로 발전할 거라고.

나는 형과 하루빨리 만나기를 기다리고 있습니다. 형에게 선물받았던 여행가방을 기억합니다. 언젠가 같이 여행갈 날이 오겠지요.

누나는 쇼핑몰 캐셔를 그만두고 호텔에 취직했습니다. 지난주부터 프런트에서 일하고 있습니다.

누나 사건과 관련된 한국의 은행이 마닐라에 지점을 개설하면서 재판 진행 속도가 빨라졌습니다. 재판 결과가 나와서 알려드립니다.

판사는 자살한 한국인 남자의 3년 평균 연봉에 주목했습니다. 7,200만원이었다고 합니다. 판사는 자살한 한국인 남자의 소비행태도 참작했습니다. 남자는 월급을 받은 날부터 10일 이내에 모두 소비하고 마이너스 통장으로 생활했다고 합니다. 자세한 내용은 편지에 덧붙인 판결문에 있습니다. 자살을 앞둔 남자가 마지막으로 지출할 수 있었던 돈의 범위에 대해, 매달 이루어진 지출 규모보다 높게 책정했습니다. 누나가 받을 수 있는 금액으로 자살한 한국인 남자 3년 평균 연봉의 30퍼센트를 인정했습니다. 누나는 2만 달러를 통장에서 찾았습니다. 나머지는 은행 측이 가져갔습니다. 누나가 받은 돈으로 막탈리사이의 집을 고치고 있습니다.

이번 달에 바빠서 면회를 가지 못해 죄송합니다.

편지로 소식을 전합니다.

베렌 동생

Ps.

형, 보고 싶어요.

누나가 전하는 말입니다.

Ikaw ang laging nasa isip ko araw at gabi.

(나의 마음속 낮이나 밤이나 당신이 있습니다.)

12

당신은 「강남스타일」을 알고 있을 테다. 「강남스타일」 리듬에 맞춰 교도소의 죄수들이 춤을 추는 모습도 기억하는가. 당신의 기억에 남아 있는 그곳은 세부 교도소다. CPDRC,라고 하면 무슨 은행이름 같기도 하다. 약자를 사용하는 이유가 있다.

'Cebu Provincial Detention and Rehabilitation Center'

'세부 지방 교정·갱생 센터'는 매달 마지막 주 토요일에 댄스 공연을 개최한다. 세부시청 앞에서 셔틀버스를 타고 이곳으로 들어와 구경할 수 있다. 교도소를 처음 방문한 사람들의 표정을 나는 읽을 수 있다.

'무슨 죄를 지었길래?'

베렌과 나는 '애그스 앤드 씽스' 레스토랑에서 핫케이크, 토스트, 주스로 점심을 먹고 후꾸오까 공항으로 갔다. 위탁 수화물이 없는 손님은 기다리지 말고 항공사 카운터로 바로 가서 수속을 하라는 메시지가 있었다. 시간이 부풀었다는 여행 기간의 느낌에 비하면 세부 막탄공항에 도착하기까지는 잠시였다. 베렌과 어깨를 포개 한숨 자고 일어나자 막탄공항에 도착했다.

입국심사를 받는 과정에서 공항경비대원이 나를 체포했다. 나보다 베렌이 더 당황했다. 나는 마약 운반책으로 검거돼 수감생활을 시작했다. 갑자기 시간이 쪼그라들며 바깥 세계와 이별했다. 수갑을 차는 순간 박사장의 얼굴이 떠올랐다. 박사장은 나를 수배자로 만들어놓았다. 무엇을 잘못했는지 나는 생각했다. 고마운 일인지도 모른다. 알았든 몰랐든 도둑질한 건 빠져 있었으니까.

나는 무기징역을 선고받고 교도소로 들어갔다. 중국이나 인도네시아에서 마약을 배달했다면 사형선고를 받았을 수도 있다. 박사장이 조작한 나의 샤부 운반량은 1킬로그램이었다. 박사장이 자택에서 '숨겨진 담배' 이야기를 하면서 필요할 때 딱 끄집어내면 더욱 좋지,라고 했던 말이 기억났다.

감정의 산란 속에서 불안감이 증가했다. 박사장과 약속을 지키지 않은 댓가를 예상하지 못한 데 대한 반성에 집착하기도 했다. 나는 박사장이 찾는 베렌을 납치한 범인이기도 했다. 박사장은 사람을 끌어모아 또 하나의 세부 한인회를 만들면서 자신의 영향력을 키워갔다. 나는 사회적 범죄에 따르는 벌을 받았다기보다 박사장의 힘에 눌렸다. 베렌 가족이 나의 보석신청을 준비하고 있다. 보석은 돈이 뒷받침돼야 가능성이 있었다.

형광 주황색으로 빛나는 죄수복을 입은 뒤 사흘 만에 나는 교도소 생활을 운명으로 받아들이고 있었다. 세부아노가 기대는 운명의 세계관. 바할라 나.

조심스럽게 살았어야 할 과거에 대해 후회하면서 생활했다. 수영장이 그리웠고, 베렌과 아이스크림을 빨아먹던 때를 셀 수 없이 되새기며 잠을 잤다. 내 가슴과 한쪽 무릎 위에 CPDRC라는 글자가 새겨진 죄수복을 입은 채, 막탈리사이로 돌아갈 날을 기다렸다. 원룸에 베렌이 머물고 있다.

12월에서 1월 사이에 개최하는 시눌룩축제 기간에 베렌은 필리핀 전통의상 카퍼레이드에 참여했다. 베렌은 바깥 세부아노들과 어울려 영원할 것 같은 축제가 끝난 뒤 나를 면회하러 교도소로 왔다. 바랑가이 칼루나산을 지나서 언덕을 올라왔을 테다. OPRA라는 푯말 우측을 따라 걷는 길은 후꾸오까에서 엄마가 사는 평온한 마을이 아니다. 시멘트집, 나무집, 양철집들이 내려다보이는 곳이다. 공터에 쓰레기들이 흩어져 뒹굴고, 정원이 있는 집이라곤 보기 드물다.

베렌은 도시락에 파인애플을 넣어왔다. 쌀밥과 소고기볶음으로 점심식사를 한 뒤 파인애플로 후식까지 먹으니까 눈물이 났다. 밝은 모습을 보여주면서 잘 지내고 있음을 전하려던 계획을 망치고 말았다. 한달에 한두번 베렌의 모습을 가까이에서 볼 수밖에 없었다. 베렌은 내게 용기를 북돋았다. 당신도 모범수로 우뚝 서서 교도소 운동장에 나가라고, 다른 모범 죄수들처럼 즐겁게 춤을 춰보라고.

나는 선풍기 하나 없는 교도소 안에서 프러포즈 춤을 연습했다. 어떤 죄수는 내게 줌바 춤을 가르쳐주었다. 교도소 지붕 위의 'WE ARE CPDRC' 문구를 쳐다보며 운동장에서 춤을 연습할 수 있기 까지 오랜 시간이 걸렸다. 베렌은 그동안 정기적으로 면회를 왔다. 어떨 땐 남동생과 함께 높은 언덕을 넘어 찾아왔다. 만날 때와 달리 교도소를 떠나갈 땐 눈물을 흘리곤 했다. 나를 걱정하는 눈물 같기도 하고 자기 자신을 위해 우는 것 같기도 했다. 면회를 오지 못하는 주에는 편지를 보냈다. 편지가 올 때마다 베렌의 사랑해,라는 말은 늘어나며 여러번 반복되고 있었다. 베렌을 향한 사랑의 감정이 퇴색의 길을 따라 좁아지는가 하면, 멀어지는 것 같았다.

장기수들은 파키아오가 교도소를 방문한 이야기를 들려주었다. 새해 어느날 파란 티셔츠를 입고 나타나 이층 연단에서 죄수들이 춤을 추는 모습을 지켜봤다고 했다. 그날은 운동장에 링을 설치하고 죄수들끼리 권투시합을 벌였다고 했다. 시합이 끝난 뒤 파키아오는 마이크를 잡고 말했다.

"당장 죽을 것처럼 자기 자신과 싸우세요. 꼭 승리하길 바랍니다."

나는 엄마에게 구속 사실을 알리지 않았다. 나 혼자 세부로 입국했더라면 베렌에게도 말하지 않았을 테다. 불쌍한 모습을 드러내는 일은 그걸 보는 사람과 마찬가지로 슬픔이 따르게 마련이므로.

모든 것이 딱딱해 보이기만 하는 교도소에서 나는 더욱 부드러워졌다. 내가 선택한 노래를 주제로 곧 공연이 벌어질 예정이었다. 나는 흰 티셔츠 상의를 입는 팀에 속해 가운데 자리를 배정받았다. 나는 어정쩡한 녀석들의 동작을 교정해주었다. 외부인에게 박수를 받는 춤이란 동작이 모두 일치하면 할수록 좋았다. 누구 한명이라도 단체 리듬에서 삐져나오는 춤을 출 경우 웃음거리에 불과했다.

지난 9월 베렌은 면회를 와서 편지를 건넸다. 기쁜 마음으로 편지를 뜯었다. 비밀이란 지키기 어려운 걸까. 베렌과 엄마는 내통하고 있었다. 엄마는 내게 일어난 일을 모르는 척하고 있었을 뿐이다. 엄마는 자신에게 일어난 일을 내게 알리고 있었다. 할아버지가 사망했다는 소식이었다. 편지 속에 분청사기 증서가 들어 있었다. 특수 포장으로 베렌 집에 분청사기를 보내왔다. 일본을 방문했을 때 할아버지와 나눈 대화들이 유언으로 다가왔다. 구부정한 어깨 위에서 솟아나던 빳빳한 할아버지의 목소리가 들리는 것 같았다.

엄마는 상속받은 집과 땅을 팔고 새로운 생활을 준비하고 있었다. 원하던 대로 도심 깊숙이 집을 구하러 다녔다. 나는 세부 시내 망고스퀘어에서 외곽 언덕으로 밀려난 셈이었다. 갱생의 강제를 따를 수밖에 없었다. 갱생하려면 주는 대로 먹고, 춤을 추며 웃고 난 뒤 돌아서서 울어야 했다. 자식이 없는 나는 남들보다 적게 울었다. 밤에 꿈을 꾸면 교황이 나타나 나를 밖으로 데리고 나가기도 했다. 똑같은 생활을 반복하면서 기다림을 익혔다. 지난해 성탄절에 레천을 맛볼 기회가 있었다. 운동장에 시식대를 진열하고 마음껏 먹을 수 있는 사회적 배려가 찾아왔다. 동료 죄수들이 밥과 레천을 서로 입에 던지며 헐떡거릴 정도로 먹었다. 나는 기다리다 맨 마지막에 먹었다. 기다림이 후천적 천성으로 자리잡아가는 것 같았다. 베렌을 기다렸고, 프러포즈 춤을 기다렸다. 엄마를 기다렸고, 내가 자유를 찾을 날을 기다렸다. 기다릴 줄만 안다면 불행할 일이 없을 것 같았다.

나는 구글 계정을 베렌에게 넘겨 관리를 부탁했다. 계정은 살아만 있었지 숨을 쉬지 못했다. 아무런 감정 없는 일방적 통보를 보내왔다.

안녕하십니까.
현재 귀하의 웹사이트 중 하나가 애드센스 프로그램 정책에 위배되며, 따라서 귀하의 웹사이트에 광고 게재가 중지되었음을 알려드립니다.
필요한 조치: 귀하의 계정에 속한 다른 모든 사이트의 준수 여부를 확인하세요.

내게는 불편한 감정이 쌓여갔다. 정책 준수 여부를 모두 확인하기란 쉽지 않았다. 열가지 정책 위반 범주 중에서 '속임수가 있는 광고 구현' 한가지만 검토하기에도 벅찼다. 베렌에게 일일이 가르쳐야 했다. 무엇을 속였는지 알아내기도 어려웠다.

사람들은 계속해서 타인의 실패를 즐겼다. 누구의 이름을 먼저 부르냐에 따라 기쁨이 엇갈리는 미인대회에서, 세부아노어를 사용하는 피아 알론소 워츠바흐가 미스 유니버스 준우승을 차지했으나 발표를 정정하는 소동 끝에 왕관을 되찾는 일이 벌어졌다. 사회자가 이름을 잘못 부르는 영상이 아직까지 떠돌며 누군가에게 수익을 안겨주고 있었다.

돌아가신 할아버지는 왜 그렇게 순서에 민감했을까.

세부 지방 교정·갱생 센터를 어떤 죄수들은 바나나 박스라고 불렀다. 물기 어린 바나나를 말려서 죽이는 곳이 교도소라고 했다. 내 몸도 말라갔다. 항상 촉촉했던 혓바닥 안쪽까지 말라갔다. 이곳에서 한국인들의 얼굴색은 바나나가 물기를 완전히 잃었을 때 색깔처럼 변해갔다. 살인사건, 납치사건의 한국 범인들은 바나나 박스를 떠나갔다. 오래지 않아 한국에서 그들의 송환을 요구해 받아들여졌다. 어디로 옮기든 그들은 생기를 잃어갈 게 분명했다.

시간은 느리게 느리게 잘도 갔다.

교도소에서 두번째 새해를 맞았다. 1월 마지막 주에 내가 처음으로 참여하는 댄스공연이 열릴 예정이었다. IS를 추종하며 폭탄을 제조하다 잡혀온 녀석이 내 왼편에 설 예정이다. 한때 안사르 알킬라파 필리핀 소속이었다. 녀석의 친구 네명은 모두 사살당하고 자신만 살아남았다. 바람을 피우는 여자친구의 애인을 총으로 쏴죽인 녀석이 내 오른편에서 리듬을 맞출 테다. 두 녀석들의 과거 이야기를 매일 듣고 있다. 알고 보면 둘 다 눈물 많은 녀석들이다. 나보다 춤을 잘 춘다. 우리는 첫번째 곡에서 주황색 죄수복을 입고 댄스팀 중앙 뒤편에서 리듬을 맞추기로 약속했다. 두번째 곡에서 상의를 흰 셔츠로 갈아입고 맨 앞에 서서 춤을 추기로 되어 있다.

양쪽 엄지발톱이 살을 파고들어갔다. 베렌이 면회 왔을 때 수술에 가까운 노력 끝에 발톱을 잘라냈다. 새끼손톱 하나는 누렇게 변했다. 손톱이 살과 간격이 벌어지며 덜렁거렸다. 햇빛에 말라 부스러진 것 같았다. 나는 영양 부족이라고 생각했다. 5년 이상 교도소에 있었던 어떤 죄수가 말했다.

"손톱무좀."

베렌은 다른 말을 했다.

"적응 부족."

나는 무좀약을 복용하면서 적응하려고 노력했다. 저명인사들의 교도소 강연에서도 베렌처럼 적응을 강조했다. 누구도 손톱 열개가 다 빠질 수 있는 위험성을 들추지 않았다. 손톱이 들춰지고 있음에도.

댄스공연에 나가던 날에는 흰 장갑을 착용하자 손톱이 덜렁거리지 않았다. 검은 운동화의 끈을 조였다. 죄수복 허리끈도 바짝 당겨맸다. 농구장이나 테니스장으로 활용할 때를 위해 그어둔 운동장의 흰 페인트 줄을 밟고 섰다. 날씨는 맑았다. 건물 이층에 일반 관람객들이 꽉 들어차 있었다. 철창 사이 다이아몬드형 구멍으로 우리를 내려다보며 카메라를 들이밀었다. 춤추는 교도소 구경하러왔다, 하는 표정들.

사회자가 마이크를 잡고 「Dance Again」의 시작을 알렸다.

If this would be a perfect world

여기가 완벽한 세상이라면

We'd be together then

우린 그럼 함께겠지

(Let's do it do it do it)

(함께 해보자 해보자 해보자)

Only got just one life this I've learned

오직 한번만 사는 거잖아, 이번에 배웠지
Who cares what they're gonna say
사람들이 뭐라 하건 무슨 소용이야
(Let's do it do it do it)
(그래 함께 해보자 해보자 해보자)
I wanna dance, and love, and dance again
춤을 추고 싶어, 사랑도, 그리고 다시 춤을
I wanna dance, and love, and dance again
춤을 추고 싶어, 사랑도, 그리고 다시 춤을

분명히 베렌이 나를 지켜보고 있으리라고 생각하며 고개를 들 때마다 일층, 이층 관람석을 바라봤다. 베렌은 어디에도 보이지 않았고, 연단은 특별 손님들이 차지하고 있었다. 똑같은 가사를 반복할 때 나는 눈을 더 크게 떴다. 그때마다 경례 동작을 하면서 고개를 들고 쳐다보는 안무는 사람을 찾기에 딱 어울렸다.

Dance, yes
Love, next
Dance, yes
Love, next

베렌을 찾을 수 없었다. 연단에 서 있는 골드 버튼 더블수트 차림의 남자에게 자꾸 눈길이 갔다. 박사장이었다. 한인회 대표 자격으로 방문한 게 틀림없었다. 박사장은 바지 주머니에 양손을 살짝 찌르고 우리를 내려다보고 있었다. 경례를 하는 동작을 이제 나는 얼굴 가리개로 사용했다.

두번째 곡 「Marry You」를 준비하기 위해 중앙으로 나갔다. 맨 앞줄이기도 했다. 800여명의 동료들과 어울림을 과시하기 위해 등장한 나는 박사장 앞에서 재롱을 떨어야 하는 처지에 놓였다.

대열을 정비하는 동안 BBC의 드론이 저공비행을 하며 카메라를 움직였다. 세계의 교도소 중 하나를 취재하고 있었다. 교도소 당국은 일층에 플라스틱 의자 20여개를 더 배치해두었다.

나는 P자를 새긴 하얀 상의를 입고 기다렸다. 나도 모르게 다리가 후들거렸다. 「다리 떠는 사람들의 공통점」 영상이 떠올랐다. 연단에 손을 짚고 서 있는 박사장을 똑바로 쳐다봤다. 박사장은 나를 내려다보며 마야방, 즉 건방을 떨었다.

노래가 시작됐다. 스피커에서 웅장한 소리가 터져나왔다. 우리는 교도소를 넘을 수 없었다. 노랫소리는 저 언덕 아래까지 흘러갈 터였다. 나는 세상의 벽을 넘으려 했다. 더 큰 벽에 가로막혔다.

나는 손과 발의 첫 동작을 크게 그렸다. 머리카락이 빠진 나물, 몸이 마른 나물, 물렁한 나물은 모두 주황색이었다. 우리 팀은 하얀 나물이었다. 각자 다른 방향에서 모여든 같은 장소의 나물, 언제 뽑혀나갈지 모르는 양식 나물.

가슴을 흔드는 동작을 하면서 앞으로 두걸음 나갈 때 베렌이 블랙 스키니진 차림으로 나타났다. 불어나는 방문객들이 일층 의자를 채우고 있었다. 베렌의 가족도 보였다. 나의 엄마도 자리를 차지했다. 엄마와 베렌 가족은 자리에 앉지 않고 일어서서 나를 바라봤다. 언제든 박수를 칠 수 있도록 양손을 모으고 있었다.

스콜이 쏟아졌다. 잠시 춤추며 지나가는 스콜이었다.

바닥에 빗물이 고였다. 해가 다시 나타났다.

Hey baby

I think I wanna marry you

손바닥을 펴고 하늘을 향한 뒤 들었던 고개를 숙이자, 고인 빗물에 비치는 해가 춤을 추고 있었다. 엄마와 베렌 가족이 기도하듯 손뼉을 가볍게 두드렸다.

Don't say no, no, no, no-no

Just say yeah, yeah, yeah, yeah-yeah

And we'll go, go, go, go-go

If you're ready, like I'm ready

토요일 오후의 공연은 끝나가고 있었다.

나는 땅을 딛을 때, 마찰음이 질기게 나도록 발을 끌어당기며 섰다. 우리가 동작을 멈출 즈음 드론은 M자 형태의 대열을 포착했을 터였다. 나는 M자의 굴곡진 곳 앞에 서 있었다. I think I wanna marry you라는 가사를 끝으로 스피커의 소리는 말끔하게 사라졌다. 관람석에서 지르는 소리가 운동장을 가득 메웠다. 나는 뒤돌아보지는 않았다. M자가 흐트러지며 직사각형을 만들고 있을 터였다. 박사장은 보이지 않았다.

베렌 가족과 엄마는 발뒤꿈치를 들고 박수를 쳤다.

나는 상상했다.

사회자가 큰 소리로 베렌의 이름을 부른다.

베렌 앞에서, 엄마 앞에서 다시 한번 프러포즈 춤을 춘다.

리듬이 멈추는 순간 동료들이 H자를 그린다.

H자의 막힌 부분이 길을 터주며 주인공이 등장한다.

한쪽은 나, 다른 한쪽은 베렌.

중간에서 만나 베렌에게 프러포즈한다.

동료들이 드러누우며 박수를 친다.

베렌과 나는 걸어간다.

베렌 가족과 나의 엄마를 향해.

상상했던 장면은 일어나지 않았다. 가족과 포토타임을 허락받았을 뿐이다. 나는 엄마에게 다가가 양팔을 벌리고 웃었다. 엄마가 내 품에 안기며 울었다. 엄마 팔목에 파르스름한 사각 도장이 찍혀 있었다. 교도소에서 베렌 가족에게도 도장을 찍었다. 사각 도장은 한 번 방문할 때만 유효했다. 망고스퀘어 주변의 나이트클럽처럼 바깥으로 나갔다 다시 들어와도 괜찮다는 표시는 아니었다. 우리는 도장의 유효시간이 끝날 때까지 이야기를 나눴다.

베렌은 호텔 안내 데스크에서 하던 일을 그만두었다. 망고스퀘어 인근에 새로 생긴 JTV에 나가기로 했다. 베렌 남동생은 막탈리사이의 우드 콘도에 관광객을 불러모으고 있었다. 엄마는 나까스 카와바따역 부근으로 이사를 했다. 엄마는 세를 얻어 한국식 삼겹살 식당을 열었다. 베렌과 내가 걷던 어느 모퉁이가 아닌가 짐작할 수 있었다. 누나는 지난해 하숙집을 그만두고 고향으로 돌아갔다. 나를 만나러 원룸에 갔었으나 베렌에게 내 소식을 들었을 뿐이다. 누나가 살던 집은 새로운 한국인이 세 들어 하숙집을 이어가고 있었다.

엄마는 내게 재소자복 상하의 한벌을 새로 사주고 떠났다. 하의 주머니 안에 바구웅 소스가 들어 있었다.

베렌은 남동생과 교도소를 빠져나갔다.

나의 엄마와 베렌 엄마는 끝나지 않을 것 같은 이야기를 주고받으며 나를 돌아보곤 했다. 교도소의 데드라인은 관람객 모두를 밖으로 밀어냈다. 나는 다시 세상의 일부만을 바라볼 수 있는 좁은 문 속으로 들어갔다.

나는 벌써부터 부활절을 기다렸다.

관례대로 누군가 석방을 맞이할 수 있는 날이기 때문이다. 석방자 명단에 내 이름도 들어가길 간절히 희망했다. 잘못 불리지 않은, 진짜 내 이름을 부르는 소리를 듣고 싶다.

교도소 밖에서 오토바이 소리가 들린다.

베렌이 교도소를 떠나면서 했던 말이 맴돈다.

"잘 지내."

조금 일찍 도착한 목소리

강영숙

1

이번 『창작과비평』 50주년 기념 장편소설 특별공모 당선자 금
태현 씨는 울산에 산다. 격론 끝에 수상자를 정하고 나면 당선자의
신상과 전화통화 내용 등 뒷얘기들이 즉시 들려오는데 이번엔 그
런 뉴스가 하나도 없었다. 당선자는 울산에 사는 남자고 오랜 시간
소설을 써왔다는 얘기 정도가 다였다. 그래서 나는 울산으로 갔다.

울산 공기 괜찮네요!

처음 만나자마자 내가 한 말이었는데, 그는 도대체 울산을 어떤

이미지로 알고 있었느냐며 웃었다. 어떻게 생각하기는, 울산은 그냥 울산이다. 그는 평균보다 키가 컸고 외모는 중년의 회사원처럼 평범해 보였다. 기름때 묻은 작업복 입은 사람 천지인 울산에서는 잘 어울리지 않는, 몸에 잘 맞는 아래위 슈트 차림에 가방은 들지 않았다.

그가 주로 소설을 쓰는 장소라는 울산대학교 도서관으로 먼저 갔다. 아라비아 숫자 5가 건물 중앙 상단에 붙어 있는데, 그는 이번 장편소설 특별공모에 응모할 때 이곳 5호관을 발신자 주소로 적어 작품을 보냈다고 한다. 시험공부 중인 남학생들이 반바지를 입고 다리를 떨며 드문드문 앉아 있는, 그렇고 그런 대학 도서관 풍경이었다. 그는 추석 때도 또다른 때에도 근 십년간 이곳에서 글을 썼다. 우리는 아라비아 숫자 22가 붙은 건물 앞 캠퍼스 벤치에 앉아 이런저런 얘기를 좀더 나눴다.

과연 그럴 수 있나? 아내가 있고 아들이 있고 노모가 있는 가장이 십년간 소설만 쓸 수 있나. 생업을 어떻게 해결하느냐는 질문에 그는 『망고스퀘어에서 우리는』의 주인공처럼 유튜브에 동영상을 제공하는 유투버(youtuber)를 아르바이트로 한 적이 있다고 말했다. 코피노(Kopino) 청년인 화자는 '실패'와 관련된 영상을 만들어 유튜브에 올리는 일을 한다. 여기서 말하는 실패란 자전거나 보드를 타다 넘어져 웃음을 자아내는 정도를 말한다. 이 장면들을 유튜브에 올려 네티즌들이 클릭을 하면 수익이 된다고 한다.

영국 왕세손비 케이트 미들턴이 프랑스 남부 왕실 별장에서 선탠을 하다 가슴이 살짝 노출된 사진을 여러장 편집해 올리자 즉각 돈으로 바뀐 숫자가 표시됐다. 덕분에 나는 조금 여유가 생겼다. 알고 지내던 누나들이 이곳을 방문해 리조트에 머물며 맛있는 음식을 함께 먹자고 하면 거절했다. 비싸게 구는 거니?라고 누나들이 말하곤 했다.

『망고스퀘어에서 우리는』은 필리핀 세부시티의 유흥가인 망고스퀘어를 중심으로 생계를 해결하며 사는 코피노 청년의 이야기이다. 참고로 이 청년의 이름은 하퍼 킴(Harper Kim). 이상형은 미스필리핀 출신의 2014년 미스 월드 당선자 메건 영(Megan Young)으로, 필리핀 하이옌 태풍 피해현장을 취재하는 등 티브이 리포터로도 활동했다.

교황이 필리핀을 방문했던 날의 풍경도 재미있다.

교황은 동전 한푼 주지 않았다. 사람들은 교황을 보고 웃었고 연설을 듣고 울기도 했다. 이해할 수 있는 일이었다. 나도 가끔 눈물이 고이곤 했으니까.

해마다 아기 예수를 기리는 시눌룩축제 기간에 한 신부가 주인공 청년을 꼬신다. "공짜로 밥도 주고 한글도 가르쳐준다"며 "하루에 몇끼 먹니?"라고 묻는데, 청년은 웃음을 참으며 혼잣말을 한다. "나는 십대에 참치 맛을 알았"노라고!

짐작하겠지만 이 작품의 주인공은 이런 캐릭터다. 어른 뺨치고 종교인 빼치고 기회가 오면 남의 지갑에서 돈을 훔치는 것은 기본, 클럽에 가면 여자를 꼬셔 한 여자와 하루 아니면 이틀 밤을 보낸다. "세월은 우리를 대책 없이 성장시키고 있었다"고 말하는 청년은 성년이 되는 새해가 오면 뭔가 새로운 일을 하고 싶다고 말한다.

유튜버 일을 하는 화자의 캐릭터와 금태현 씨의 이미지가 또 겹치는 부분이 있다면, 금태현 씨가 삼십대 초반에 울산에서 독립영화사를 만들었다는 사실이다. 영화사 이름은 필름 어택(Film Attack). 하지만 그때 뜻을 같이 했던 네명의 친구 중 지속적으로 만나는 사람은 없고, 그 영화사도 사실은 영화 한편 내지 않았다. 그는 그저 소설 쓰기에만 골몰한 셈인데, 그의 본격적인 글쓰기는 아들이 태어난 날에 시작되었다. 병원에서 아들이 태어나는 순간까지 기다리지 못하고 아내가 진통하는 동안 랩톱을 사러 나갔다는 것이다. "내가 소설을 써서 대체 안될 게 뭐람?" 그가 소설을 쓰기 시작한 이유다.

나는 소설을 쓰고 있지 않으면 몹시 불안합니다.

사실 써도 불안하고 쓰지 않아도 불안한 건 맞다. 앞으로 무엇을 쓰고 싶은지도 물었다.

어떤 주제도 작가에 따라 다양한 울림이 있을 수 있겠죠. 직간접적인 경험과 저의 상상력이 감당할 수 있는 범위 안에서, 끝까지 달려 마지막 장을 넘길 수 있는 주제랄까 스토리를 마음에 품는 편입니다. 세상에 시시한 주제는 없다고 생각합니다.

그는 제대로 된 단편소설은 한편도 안 써봤고 계속 장편소설만 썼다. 가지고 있는 장편소설이 열편 정도고 그중 두세편은 당장 출판을 한다고 해도 무방하다고 한다. 울산에 살면서 십년 넘게 장편소설만 썼다는 사람은 다소 오만해도 봐주기로 한다.

울산에서 어디로 가겠는가. 태화강으로 갔다. 듣던 것보다 태화강도, 태화강 대나무숲도 위엄이 있었다. 일제강점기에 만들어졌을 거라는 대나무숲 주변으로 울산 시민들이 빠른 혹은 느린 걸음으로 지나갔다. 태화강은 그가 타이핑한 원고를 들고 나와 퇴고를 하는 장소다. 퇴고뿐만 아니라 이번 당선작인『망고스퀘어에서 우리는』이 태어난 공간도 이곳이다. 왜냐하면, 그는 태화강 강물에 빠져 죽었기 때문이다. 금태현 씨의 말이다.

강가를 산책하다가 가족들에게 연락도 하지 않고 여행을 떠났어요. 가족들은 내가 태화강에 빠져 죽은 줄 알고 강변을 뒤졌다고 해요. 나는 사라진 지 일주일 만에『망고스퀘어에서 우리는』을 품고 집으로 돌아왔는데 말이죠.

집으로 돌아온 그는 육개월 정도 집중적으로 작업해 이번 작품을 완성했고『창작과비평』창간 50주년 기념 장편소설 특별공모에 투고했다. 어쩌면 이 소설에 나오는 일본 큐우슈우 지방의 오오이

따 현 지역이나 벳뿌, 유후인에 실제로 취재 여행을 다녀왔을지도
모를 일이다.

그도 오래 전에 장편문학상 공모에서 본심에 오른 적이 있다. 그
것뿐이다. 어떤 보상도 외적인 인정도 없었다. 그는 흔한 소설 스터
디나 지역 문인들 모임에도 나가본 적이 없다. 울산대학교 도서관
에서 글을 쓰다 식당에 들어가 칼국수 하나 달라고 말하는 게 하루
대화의 전부인 시간이 십년 이상 되었다.

찰리 채플린이 말했죠. 자기는 언젠가는 배우가 된다고 믿고
살았다고. 나도 그래요. 나는 언젠가 작가가 된다, 그렇게 믿고
살았어요. 그래서 늘 행동을 조심하고 절제했습니다.

그는 어쩌면 좀 이상한 사람인지도 모른다. 그러거나 말거나, 그
는 울산 사람이다. 그가 사는 곳은 『망고스퀘어에서 우리는』의 무
대인 필리핀도 아니고 '로마가 아니면 죽음'을 외치는 로마도 아니
고, 울산이다. 그는 석유화학, 자동차 공장, 조선소로 대변되는 다
소 터프한 지역 울산에서 믿을 수 없을 만큼 자연스러운 호흡으로
누구에게도 상처를 주지 않는 특이한 소설을 썼다. 결과적으로 금
태현 씨가 울산에 산다는 것은 그를 이해하는 데 아무런 도움도 되
지 못했다.

2

한국 소설 중에 코피노를 주인공으로 한 소설이 있었는지 잘 알지 못하겠다. 하지만 일본 소설 중에는 나까지마 쿄꼬의 『엘 니노』(2011), 후나도 요이찌의 『무지개 골짜기의 5월』(2000) 정도를 알고 있다. 『엘 니노』는 자피노(Japino)인 여덟살 소년 니노가 고아원에서 나와 가정 폭력에 시달리는 스무살 일본인 여성과 함께 도망치는 이야기이다. 니노는 소설의 결론 부분에서 미국인 양부모에게 입양될 기회를 얻지만 입양되기를 포기한다. 『무지개 골짜기의 5월』은 미스터리의 대가라고 불리는 작가의 작품 스타일을 반영하듯 모험 서사가 훨씬 더 강하다. 행방을 알 수 없는 일본인 아버지와 매매춘이 직업이었던 어머니가 에이즈로 죽고 항일 인민군 출신인 할아버지와 함께 세부에서 살아가는 열세살 소년 토시오가 주인공이다. 이 작품은 필리핀의 현대사를 직접적인 배경으로 두고, 1972년 마르코스의 계엄령에 맞섰던 신인민군 출신의 호세를 만나 토시오가 겪게 되는 모험과 역경을 다룬 작품이다.

『망고스퀘어에서 우리는』을 위의 두 작품과 비교할 이유는 없지만, 이 작품은 코피노가 등장하면 어떠할 것이라는 클리셰를 모두 비껴간다. 물론 코피노로서의 자의식이 아주 드러나지 않는 것은 아니다.

이곳 세부섬에서 누군가를 찾는 사람은 나뿐만이 아니다. 코피노들이 자신의 아버지를 찾고 있다. 가족을 납치한 범인을 찾는 사람도 있다.

코피노인 자신의 입장만 내세우지는 않는 성숙한 태도라고 할
까. 주인공 청년의 아버지는 다소 특이한 병에 걸려 죽었다. 엄마는
경매일을 했던 일본인 노인과 재혼하여 일본으로 간 뒤 필리핀으
로 돌아오지 않는다. 세부섬에서 그와 함께 사는 건 가족이 아니고,
아버지를 대신해 복사집을 운영하다 필리핀으로 온, 그보다 열몇
살 연상의 한국 누나다.

어느날 청년은 박사장이라는 유흥업소 사장에게 마약 운반 건으
로 약점을 잡혀, 미인대회 출신인 베렌이라는 여자를 찾아오라는
지시를 받고 세부섬 전체를 뒤지고 다닌다. 유흥업소에서 일하던
베렌이 만난 한 한국 남자가 독극물을 먹고 자살한 뒤 베렌의 통장
에 많은 돈이 입금되는 일이 벌어졌기 때문이다. 박사장은 돈을 나
누어 갖자는 자신의 제안을 거절한 베렌을 찾고 있다.

청년에게 미스 월드인 메건 영이 이상형이라면 베렌은 현실의
메간 영인 셈인데, 청년은 베렌의 가족과 접촉한 끝에 결국 베렌을
만난다. 베렌도 흥미로운 캐릭터인데 그녀의 집안 얘기는 들어도
들어도 슬프다.

아빠가 집을 나간 뒤, 엄마는 가축들을 한마리씩 팔기 시작했
어. 염소도 팔았고, 돼지도 팔았어. 엄마는 가축들을 팔기만 했
지 교배시키지는 않았어. (…) 가축들을 내다 팔수록 우리 가족
은 점점 정체성을 잃어버렸어. 아빠 엄마가 결혼 전에 마닐라에

살았대. 결혼한 뒤 엄마 고향인 막탈리사이에 정착한 거야. 거대한 굴뚝에 매달려 사는 것 같은 마닐라를 떠났지. 홍수만 닥치면 온 시내가 배꼽까지 물이 차는 도시를 떠나 산 중턱으로 옮긴 거야. 난 작은 농장의 장녀로 자란 셈이지. 지금도 막탈리사이 들판의 삼분의 일은 우리 집 소유야. 아무것도 심지 않아서 탈이지만 말이야. 밤에 우리 집에 있으면 무서워. 낮엔 무료하기 그지없어. 더는 막탈리사이에서 지낼 이유가 없었던 거야. 정체성을 잃어버렸으니까. 당시엔 그냥 돼지만 줄어들었다고 생각했을 뿐일지도 몰라.

청년은 베렌의 이야기를 경청한다. "중간에 말을 끊지 말자, 하고 생각하면서 나는 조용히 듣고자 노력"한다고 말한다. 상대의 말을 끊지 않으려고 노력한다는 말은 얼마나 따뜻한가.

이후 청년은 베렌과 함께 엄마를 만나러 일본으로 간다. 말이 여행이지 도피인 셈이다. 화자는 베렌과 함께 유후인으로 가고 킨린꼬 호숫가를 걷는다. 두사람은 사랑하게 되고 청년은 가까운 미래에 필리핀의 망고스퀘어에서 베렌에게 프러포즈하는 장면을 상상한다.

더이상의 줄거리를 말하는 것은 독자들의 즐거움을 방해하는 일이 될 것이다. 그러나 결론을 만한다면 이 소설은 매우 무겁다. 망고스퀘어로 돌아가 가이드를 하며 잘 살 줄 알았던 코피노 청년의 미래는 온데간데없다. 절망적인 상황인데 주인공은 「Marry You」에 맞춰 춤을 춘다. 이런 것은 어떤 무거움이라고 해야 할까.

『망고스퀘어에서 우리는』의 현실이 한국과 뭐가 다를까. 코피노 뿐만 아니라 가난과 자연재해에 시달리는 필리핀 사람들의 삶을 보여주는 이 소설이 우리 현실의 은유가 되지 못할 이유는 없다. 코피노 청년에게도 미래는 없고 동시대를 사는 누구에게도 미래나 비전 따위는 없는 것이다.

작가는 무거운 소재를 자연스럽게 풀어내기 위해 흥미로운 노래 가사를 인용하고 유머를 잃지 않으려고 노력한다. 코피노 청년 자신도 혼자지만 다른 인물들도 모두 혼자고 다들 어떤 의미에서는 망고스퀘어에 서 있는 '단독자'다. 작가 자신도 신을 대신해 소설이라는 거대한 장르 앞에 혼자 서 있는 단독자라고 할 수 있다. 소설 속 인물들은 쉽게 가족이나 연인 등 관계의 파국 속으로 투항하지 않으며 흘러가는 시간을 옆에서 함께 보낼 뿐이다. 작가는 세련된 감수성과 놀라운 장악력을 발휘해 다소 폭력적으로 흘렀을 수도 있는 서사 가능성을 끝까지 배제하면서 누구에게도 상처를 주지 않는 쪽으로 이야기를 마무리한다.

이 작품의 11장은 특별하다. 현실과 이상의 괴리가 크면 누구나 환영에 휩싸이기 쉽다. 아래 장면은 환영처럼 아름답다.

나는 차에서 내려 톱스힐을 걸으며 세부 시내를 내려다봅니다. 붉은색 지붕들이 산속 곳곳에 박혀 있습니다. 송전탑이 드문드문 산비탈을 지나갑니다. 멀리 나지막한 건물들이 불빛을 뿜으며 평온하게 자리잡고 있습니다. 차갑기 그지없을 바다가 따뜻한 땅과 만납니다. 톱스힐에서 프러포즈를 마친 뒤 풀빌라로 이동해서 파티를 하면 멋진 하루를 보낼 수 있을 겁니다.

뉴 밀레니엄이 시작되었지만 세기가 바뀌자마자 테러와 종교 분쟁, 살기 위해 국경을 넘는 사람들의 악몽이 끊임없이 재현되고 있다. 이런 뉴 밀레니엄이 오리라고 누가 예상했을까. 다름과 차이에 대한 이해와 수용, 다양성에 대한 경청과 열린 감수성이야말로 가장 중요한 21세기적 가치라는 것은 누구나 다 알고 있다.

필리핀 세부섬의 망고스퀘어에서 현실을 견디는 코피노 청년의 목소리는 어쩌면 곧 다가올, 그러나 우리에게 조금 일찍 도착한 목소리라고 할 수 있다. 한국에서 타자로 살아가는 외국인 노동자의 아이가 한국어로 소설을 쓰게 될 날이 곧 올 것이다. 이 코피노 청년의 이야기를 듣는 일은 21세기의 가장 리버럴하고 중요한 미래 가치를 앞서 수용하고 경험하는 일인지도 모른다.

그 일을 우리 앞에 이토록 선명하게 펼쳐보여준 금태현 작가에게 감사와 축하를 전하고 싶다.

姜英淑 | 소설가

『창작과비평』 창간 50주년을 기념하는 올해의 장편소설상에는 예년에 비해 한층 늘어난 총 395편의 작품이 응모되었다. 응모편수에 못지않게 작품마다 각자의 개별성을 지향하는 감각적 사유와 형식의 고민이 새겨져 있었기에 심사과정 역시 흔쾌한 긴장과 집중의 시간이었다.

긴 논의 끝에 당선작은 『망고스퀘어에서 우리는』으로 결정되었다. 다수의 작품이 어떤 이야기로 이어질지 궁금증을 자아내지 못하거나 때로 동의하기 힘든 방향으로 진행되었던 데 비해, 이 소설은 무엇보다 이야기를 잇고 끊는 고유한 리듬을 조성하며 담담한 듯 노련하게 서사를 이끈 점이 돋보였다. '코피노'(한국인 남성과 필리핀 현지 여성 사이에서 태어난 자녀)의 삶을 다루지만 이 소재에 따르는 통상적인 기대치를 가뿐히 지나친 점도 오히려 매력적이었다. 계획과 인내와 규범에 매이지 않는 삶을 묘사하는 방식이 또한 드물게 분방하고 담백한 것이어서 이 작품을 읽는 과정은 곧 다른 '문화'의 체험이기도 했다. 이런 이야기가 한국문학의 지평을 얼마나 넓힐지는 지켜봐야겠지만 이 작가가 보여준 서사의 역량이 세계를 바라보는 시선의 깊이와 무관하지 않다고 믿는다. 앞으로 만나게 될 더 많은 이야기들을 기대하며 당선자에게 아낌없는 축하와 격려를 보낸다. 더불어 장편소설상에 응모해주신 모든 분들의 관심과 정성에 깊이 감사드린다.

『창작과비평』 창간 50주년 기념 장편소설 특별공모 심사위원

강영숙 백지연 심진경 은희경 전성태 정홍수 한기욱 황정아

소설의 터를 넓히기 위한 창비의 노력에 감사드린다.

부족한 작품을 읽고 뽑아주신 분들의 노고에 고맙다는 말씀 꼭 전하고 싶다.

며칠 전 문상을 다녀오느라 왕복 열두시간 동안 버스를 탔다. 어릴 적 초등학교 교정에서 양팔을 벌려 끌어안아보려던 은행나무는 여전히 크기만 했다. 양팔은 조금 늘어났을 뿐이었다. 나도 많이 컸구나, 하고 상상할 수 있는 세월 동안 은행나무는 더 두툼하게 자라 살아 있었다. 은행나무의 '변함없는 성장'에 대한 나의 생각들.

집에 돌아왔을 때 당선 소식을 들었다.

저녁 하늘을 자신들의 날개로 가리고 펼치던 '오만마리'의 까마귀들은 모두 떠나고 없었다.

정착을 좀 하지 그랬어, 하고 나는 생각한다. 빈 하늘을 보면서.

천천히, 아득하게 뒤척이는 강물을 바라보며 대나무숲이 감싸는 강변을 걷는다.

떠오르는 단어.

소설, 소설을 쓰던 사람들.

『망고스퀘어에서 우리는』은 매일 똑같은 길을 걷는 동안, 변화를 요구하던 하늘 아래에서 태어났다.

우리나라 지도를 거꾸로 돌려놓고 앞쪽 바다를 건너 여행을 했다.

늘 봐왔던 까마귀들이 도심 그곳에서 이동 중이었다. 나는 한적한 곳을 찾아갔다. 조그만 뭉치처럼 보이는 대나무숲에서 소설 속의 할아버지를 만났다. 여주인공 '베렌'이 나타났다. 우리는 대화를 나누었다. 편견으로 끝나지 않기를 바라면서.

그들과 단 하루 '정원이 있는 마을'에서 살았다. 떠나던 날 오후 내내 촘촘한 가랑비가 어깨를 적셨다. 현실을 재촉하겠다는 듯이.

나는 일상을 향해 움직였다.

두선, 올림, 영민, 영애, 진경, 민석, 현실 속의 인물들이 꿈틀거렸다.

소설을 완성하는 데 도움을 준 사람들이었다. 겸손과 사랑을 가르쳐준 사람들, 하늘이 아니라 우리의 관계에 진실이 존재함을 일깨워준 실존인물들, 멀어지거나 가까이 달라붙는 논픽션 구성들.

모처럼 새로운 기획을 마련해준 창비에 한번 더 감사드린다.

그리고 다른 응모자들께는 미안한 마음이다.

우리의 땀방울이 하나 하나 모이면 새로운 샘을 만들 수 있다고 믿는다.

망고스퀘어에서 우리는

초판 발행 • 2016년 11월 7일

지은이/금태현
펴낸이/강일우
책임편집/이선엽
조판/박지현
펴낸곳/(주)창비
등록/1986년 8월 5일 제85호
주소/10881 경기도 파주시 회동길 184
전화/031-955-3333
팩시밀리/영업 031-955-3399 · 편집 031-955-3400
홈페이지/www.changbi.com
전자우편/lit@changbi.com

ⓒ 금태현 2016
ISBN 978-89-364-3423-6 03810